토끼전

두껍전

장끼전

토끼전

두껍전

장끼전

옛사람 씀

― 권태무、최옥희 고쳐 씀

보리

겨레고전문학선집을 펴내며

우리 겨레가 갈라진 지 반백 년이 넘어서고 있습니다. 그러나 함께 산 세월은 수천, 수만 년입니다. 겨레가 다시 함께 살 그날을 위해, 우리가 함께 한 세월을 기억해야 합니다.

예부터 우리 겨레가 즐겨 온 노래와 시, 일기, 문집 들은 지난 삶의 알맹이들이 잘 갈무리된 보물단지입니다.

그동안 남과 북 양쪽에서 고전 문학을 되살리려고 줄곧 애써 왔으나, 이제껏 북녘 성과들은 남녘에서 좀처럼 보기 어려웠습니다.

북녘에서는 오래 전부터 우리 고전에 깊은 관심과 사랑을 보여 왔고 연구와 출판도 활발히 해 오고 있습니다. 그 가운데 〈조선고전문학선집〉은 북녘이 이루어 놓은 학문 연구와 출판의 큰 성과입니다. 〈조선고전문학선집〉은 가요, 가사, 한시, 패설, 소설, 기행문, 민간극, 개인 문집 들을 100권으로 묶어 내어, 고전을 연구하는 사람들과 일반 대중 모두 보게 한 뜻 깊은 책들입니다. 한문으로 된 원문을 현대문으로 옮기거나 옛글을 오늘의 것으로 바꾼 성과도 놀랍고 작품을 고른 눈도 참 좋습니다. 〈조선고전문학선집〉은 남녘에도 잘 알려진 홍기문, 리상호, 김하명, 김찬순, 오희복, 김상훈, 권택무 같은 뛰어난 학자분들이 머리를 맞대고 연구한 성과를 1983년부터 펴내기 시작하여 지금도 이어 가고 있습니다.

보리 출판사는, 조선민주주의인민공화국 문예 출판사가 펴낸 〈조선고전문학선집〉을 〈겨레고전문학선집〉이란 이름으로 다시 펴내면서, 북녘 학자와 편집진의 뜻을 존중하여 크게 고치지 않고 그대로 내는 것을 원칙으로 삼았습니다. 다만, 남과 북의 표기법이 얼마쯤 차이가 있어 남녘 사람들이 읽기 쉽게 조금씩 손질했습니다.

이 선집이, 겨레가 하나 되는 밑거름이 되고, 우리 후손들이 민족 문화 유산의 알맹이인 고전 문학이 지니고 있는 아름다움을 제대로 맛보고 이어받는 징검다리가 되기 바랍니다. 아울러 남과 북의 학자들이 자유롭게 오고 가면서 남북 학문 공동체가 이루어지는 날이 하루라도 앞당겨지기 바랍니다. 그리고 이 자리를 빌려 어려운 처지에서도 이 선집을 펴내 왔고 지금도 그 작업에 몰두하고 있는 북녘의 학자와 출판 관계자들에게 고마운 마음을 전합니다.

2004년 11월 15일
보리 출판사 대표 정낙묵

차례

토끼전

장끼전

두껍전

토끼전

주색잡기로 생긴 병에는 약이 없나이다

천하에 큰 바다가 넷 있으니, 동해와 서해와 남해와 북해라. 이 네 바다에 용왕이 하나씩 있어 저마다 왕 노릇을 하고 있었더라.

하루는 남해 용왕이 궁전을 새로 짓고 좋은 날을 골라 다른 세 바다 용왕을 불러 큰 잔치를 벌였다. 용왕들과 온 바다 물고기들이 한자리에 모여 여러 날 동안 물리도록 실컷 놀았다.

잔치가 끝난 뒤 남해 용왕이 시름시름 앓더니만 온몸에 오만 병이 들었으니, 머리는 쑤시듯 아프고 눈에는 쌍다래끼요, 귓병이 나들을 수가 없으며, 코 밑에는 부스럼 나고, 입술은 부르트고, 혓바닥에 물집 잡히고, 목구멍은 헐어 부스럼, 뒷덜미엔 연주창, 어깨는 견비통이요, 등에는 등창이요, 허리는 요통에, 황달, 흑달이며 체증에다 관격이 들어 소변이 막히고, 설사에 이질 곱똥을 겸하고, 곽란에 토설을 겸하고 목구멍으로 신물이 넘어오는 데다, 밑구멍은 빠져 치질이 났구나. 넓적다리엔 가래톳이 서고 배꼽 밑에 장옹이며, 수중다리 습창이며 발등에 정종인데, 홍사정에 흑사정에 사두정을 곁들이고, 반신불수 전신불수 웬 말이냐. 열병, 염병이며, 소범상한 所犯傷寒* 자주 앓고, 배에는 부종이 폐문에 북 매단 듯하고, 손가락이 다리 같고 정강이가 허리 같고, 눈은 꿈적꿈적, 코는 벌룩벌룩, 붕알은 달랑달랑하는구나. 어떠한 병이관데 이리 구색 갖춰 곁들였나. 온몸을 둘러보니 앓는 곳 제하고 성한 곳 하나 없구나.

물나라 온 벼슬아치들이 정성껏 병구완하는데, 술병인가 싶어 물메기 드려 보고, 양기 부족한가 하여 해구신도 드려 보고, 폐병을 잡아 보려 풍천 장어 대령하고, 비위를 붙잡으려 붕어 써 보아도 백약이 무효하여 병세가 점점 심해졌다.

하루는 용왕이 신하들을 불러 놓고 탄식하며 맥없이 말하더라.

"내가 병이 들어 속절없이 죽게 되었도다. 내 이제 죽어 북망산 깊은 골에 묻히면 세상 부귀와 영화를 더는 누리지 못하고 한 줌 흙이 되고 말 테니 한스럽도다. 옛적에 보면, 죽지 않고 오래 살려고 바다 속 신령한 산으로 사람을 보내 불사약을 구하다 죽어 버린 임금도 있고, 커다란 대를 높이 쌓고 장생불로하는 이슬을 얻으려다가 가을바람 속절없이 부는 빈산 한 줌 흙이 되어 버린 임금도 있었으니, 한갓 나 같은 용왕이야 말해 무엇 하랴. 허나 조상들이 물려준 이 자리를 두고 죽을 일이 슬프기 그지없도다.

---

* 찬 기운, 뜨거운 기운, 축축한 기운, 메마른 기운 따위의 나쁜 기운이 들어와 생기는 병을 상한증이라 하며, 소범상한은 색을 탐하는 것이 지나쳐서 생기는 병이라 한다.

이제 내 마지막 소원이니, 세상에 용하다는 의원이나 널리 구해 진맥하고 약이나 한번 더 써 보았으면 한이 없겠노라. 내 병이 이렇듯 위중하고 내 소원이 이렇듯 간절하니, 그대들은 충성을 다하여 나를 살려 임금과 신하가 함께 오래오래 복을 누릴지어다."

　용왕이 숨을 헐떡거리며 말을 마치자, 한 신하가 비늘을 번득이면서 나아와 머리를 조아리고 아뢰었다.

　"신이 듣자오니 멀리 천 리 밖에 있는 육지의 깊은 산골에 이름 높은 의원이 많다 하오니, 그이들을 청하여 물어보심이 좋을까 하나이다."

　그 소리 듣고 모두 바라보니, 수천 살 된 늙은 신하로, 선조 때부터 충성이 지극한 잉어가 하는 말이로구나. 잉어는 젊어서부터 글 잘하고 아는 것 많기로 우러름 받아 온지라, 용왕도 그 말을 옳이 여겨 어서 그 의원들을 불러오라고 선물을 들려 떠나보냈다.

　사신들은 왕명이 떨어지기 바쁘게 길을 떠나 여러 날 만에 수염이 허연 사람 셋을 청하여 왔다. 이들은 인간 세상에서 명의로 이름 난 사람들이더라.

　용왕은 의원들을 보자 비스듬히 일어나 앉았다. 풍신 좋던 용왕의 수염은 꺼칠꺼칠해지고 턱 밑 여의주는 맥없이 늘어져 있다. 푹 꺼져 들어간 두 눈은 위엄과 정기를 잃고 천 근같이 무거운 눈잔등에 덮인 채 힘없이 뒤룩거린다.

　"여러 선생들이 나를 위하여 천 리를 멀다 않고 와 주니 고맙고 또 고맙소이다. 어서 내 병을 치료하여 주오."

"저희는 티끌 많은 세상에서 명예도 벼슬도 다 버리고 아름다운 산수를 좋아하여 강산을 두루 돌아다니며 세월을 보내고 있더니, 천만뜻밖에 대왕의 부르심을 받아 이처럼 뵈오니 참으로 황송하옵나이다."

용왕은 눈빛에 한결 생기를 띠며 말하였다.

"내 신수 불길하여 우연히 병이 생기더니 해를 거듭하며 심해져 이제는 병이 골수에 잠겨 아무리 약을 써도 효험이 없으니, 선생들이 덕을 베풀어 죽어 가는 이 목숨을 살려 주시면 하늘 같은 그 은혜 내 반드시 보답하리다."

세 사람은 한참 동안 말없이 서로 바라만 보았다. 용왕의 병이란 것이 첫눈에 봐도 방탕한 생활에서 온 것이니, 고치기 어려울 것 또한 분명하였다. 이윽고 그중 한 사람이 입을 연다.

"무릇 술이란 것은 사람의 마음을 미치게 하는 독약이요, 색은 사람의 수명을 줄이는 근본이라 하옵나이다. 대왕께서 주색을 지나치게 즐기시어 이 지경에 이르렀으니, 이는 모두 스스로 얻은 재앙이라 누구를 원망하며 누구를 탓하오리까."

다른 사람이 말꼬리를 이었다.

"젊은 시절 주색에 잠겨 살 때는 몰라도, 나이 들어 병이 무거워지기 시작하면 제아무리 명의라 해도 고칠 방법이 없고, 제아무리 좋다는 금강초나 불사약이 산더미같이 쌓여 있다 해도 약효를 낼 도리가 없으며, 인삼 녹용을 밤낮으로 장복할지라도 아무런 소용이 없사옵나이다. 재물이 아무리 많아도 남에게 병을 대신 앓게 할 수 없으며, 아무리 날랜 장사라 해도 힘으로 누를 수도 없사오니, 이리저리 아무리 생각해 보아도 대왕님의 병은 고치기 어려울까 하나이다."

용왕은 놀라고 낙심천만하여 한숨을 쉬며 애원하였다.

"그러면 어이한단 말인가. 내 이제 그만 황천객이 되어 이 좋은 세상을 떠나야 한단 말인가. 화창한 봄날에 복사꽃 만발한 아름 다운 풍치하며 여름날 싱그러운 녹음방초 밑에서 삼천 궁녀와 노 니는 즐거움하며 가을에 단국화술 빚어 놓았다가 겨울날 눈 속에 핀 매화꽃 바라보며 취흥에 잠겨 노니는 그 좋은 세월을 다시 보 지 못한단 말인가. 이 아니 슬플쏜가. 여러 선생들이, 비록 효험 이 없을지라도 성의를 다하여 약 이름이나 알려 주시면 죽어도 한이 없겠소."

세 사람은, 용왕이 눈물을 비 오듯 흘리며 처량하게 하소연하는 말을 듣고 고개를 기웃거리더니, 이윽고 한 사람이 말한다.

"대왕님의 병세는 매우 중한 줄로 아옵니다. 무릇 모든 병은 그 증세에 따라 약방문이 있으니, 말씀드리오면 추위로 해서 생기는 병에는 시호탕이 제일이요, 오한이 나면서 열이 있고 식은땀이 나는 증세에는 보음익기탕이요, 열병에는 승마갈근탕이요, 원기 가 부족한 증세에는 육미지황탕을 쓰면 좋고, 다리 아픈 데에는 우슬탕이요, 눈앓이에는 청간명목탕이고, 풍증에는 방풍통성산 이 알맞은 약이옵니다. 하지만 이 모든 약들이 대왕의 병환에는 하나도 당치 아니하오니 무슨 약을 쓰오리까?"

또 한 사람이 말을 이었다.

"큰 소나무를 대톱으로 쪼개 대패로 곱게 밀어 천지판 좌우를 잘라 모막이 두 토막 넣고, 간장을 더 넣어 쓰면 단번에 낫겠사옵니다."*

"나더러 그저 죽으라는 말이오?"

또 한 사람이 한참 생각하다가 말한다.

"대왕님의 병세를 보니 신농씨께서 약에 쓰던 온갖 약초도 소용없고 상극으로 약을 써야 할 것 같사옵나이다."

"그것이 무엇이오?"

"인간 세상에 있는 것이라 이 바다 밑 깊은 용궁에서는 구하기 매우 어렵사옵나이다."

"아무리 어렵다 해도 우리 수궁의 힘에 달렸으니 어서 약 이름이나 말해 보시오."

"정 소원이시면 아뢰리다. 그 약은 바로 토끼의 생간이옵니다. 토끼 간이 아니오면, 염라대왕의 삼촌이든 동방삭이 조상이든 강남도령의 사촌 처남이든, 뫼 산山 밑에 벗 붕朋 하고 누를 황黃 샘 천泉 돌아갈 귀歸하오리다*."

용왕은 귀가 솔깃하여 듣더니 눈을 번쩍 뜨고 묻는다.

"병이 나을 수만 있다면야 토끼가 아니라 하늘의 별인들 못 따오겠소? 헌데 토끼 간이 어찌하여 내 병에 특효라는 것이오?"

"토끼라 하는 것은 천지가 열린 뒤로 음양의 조화로 된 신령한 동물로 으뜸이옵나이다. 모름지기 병이란 오행으로 보아 상생인

---

* 죽을밖에 다른 도리가 없으니 관이나 준비해 두는 게 좋겠다는 뜻.
* 죽어 황천으로 돌아간다. '뫼 산 밑에 벗 붕'은 죽을 붕崩.

것을 써 고치기도 하고, 서로 상극인 것을 써서 고치기도 하옵나이다. 대왕님께서는 수중의 제왕이요, 토끼는 산을 뛰노는 짐승이라. 산과 물로 보면 음양이 상극이오며, 간은 나무의 기운을 담고 있는지라, 물과 나무는 상생이오니, 대왕님께서 토끼의 생간을 얻게 되오면 음양이 서로 화합하여 반드시 효험을 보시리라."

말을 마치더니 세 사람은,

"저희는 기다리는 벗님이 있어 갈 길이 바쁘오니 이만 돌아가겠나이다. 귀하신 몸 길이 보중하소서."

절을 하고 섬돌에 내려서는 듯하더니 온데간데없이 사라지더라.

토끼 잡아 공 세우고 부귀영화 누리라

세 의원이 떠나자 용왕은 곧 조정 신하들을 다 불러들였다.

우리 인간 세상 같으면 벼슬아치들이 들어올 터인데, 물나라니만큼 물고기들이 저마다 벼슬 이름만 따 가지고 죄다 들어온다. 우르르 들어오는 모습이 참으로 볼만하구나.

영의정 겸 약방 도제조, 종묘서 도제조에 거북이요, 좌의정 겸 훈련도감 도제조에 고래요, 우의정에 악어요, 이조 판서 잉어요, 호조 판서에 민어요, 예조 판서에 가자미요, 병조 판서에 농어요, 형조 판서에 준치요, 공조 판서에 방어요, 한성 판윤에 위어요, 규장각 대제학 겸 홍문관 대제학, 예문관 대제학에 붕어요, 부제학에 문어요, 직제학에 넙치요, 승정원 도승지에 조기요, 성균관 대사성에 가물치요, 규장각 직각에 도미요, 규장각 대교에 청어요, 홍문관 교리에 은어요, 예문관 검열에 숭어요, 주서에 오징어요, 사헌부 대사헌에 병어요, 사간원 대사간에 자가사리요, 정언에 모래무지요, 상의원 도제조에 상어요, 훈련대장에 대구요, 금위대장에 홍어요, 어영대장에 메기요, 총융사에 장어요, 금군별장에 고등어요, 포도대장에 갈치요, 별군직에 삼치요, 선전관에 전어요, 사복내승에 남생이요, 금부도사에 명태요, 원접사에 인어요, 그 밖에 금군 조개, 오영문 군졸 새우며 송사리가 다 모여들어 고개를 주억거린다.

병든 용왕이 좌우를 돌아보니, 죽 늘어선 것들이 모두 세상에 나가면 반찬거리에 안줏거리로구나.

'어허, 이럴 때 내가 용왕이 아니라, 팔월 대목 장날의 생선전 주인 같구나.'

한참 동안 바라보던 용왕이 무겁게 입을 연다.

"내 병에는 제아무리 좋은 약도 다 소용이 없고 토끼의 생간만이 특효라 하니, 누가 나를 위하여 인간 세상에 나가 토끼를 사로잡아 올 수 있겠느냐?"

신하들은 얼굴만 서로 쳐다볼 뿐 대답이 없다.

"옛일을 살펴보면 충신이 많았느니. 허벅지 살을 베어 임금을 섬긴 개자추介子推가 있고, 초나라 속이고 목숨 잃은 기신紀信*이도 죽을 임금을 살렸으니, 군신유의가 그 얼마나 중한가. 슬프도다, 우리 물나라에는 충신이 없으니, 이 아니 원통한가. 죽는 수 말고는 수가 없구나. 애고애고, 서럽도다."

---

* 한고조의 장수. 유방이 형양에서 항우의 군사에게 포위당하자, 기신이 유방으로 변장하고 초나라에 투항하여 유방을 도망치게 한 뒤 죽임을 당했다.

한참 이렇듯 통곡하는데, 이조 판서 잉어가 여쭌다.

"인간 세상이란 곳은 인심이 영악하여 물고기만 보면 낚으려 하니, 누구라도 보내기가 어렵사옵니다."

영의정 거북이가 여쭈오되,

"신이 충성을 다하여 토끼를 잡아 올리겠나이다."

하니, 대사간 자가사리가 엎드려 아뢰었다.

"세상인심이 사나워 수궁 신하들이 어른거리기만 하면 잡으려고 달려드니 지혜와 용맹이 있는 자 아니면 보내지 못하옵니다. 영의정 거북은 지략은 넓사오나 복판이 모두 대모인 고로 세상에 나가오면 인간들이 잡아다가 복판을 떼어 대모 장도, 대모 병풍, 살쩍밀이, 쥘쌈지 끈까지 만들 터이오니 보내지 마옵소서."

좌의정 고래가 호호탕탕하게 물결을 치며 들어오더니,

"신이 세상에 나가 토끼를 잡아 오겠나이다."

하니, 대사간 자가사리 또 아뢰었다.

"좌의정 고래는 살이 두텁고 기골이 장대하여 만경창파 다닐 적에 물을 뿜는 곳마다 태산이 무너지고 바다가 뒤끓으며 용맹이 대단하옵기는 하나, 윤달에 물을 보면 매양 기운이 죽삽더니, 올해가 마침 윤년이라 불행히 죽어 바닷가에 밀려나면 어부들이 허리뼈 빼어 절구 하고, 눈 빼어 잔 만들고, 갈비뼈로 개천에 다리 놓고, 기름 내어 불 켤 것이니, 보내지 마옵소서."

그러자 새우가 나와 아뢰기를,

"신이 세상에 나가 토끼 한 마리 잡아다가 대왕 앞에 받치겠나이다."

하니, 용왕이 말했다.

"그대는 용맹하고 뛰기를 잘 뛰나 두 눈이 튀어나와 단명할 기상이라. 세상에 나갔다가 그물에 걸리면 좋은 볕에 바싹 말려 술안주도 하려니와 해산어미 미역국 양념으로 들 것이니, 가지 못하리로다."

어영대장 메기도 나섰다.

"신이 토끼를 잡아 오겠나이다."

"그대는 키가 훤칠하고 수염이 쭉 뻗고 풍채도 좋으나, 입이 커서 뱃구레가 너르니 세상에 나가 조그마한 냇물에서 요깃감 얻으려고 이리저리 다니다가 삿갓 쓴 늙은 어부가 미끼 꿰어 낚시 담그면 하릴없이 죽으리니, 몸 보하는 약재로는 물론이려니와 호박 잎으로 등허리 닦아 고추장 걸러 붓고 달게 지져 반찬으로도 제격이니, 아무래도 보내지 못하리라."

그때 어여쁜 조개 궁녀가 나오는데, 칠보단장에 푸른 저고리 붉은 치마 떨쳐입고 두 눈을 다소곳이 반만 뜨고 땅에 엎드려 아뢴다.

"소녀가 재주는 없사오나 토끼를 잡아다가 대왕께 받치리다."

그러자 대제학 붕어가 나섰다.

"아무리 수궁이 작기로 인물이 그리 없어 궁녀를 세상에 보내 남의 비웃음을 사오리까?"

"소녀를 궁녀라고 소홀히 아옵시니 옛일을 모르시오? 여와씨는 여자로되 돌로 하늘을 기웠고, 아황 여영도 여자로 창오산에서 순임금을 따랐고, 백능파 여자로되 양소유를 살려 내고, 홍불기 여자로서 이정 따라 명나라 황제를 도왔으며, 초선이도 여자로되 미인계로 동탁이를 죽였으니, 소녀가 여자이오나 시냇물에 몸을 숨겼다가 토끼를 만나거든 펄쩍 뛰어 달려들어 입을 쩍 벌려서 겹쳐 물어 발발 떨게 하면 토끼 아니라 사나운 범인들 어찌 소녀를 당하오리까?"

그러자 붕어 다시 아뢴다.

"인간 세상에 도요새라는 새가 있어 조개를 콱 쪼면 조개 또한 도요새를 물어 승패가 나지 않다가 어느 틈에 길 가는 어부한테 둘 다 잡혔다 하니, 조개 궁녀 또한 한번 나오면 그 지경을 면하기 어려울 터, 보내지 마옵소서."

이때 방게가 살살 기어 들어오며,

"신이 토끼를 잡아 오겠나이다. 신의 고향이 인간 세상이라 푸른 산 맑은 물 바위틈에 구멍 뚫고 수십 년을 지낼 적에 날버러지 길짐승 승냥이 담비 다람쥐 너구리 오소리에 토끼 아들놈 토손이까지 친하였사오니, 토끼 한 놈 만나거든 두 발을 썩 벌렸다가 샅을 꺽 집고 발발발 떨면 제아무리 영악하기로 못 잡아 오겠나이까?"

대사간 자가사리 또 나선다.

"방게는 못 보내오리다. 뼛속에 살이 들어차 속심이 딸리는 데다, 발이 열 개라 한들 양 눈이 머나멀어 겁이 많으니 이리저리 오락가락 뒷걸음치기 일쑤이옵니다. 큰일에 어찌 믿고 보낼 수 있사오리까. 도미가 어떻겠사옵니까?"

도미 이 말 듣고,

"제 말일랑 입 밖에 내지 마오. 가을철 같으면 스스로 나서서 갈 터이되 지금은 세상에 나갔다가 공연히 쑥갓 이불 덮고 요릿집 출입하기 십상이오. 숭어 너 좀 가 보아라."

하니, 숭어 대꾸한다.

"당치 않소. 나는 세상에 나가면 횟감, 탕감, 제사 때 웃기로 오
를 터인데 이 벌건 대낮에 나더러 가라 하오? 전복 너나 한번 나
가 보아라."

전복이 몸을 사린다.

"내야 더군다나 봄가을 사철 없이 기제사며 혼인 환갑 큰 잔치에
저민 전복, 말린 전복, 마른안주로 오를 게 뻔하니, 그런 말은 두
번도 마오. 청어 너 좀 가 보아라."

청어 두 뺨이 발개지며,

"실없는 말 마오. 줄줄이 엮어 매단 게 곳곳마다 우리네라오. 먹
다 남으면 오사리 관목*이라고, 꼬부랑 주검은 박색 중에 박색이
오니 나가기 싫소."

하는데, 문득 한 대장이 앞으로 썩 나와 아뢰었다.

"신이 비록 재주 없사오나 인간 세상에 나가 토끼를 사로잡아 오
겠나이다."

바라보니 대가리는 불룩한 두루주머니처럼 생기고 다리는 여덟
갈래로 갈라진 수천 년 묵은 문어라. 용왕이 크게 기뻐하며,

"그대의 용맹은 내 이미 잘 알고 있노라. 그대는 충성을 다하여
인간 세상에 나가 토끼를 사로잡아 오라. 내 그 공로를 크게 갚으
리라."

---

* 제철보다 일찍 거둔 곡식이나, 이른 철에 잡은 어물을 오사리라 한다. 관목은 말린 청어.

하고 문어에게 문성 장군을 봉하려고 하는데, 문득 한 놈이 불쑥 나오며 문어를 큰소리로 꾸짖었다.

"아무리 기골이 장대하고 위풍이 조금 있기로서니 말주변 없고 소견 모자란 네가 무슨 공을 세우겠다고 희떱게 나서느냐? 네가 허위허위 바다 기슭에 가 닿기만 하면, 인간 세상 사람들이 너를 보기가 무섭게 잡아 요리조리 오려 내어 국화 송이요, 매화 송이요 하고 갖가지 모양을 아로새겨서 잔칫상 환갑상 어물 접시에 척 올려놓을 것이요, 술집 놀음상이며 한다하는 양반들 술상이며 난봉 건달꾼들의 술안주 되기 지름길이요, 어린아이들이 손에 쥐고 빨아먹다가 버리면 이리 뒹굴 저리 뒹굴 굴러다니는 신세니 이 어찌 무섭고 두렵지 아니하냐.

나로 말하면 말재간 좋고 몸 숨기기 좋아 인간 세상에 나가기만 하면 토끼 같은 짐승쯤이야 마음대로 잡았다 놓았다 손안에 가지고 놀 것이요, 신출귀몰한 꾀로 사로잡아 오리니 손바닥 뒤집기보다 쉬운 일이로다."

말주변 좋고 능청스러운 이이가 누구더냐. 바로 모두가 멸시하는 수천 년 묵은 자라, 별주부로다.

문어는 자라의 말을 듣고 성이 독같이 나서 두 눈을 부릅뜨고 기다란 여덟 다리를 잔뜩 벌려 딛고 서서 검붉은 대가리를 흔들흔들 하면서 고래고래 소리 질러 자라를 꾸짖었다.

"이 쬐고맣고 변변치 못한 별주부야, 네 내 말을 들어 봐라. 포대기에 싸인 어린아이가 감히 어른을 업신여겨도 분수가 있지. 하룻강아지 범 무서운 줄 모른다더니, 네가 세상에 나서 아직 범 구경을 못한 놈이로다. 네 모양을 볼작시면 해괴망측하고 우습기 그지없도다. 넓적한 등때기는 나무 접시 모양이라, 그 납작한 몸뚱이와 엄지손가락만 한 대가리에 무슨 소견이 들어 있으리오. 세돗집 날라리꾼 젊은것들이 너를 보면 두 손으로 냉큼 움켜다가 끓는 물에 푹 삶아 먹으며, '자라탕이 별맛이로다.' 하고 꿀꺽 삼켜 버릴 테니 네 무슨 수로 살아 돌아오겠느냐?"

별주부 그 말을 듣고 크지도 않은 콧구멍을 힝 불며 콧방귀를 뀌었다.

"너야말로 우물 안 개구리로다. 하나만 알고 둘은 모르는 미련한 놈 같으니. 예부터 힘세고 우직한 자가 패하지 않은 적이 없으니 네 용맹이라는 것이 내 지혜를 어이 당할쏘냐? 내 재주를 한번 들어 보아라.

넓은 바다 깊은 물에 나가, 맑고 푸른 하늘에 흰 구름 둥실 뜨듯, 회오리바람에 가랑잎 날리듯 기엄둥실 떠올라서 네 다리를 바투 끼고 긴 목을 옴츠려 등딱지 밑에 감추고 넙죽이 엎디면, 둥글둥글 수박 같고 평평 넓적한 솥뚜껑 같아서 나무하는 아이나 고기 낚는 어부라도 무엇인지 몰라보니 몸 감추기도 그만이고 편안하기도 그지없다.

이렇듯 아무도 모르게 뭍에 올라 토끼를 만나면 청산유수 같은 말재간, 기묘한 꾀로 손쉽게 잡으리니, 간사한 토끼를 잡아 올 이 나 하나뿐이로다. 네 어이 내 지혜와 묘한 꾀를 따를쏘냐?"

눈을 더부룩더부룩 굴리며 자라의 사설을 듣던 문어는,

"네 말도 그럴듯하다."

하고는 하릴없이 뒤통수를 툭툭 치며 흔들흔들 물러났다.

　용왕은 별주부 어깨에 손을 얹고 술을 부어 권하며 간곡히 말하였다.

　"그대의 지혜와 말재간 실로 놀랍도다. 부디 충성을 다하여 공을 이루고 빨리 돌아와 부귀영화를 길이 누리라."

　자라는 감격하여 용왕에게 절을 하고 한마디 청을 댔다.

　"저는 용궁에만 있삽고 토끼는 산속에 있사오니 토끼 모습을 알 수 없사옵니다. 바라옵건대 화공을 불러 토끼 모습을 한 장 그려주옵소서."

　"그리하라."

　용왕은 화공들을 다 불러들여 토끼 화상을 그리라고 명하였다. 그리하여 용궁 안 이름난 화공들이 다 모여 문방제구를 늘어놓는데, 남포 청석으로 만든 용연 벼루며 온갖 좋은 벼루에, 황해도 수양산의 참먹이며 족제비 털로 만든 붓에, 전주 한지며 죽청지 들을 주런이 늘어놓는구나.

　토끼 생김생김을 이리저리 그리는데, 천하 명산 명승지만 골라 둘러보던 눈 그리고, 봉래산 방장산 운무 중에도 내 잘 맡던 코 그리고, 두견 앵무 지저귈 때 소리 듣던 귀 그리고, 난초 지초 온갖 향초 꽃 따 먹던 입 그리고, 동지섣달에 눈바람 막아 내던 털 그리고, 높은 산 구름 속에 펄펄 뛰던 발 그린다. 두 눈은 도리도리, 두 귀는 쫑긋, 허리는 늘씬, 꽁지는 몽똑, 앞다리는 짤막, 뒷다리는 길쭉. 왼쪽은 청산이요 오른쪽은 녹수라, 녹수청산 깊은 골에 나무숲 우거지니 계수나무 그늘 속 들락날락 오락가락 엉거주춤 뛰는 양이 이

태백이 말마따나 달 보던 토끼가 네로구나.

그림이 다 되자 용왕은 토끼 화상을 자라에게 내주며 어서 다녀오라고 당부한다.

자라가 토끼 화상 받아 들고, 품 안에 품자 한들 앞섶이 없어 품지 못하고, 고름 없어 달 수 없고, 주머니 없어 넣을 수 없고, 들고 나오자니 물에 젖을 터라 어찌할꼬. 앞뒤를 대패로 민 듯한 몸이니 어디다 지니고 바닷길 천 리 머나먼 길에 물 아니 묻히고 갈까. 이리저리 곰곰 생각하다가 목을 길게 빼어 가지고 화상을 이리 접첨 저리 접첨 하여 쑥 집어넣고 목을 움츠리니 아무 걱정 없더라.

자라 제집으로 돌아와 어머니께 하직하니, 자라 어머니 이른다.

"네가 명을 받아 세상에 나간다니 내 어찌 막으랴마는 너희 아버지도 세상 구경 나갔다가 돌아오지 못하였으니 조심하여 다녀오너라."

"어머님, 걱정 마소서. 임금 섬기는 도리 분명하고, 하늘과 땅의 신령 밝히 빛나거늘, 아무러면 객사하오리까?"

이때 별주부 마누라 썩 나서면서,

"여보, 여보 어디를 가오? 세상 나간단 말이 웬 말이오? 그곳이 죽을 곳인지 왜 모르고 가려 하시오. 경신년 삼월에 소상강 좋단 말 듣고 시아버님 구경 가시더니 객사하여 돌아오지 못하신 걸 모르시오? 죽으면 그저 죽지 괜히 세상에 나가 객귀가 되려 하오? 가지 마오, 가지 마오. 무슨 일이라도 생기면 어린 자식들은 어찌하라고. 큰자식이라야 이제 겨우 장기판 궁 쪽만 하고 딸자식들은 장기판 졸 쪽만 한 것을 어찌 길러 짝 지운단 말이오?"

하니, 별주부 이 말 듣고 화를 내어,

"에잇, 요망하다. 여편네가 무식하기로 나랏일을 모르고 사사로이 정만 내세우느냐? 내가 벼슬은 보잘것없으나 근본은 양반이라, 명을 받든 몸이 되어 임금님께 하직하고 조정 온 신하들께 하직하였는데 여편네 말로 그만두겠느냐?"

하더니, 전장에 나가는 장부나 된 듯 목소리를 가다듬고 말한다.

"명이 길고 짧은 것은 다 하늘이 정한 바라 마음대로 되지 않나니 너무 근심하지 마오. 내 다녀올 동안 늙으신 어머님과 어린 자식들을 잘 돌보며 기다리오."

자라가 안해에게 집안일을 당부하고 행장을 수습해 가지고 떠나더라.

이 바쁜 때 호생원을 만나다니

만경창파 푸른 물에 휘두둥실 떠올라서 앞발로 푸른 물결 찍어 당기며 뒷발로 뛰는 물결 탕탕 차며, 이리저리 조리요리 앙금둥실 높이 떠 사방 바라보니 뭍으로 칠백 리에 물빛은 하늘과 한 빛이라.

풀과 나무는 파릇파릇 새싹이 피어나고 짐승들은 짐승들대로 제 세상 만났다고 즐겁게 뛰어다닌다. 활짝 핀 진달래꽃은 봄 냄새에 취해 있고, 범나비는 봄날의 흥을 못 이겨 쌍쌍이 날아들고, 푸른 버들가지는 시냇가에 휘늘어져 춤추듯 하늘거리고, 황금 꾀꼬리가 고운 목소리로 벗을 찾으며 봄을 한껏 즐기는데, 솔밭에서 졸던 목 긴 학은 발자취 소리에 깨어나 푸드득 날아예고, 접동새는 접동접동 동산 여기저기 봄소식을 전하니, 용궁에서는 볼 수 없는 아름다운 별천지로다.

산천 경치에 황홀해진 자라의 귀에 어디선가 구성진 노랫소리 한

가락이 들려온다.

　　푸른 강 기러기는 가노라 끼룩끼룩
　　강남서 제비 왔노라 지지배배
　　조팝나무에 피죽새 울고
　　함박꽃에 뒤영벌이요
　　방울새 떨렁, 물레새 짜걱
　　접동새 접동, 뻐꾹새 뻐꾹
　　까마귀 골각, 비둘기 꾹꾹
　　이 아니 경치더냐, 좋을 좋을 좋을시고.

　　산은 산마다 꽃 휘장 찬란하고
　　앞내 뒷내엔 흰 비단 펼친 듯.
　　푸른 대 푸른 솔은 만고의 절개요
　　복사꽃 살구꽃은 한 시절의 봄이로다.
　　기이한 바위들은 좌우에 층층한데
　　절벽 사이 폭포수는 이 물 저 물 모여들어
　　와당탕퉁탕 내리고 흘러가니
　　이 아니 경치더냐, 좋을 좋을 좋을시고.

자라는 황홀하여 짧은 목을 길게 빼고 이리저리 보는구나.
"허 참, 경치가 그만이로군. 우리 용궁서 보던 경치야 어디 대 보기나 하려고."

차츰차츰 발을 놀려 시냇물을 따라 올라가며 토끼 모습을 이리 찾고 저리 찾고 하는데, 웬 짐승 하나가 어슬렁어슬렁 거닐것다. 자라가 그놈 보고는 대뜸,

'아마 저것이 토끼인가 보다.'

하고는 화상을 펴 놓고 그 짐승 한 번 보고 화상 한 번 보고 하며,

'토끼 같으면 꼬리가 뭉뚝해야 할 터인데, 저놈은 꼬리가 너무 긴걸. 또 이놈은 앙큼하여 다리가 짧은데 저놈은 아랫도리가 멀쑥한걸. 잘 모르겠으니 저 짐승한테 한번 물어보리라.'

하고는, '토생원' 하고 부른다는 것이, 찬 바다 만 리 먼 길을 아래턱으로 밀고 오다 보니 앞턱이 뻣뻣하여 '토' 자가 살짝 늘어져 '호' 자로 되니, 웬 심술궂고 사납고 행실 못되고 입정 궂은 친구를 불렀것다.

"저기 오시는 이가 호생원이시오? 호생원!"

하고 불러 버리니, 토끼는 아니 오고 호랑이가 오는구나. 작은 놈 중간 놈도 아니고 큰 놈이 소나무 숲 깊은 골로 설렁설렁 내려오는데, 귀는 쭉 째지고 몸은 얼쑹덜쑹, 꼬리는 잔뜩 한 발이 넘는 놈이 주홍 같은 입을 떡 벌리고, 한 걸음 두 걸음에 초목에 바람 일고 산천이 떵떵 울리게 엉금섭적 내려올 제 나무도 지끈 꺾고 돌도 떼구르 궁굴리며, 경쇠 같은 눈망울을 이리저리 굴리고, 기둥 같은 앞다리, 동개 같은 뒷다리, 쇳날 같은 발톱으로 잔디 뿌리 왕모래를 엄동설한 백설처럼 아주 쏼쏼 흩뿌리며, 엉금엉금 어헝 걸어온다.

"뉘가 날 찾느냐?"

호랑이가 자라 앞에 멈추어 우뚝 서는데 산천이 다 울린다. 자라

깜짝 놀라 껍데기 속에 움츠리고 죽은 듯이 엎드려 있자니 호랑이가 둘레둘레 보다가,

"이것이 나를 불렀나?"

하며 자라 껍데기를 만져 보니, 자라가 목을 잔뜩 움치고,

"공연히 잡것을 불렀구나."

하니, 호랑이가,

"눈코도 없는 것이 말을 제법 한다."

하며 물끄러미 본다.

"이것이 무엇인고? 처음 보는 물건이로고. 솥뚜껑 같은데 꼭지가 없고, 수레바퀴 같다마는 구멍이 없고, 마른 쇠똥인가, 앉는 방석인가? 좀 앉아 보자."

육중한 놈이 진득이 깔고 앉으니 자라가 어찌나 무겁던지 목이 점점 나온다. 호랑이 놀라,

"이것 좀 봐라, 이놈의 목이 자꾸 나온다. 좀 더 누르면 한없이 나오것다."

하고는 힘을 주어 꽉 누르니, 자라 참다못해 목을 쑥 내밀며 인사한다.

"평안하시오?"

호랑이 놀라 물러앉으며 물었다.

"이놈, 너는 무엇이냐? 나는 온 짐승의 우두머리 호랑이거니와 너는 무엇이냐?"

자라 크게 놀라 얼른 대답한다.

"예, 저 자라올시다."

호랑이 듣더니,

"옳다, 좋다. 내 평생에 원하기를 자라탕이더니 너 오늘 잘 만났구나. 통째로 삼키면 뱃속에 들어가 저절로 자라탕이 되리로다. 어헝, 좋구나 좋다. 자라라니 반갑도다."

"자라탕 언제 잡숴 보셨소?"

"경오년 오월에 먹어 보았는데 그 뒤로는 먹고 싶어도 못 먹었다."

"나 자라 아니오."

"그러면 무엇이냐?"

"남생이요."

"남생이면 더욱 좋지. 태산준령 만학천봉 밤낮으로 오갈 제, 다리 부어 고생타가 명의한테 물어보니 남생이를 술에 타 먹으면 아주 효과 그만이라더라."

자라 기가 막히구나.

"웃자고 한 말이지, 나 남생이 아니오."

"그러면 무엇이냐?"

"내가 개요."

"개라니 더욱 좋다. 내 평생 그리 잡으려 해도 네가 세상 개와 다른 물속 개라 구경할 수 없더구나. 내가 기운이 모자라 명의더러 물으니 해구신이 약이라더라. 오냐, 먹자."

"이분 귀가 어두운가? 내 언제 개라 했소?"

"그럼 무엇이냐?"

"나 도야지요."

"제육 첫 점이라더니, 더욱 좋다."

"못 먹는 게 없구려. 나 두꺼비요."

"두꺼비라도 좋다. 너를 씹어 먹으려다가는 이가 상할 터이니 통으로 삼키자."

자라 더더욱 기가 막힌다.

"이런 망나니 식성 보았나. 두꺼비도 아니오."

"그러면 무엇이냐?"

"개구리요."

"개구리는 더구나 이롭구나. 개구리가 늙은이 기침 나는 데 좋다더라."

이 지경이 되니 자라 탄식한다.

"내 충성이 부족한가. 인간 세상에 나오자마자 죽다니 이내 팔자이 아니 원통한가. 애 호랑아, 내가 네 어찌하나 보려고 남생이니 두꺼비니 하였더니 참말 그런 줄 아느냐?"

"그럼 무엇이란 말이냐?"

"정 내 이름을 알고 싶으냐? 나는 남해 용궁 일등 충신 별주부 별나리라 하노라."

호랑이 무식하여 자라 별鼈 자를 모르는구나.

'별나리? 별나리. 인간 강감찬 나리가 우리 조상을 죄다 남의 나라로 쫓았다더니, 별나리라니 그 아니 무서운가.'

호랑이 겁에 질린 꼴 하고서 공손해진다.

"나리, 수궁에서 그런 높은 벼슬을 하시면서 인간 세상에는 무슨 일로 말도 가마도 아니 타시고 걸어서 오셨소?"

"내가 늙어 별장 하나 장만하려고 명당에 집터 닦고 지을 적에 기와장이 안 부르고 천여 칸 기와를 내 손으로 이어 추녀 끝 돌아가다 한 발 삐끗 미끄러져 거꾸로 곤두박여 목이 이 모양으로 움츠러들었는데, 명의 불러 진찰하니 백약이 무효라더라. 오로지 호랑이 쓸개 두 보만 얻어 한 보는 먹고 한 보는 거죽에 바르면 곧 낫는다 하기로 도로랑귀신 잡아타고 호랑이 사냥을 나왔더니, 네가 진정 호랑이냐?"

호랑이 그 말 듣고 껄껄 웃고 큰소리친다.

"내가 한 번 뛰면 태산을 넘고 벽해를 건너거늘 네가 어찌 나를 잡을쏘냐?"

"네가 태산 벽해를 순식간에 간다 하되, 나는 이곳에 가만히 앉아서 너를 잡을 재주가 있느니라."

호랑이 본디 의심 많은 짐승이라 뒤로 주춤 물러앉으며,

"네까짓 게 무슨 재주란 말이냐?"

하니, 자라가 우쭐렁거린다.

"내가 예 앉아서 목을 오 리를 빼라면 빼고 십 리를 빼라면 빼니, 너 하나 잡기가 무에 어렵겠느냐?"

"사람이나 짐승이나 목이 한정이 있거늘 네 목은 무한정이란 말이냐?"

"네가 내 목 초벌 나오는 것을 보려느냐?"

자라가 대번에 목을 아주 빼어서야 되가 있겠나. 그래 슬금슬금 목을 차츰 내미니 호랑이 물끄러미 바라보다가,

"저놈의 목을 보아라. 궁사무척이라고, 구멍에 든 뱀마냥 길이를

알 수 없구나."

하는데, 자라가 젖 먹던 힘을 다하여 큰소리로,

　"도로랑귀신 거기 있느냐? 어서 나와 용천검 드는 칼로 이 호랑
　이 배를 갈라라. 도로랑!"

하고 부르며 호랑이 앞다리 사이로 앙금앙금 들어가서, 놋젓가락
도 물어 자르는 날카로운 이빨로 호랑이 불알을 아드득 물고 늘어
지니, 호랑이 펄쩍 놀라 높은 산 솔숲 깊은 곳으로 펄펄 뛰어가 금
세 사라지고 보이지 않더라.

　호랑이가 두리봉 높은 곳에서 사방을 바라보며 혼자 기운 자랑을
하는구나.

　"급할 때는 기운이 제일이로다. 내가 약골이었으면 도로랑귀신
　한테 잡혀 별나리 자실 약이 될 뻔했구나."

　자라는 호랑이 불알을 물고 공중에 매달려 가다가 끈 떨어진 쌈
지 내려지듯 바위 복판에 덜컥 떨어졌다.

　"애고, 잔등이야. 천하에 무서운 놈을 만나 하마터면 죽을 뻔하
　였구나. 호랑이는 산중 영물이라 내가 충성이 모자라 기개를 떠
　보려 한 것이러니, 산신제를 정성껏 드리리라."

　자라 시냇물에 목욕하고 넘늘어진 소나무 가지 지끈 꺾어 시냇가
옆 너럭바위 활활 쓸고 풀잎 깔아 자리 만들고, 떨어진 산과일로 삼
색 갖추어 벌여 놓고, 맑고 맑은 감로수를 꽃송이에 붓고 일어나 네
번 절하고 축문을 읽는다.

　"유세차 갑진 삼월 정묘일에, 남해 수궁 별주부 자라는 감히 신
　령님께 아뢰옵나이다. 지금 수궁의 용왕께옵서 문득 병이 들어

여러 달 누워 계시는데 온갖 약이 소용없삽기로, 하늘 도사께서 일러 주기를 토끼 간이 약이라 하여, 갖은 어려움을 무릅쓰고 이 산에 왔나이다. 제 충성이 모자라오나 산신령께옵서 수궁 억만창생을 돌보사 천 년 묵은 토끼 한 마리를 내려 주시옵기를 바라고 또 바라옵나이다. 상향."

자라와 토끼 드디어 만났구나

빌기를 다한 뒤에 한쪽을 바라보니, 왼쪽은 푸른 산이요 오른쪽은 맑은 물이로다. 오로봉 상상봉에 구름 높이 뜨고 망월대 맑은 시냇가에 나뭇잎 흩날리고 기화요초 만발한 가운데 짐승 하나 내려오는데, 자라 살펴보니 눈 코 귀가 단정하고 달 속 계수나무 맑은 정기 뱃속에 품었는지라. 자라 생각하되,

'저것이 정녕 토끼로다.'

하고는, 길게 뺀 목을 숙이고 토끼 화상을 꺼내 들었다. 그림 보고 짐승 한 번 보고 짐승 보고 그림 한 번 보니 분명 토끼로다. 자라는 무릎을 탁 치고 일어서더니, 기쁨을 누르지 못하여 싱글벙글 웃으며 풀포기를 헤치고 나온다.

그 짐승 노는 꼴이 더러 풀잎도 뒤적이고 야들야들한 싸리 순을 뜯어 먹기도 하고 층암절벽 사이를 깡충깡충 뛰어 넘나들며 뺑뺑

돌기도 하고 할금할금 좌우를 살피며 잠시도 쉬지 않고 호물호물 입을 놀린다.

'옳다, 네가 영락없는 토끼로다. 내 아까는 토 자를 늦추다 호 자로 불러서 흉악한 범을 만나 큰 욕을 보았으니, 이번에는 되게 붙여 토 자로 부르리라.'

자라는 수없이 '토생원, 토생원, 토생원.' 하며 입에 익히고는 불렀다.

"저기 오는 이가 토생원 아니시오?"

토끼가 두 귀를 쫑긋하고 듣다가 저를 대접하여 부르는 소리를 듣고 으쓱해져서 점잖이 대답한다.

"누가 날 찾는고? 산이 높고 골이 깊어 경치 좋은 이 강산에 날 찾는 이 뉘신고? 수양산 백이숙제가 고사리 꺾자고 날 찾는가, 상산의 네 노인이 바둑 두자고 날 찾는가, 숨어 사는 선비들이 밭 갈자고 날 찾는가, 잔디가 돋았다고 벗님네 날 찾는가, 퉁소를 같이 불자 선녀들이 날 찾는가, 물에 놀자 날 찾는가, 글 짓자고 날 찾는가, 술 마시자고 날 찾는가, 뉘라서 날 찾는가? 날 찾는 이 뉘시오?"

토끼가 소리 난 곳을 보며 귀를 쫑그리고 살피더니 자라가 앉아 있는 곳으로 깡총깡총 다가온다. 순간 자라가 호랑이에게 놀란 가슴이라 네 발 움츠리고 죽은 듯이 엎어져 있으니, 토끼가 보고,

"하하, 이것 보게. 이상하게 생겼네. 둥글둥글하고 넓적넓적하니 방석인가? 깔고 앉아 보리라."

하고 깡총 뛰어오르니, 자라가 목을 슬그머니 내민다. 토끼 깜짝 놀

라 펄쩍 뛰어내리며,

"이것 보게, 어떤 놈이 뱀을 잡아 넣어 놨구나!"

토끼가 놀라 주저하다가 다시 팔딱 뛰어올라 앉으니, 자라 못 견디어 궁둥이를 들썩한다. 토끼 발딱 나자빠지며,

"나무 접시 같은 것이 등심은 대단하네. 여보, 당신 무엇이오?"

하니, 자라가 짧은 손을 들어 가까이 오라고 거푸 손짓한다. 토끼 마음에 의심스러웠으나 웃는 낯에 침 안 뱉는다고 아무튼 만나나 보리라 하고 가까이 다가가 서로 절을 하고 자리를 나눠 앉았다.

손님 대접하는 첫인사로 사람들 같으면 백통 담뱃대와 향초 금강초 좋은 잎담배에 누런 호박물부리나 옥물부리를 내놓으련만, 토끼는 도토리통 담뱃대에 싸리 순을 내놓고 수작을 건네는구나.

"토생원의 높은 이름은 들은 지 오래외다. 평생에 한번 만나 보기를 원하였더니 오늘에야 소원을 이루는구려. 반갑기 그지없소이다. 우리 서로 만남이 어찌 이토록 늦었는지요?"

토끼는 자라가 생김새도 넙데데한데 말하는 꼴까지 의뭉스러워 어줍지 않게 딴전을 핀다.

"내가 세상에 나서 사면팔방을 두루 돌아다니며 인물 구경도 많이 하였으나 그대같이 못생긴 얼굴은 보나니 처음이로다. 담 구멍을 뚫다가 정강이뼈가 부러졌는지 발은 어이 그리 짧고 몽톡하며, 양반을 욕하다가 상투 꼭지를 잡혔는지 목은 어이 그리 길다라며, 기생방에 다니다가 건달 잡놈들한테 밟혔는지 등은 어이 넙적한가? 사방으로 두루 보니 둥글둥글 접시 모양이구려. 그건 그렇다 치고 성함은 어찌 되시오?"

자라는 비위가 뒤틀려 참지 못하고 한마디 비꼰다.

"토생원 같은 어른이나 함자가 있지, 우리 같은 거야 그런 게 어디 있겠소?"

토끼는 배를 벌름벌름 흔들면서 웃음을 가볍게 쏟아 놓았다.

"하하하, 아까 한 말은 다 농담이니 노엽게 생각지 마시오."

'원, 이런 호들갑스러운 잡놈을 봤나.'

자라는 속으로 욕하면서도 짐짓 너그러운 척 웃으며 대답한다.

"내 성은 별이요. 호는 물나라 용궁에서 하는 벼슬대로 주부라고 하오. 잔등이 넓은 것은 물에 떠다녀도 가라앉지 않기 위함이요, 발이 짧은 것은 뭍에서 걸어 다녀도 넘어지지 않기 위함이요, 목이 긴 것은 먼 데를 살펴보기 위함이요, 몸이 둥근 것은 행세를 둥글둥글하게 하기 위함이오. 그러니 물속 영웅이요, 물고기 족속 중 어른이라, 세상에 문무를 두루 갖춘 이는 나뿐인가 하오."

토끼가 웃음을 참지 못하여 깔깔거리더니,

"내가 세상에 나서 온갖 풍상을 다 겪었으나 그대 같은 영웅호걸은 처음 보는구려."

하니, 자라가 능청스럽게,

"그대 나이가 얼마나 되관데 온갖 풍상을 다 겪었소? 그리도 이력이 많으시오?"

하니, 토끼는 다시 우쭐해서 대답했다.

"내 나이로 말하면 여느 사람이 한 번밖에 못 쇠는 환갑을 몇 번 쇠었는지 모르오. 이만하면 내가 그대 아버지 친구뻘 되는 어른이 아닌가."

토끼 말을 듣고 다시 자라 대답하기를,

"하하, 그대야말로 스스로 제일이라고 하는구려. 그럼 내 지난 일을 대강 말할 테니 한번 들어 보시오. 모르면 모르거니와 아마 한번 들으면 놀라서 눈이 휘둥그레질 것이오.

세상이 처음으로 생길 때 첫아이가 나는 것을 보고 해산미역을 내가 가져다주었고, 임금이 처음으로 나설 때도 술안주로 바닷기를 내가 마련해 주었다오. 그 뒤로 옛 임금님들이 불 내시고 오곡 씨 내시고 호미 만드시고 글자 내시고 배도 내시고 의약 마련하시고 홍수 다스리실 적에 곁에 앉아 수발들고 훈수 들었으니 내 공이 얼마나 큰지 아오? 이로 보면 환갑 진갑 육갑이 몇 번이 아니라 몇천 몇만 번 지났는지 모를 지경이오. 그러니 내가 그대의 몇백 대 할아버지의 친구뻘이 될 게 아니오. 나이 자랑일랑 그만두고 세상살이 재미나 이야기해 봅시다."

한참을 이리 엮어 나가니, 토끼는 그저 자라가 거짓말 반 허풍 반 주절대는 것에 비위가 틀려서,

"내가 산중 재미를 말하면 그대는 재미가 너무 나서 오줌을 질질 쌀 것이고, 접시 같은 둥글넓적한 몸이 그 오줌에 빠져서 배처럼 둥둥 떠다니느라고 헤어나지 못할 것이니 그 아니 불쌍한가?"

하고 비꼬니, 자라 한술 더 뜬다.

"그렇게 재미나오? 물 밖 세상이 하 좋다기에 구경하러 나왔더니 구경할 게 변변치 않소그려."

"그건 모르는 말씀이오. 세상 재미가 좋다 뿐이겠소?"

"헛된 자랑만 말고 세상 경치나 말해 보시오. 내 잘 들으리다."

토끼가 빨간 눈을 또록또록 굴리며 흥이 올라 가락에 얹어 엮어 대기 시작한다.

산천 풍경 좋은 곳에 봉우리는 칼날같이 하늘 높이 꽂혔는데
산 지고 물 안았으니
봄이면 물 불어 못마다 출렁이고 여름이면 구름이 뭉게뭉게.
명당자리 터 닦고 초가 한 칸 지어 내니
반 칸에는 바람이요 반 칸에는 달이로다.
흙 섬돌에 대 사립이 정가롭기 다시없고
학 울고 봉새 나는구나.
뒷뫼에서 약 캐고 앞내에서 고기 낚아
입에 맞고 배부르니 이 아니 즐거운가.
저 하늘에 밝은 달이 조는 듯 조용한데
첩첩 산속 깊은 골에 홀로 문을 닫았도다.
한가한 구름이 그림자를 희롱하니 별유천지비인간이로구나.
이내 몸이 구름 같아 세상 시비 없고 보니 이내 자취 누가 알랴.
추운 때 지나고 더운 때 돌아오니 사시절을 짐작하고
날이 가고 달이 오나 가는 세월 내 몰라라.
녹수청산 깊은 곳에 꽃 좋고 풀도 살져
난새 봉새 공작새들 서로 불러 화답하니 이 봉 저 봉 흥겹고
앵무 두견 꾀꼬리가 고이 지저귀니 이 골 저 골 노래로다.
밭 갈고 나물 먹고 물 마시고
석양에 취한 흥을 반쯤 띠고 일어서서 강산풍월 구경하며

높은 산 상상봉에 흰 구름 쓸어 내고 지세를 굽어본다.

명산이 병풍인 양 전후좌우 둘려 있고 맑은 못 구슬 같고

강물을 띠 삼아 무한한 경치를 노래로 수작하고

눈썹 같은 반달을 취중에 희롱하며

불로초를 마음대로 뜯어 먹고

못에서 멱 감다가 산속으로 돌아들어

층암절벽 집이 되고 지는 꽃 자리 삼아 한가히 누우니

수풀 사이 밝은 달은 은근한 친구 같고

소나무에 바람 소리 은은한 거문고라.

돌베개를 두루 베고 취한 흥에 잠이 드니

어디선가 학의 소리 잠든 나를 깨우누나.

토끼 더욱 흥이 올라 제법 어깨까지 으쓱거리면서 소리한다.

일어나서 한적한 산골 돌길 엇비슷이 누운 길

지팡막대 의지하고 이리저리 바장이니

흰 구름은 천리만리 아득히 흘러가고

밝은 달은 앞내 뒷내 그윽이 따라오누나.

산에 산이 첩첩하니 산마다 하늘 중천 아득히 솟아 있고

물은 물대로 잔잔하니 이 골물 저 골물이 골마다 흘러간다.

도도한 이내 몸 산속에 두었으니

양반 정승 준다 한들 무한한 경치 내 어이 바꿀쏘냐.

동쪽 둔덕 올라서서 휘파람을 한 곡 부니 즐겁기 그지없고

앞내를 굽어보며 샘솟는 글 지으니 흥치 또한 무궁하네.

오동나무 밝은 달은 가슴에 비쳐 들고

버드나무 맑은 바람 얼굴에 비쳐 있다.

맑은 바람 밝은 달이 그 아니 내 벗인가.

병 없는 이내 몸이 못된 놈 없는 세상

편안히 살아가는 한가한 백성 되었으니

이런 신세 가리켜서 땅 위의 신선이라.

이 강산 이 풍경을 마음껏 즐긴들 그 누가 시비하랴.

얼씨구 좋을시고 절씨구 좋을시고.

오얏꽃에 복사꽃 향기롭게 가득 피고

푸른 버들 실실이 드리웠는데

동서남북 미인들 시냇가에 늘어앉아

고운 손 넌짓 들어 흥겹게 빨래하고

물 한 움큼 덤벅 떠서 통통한 젖가슴을

슬근슬쩍 씻는 모양 팔선녀가 그 아닌가.

오월이라 단옷날에 나무 그늘 우거진 곳

울긋불긋 차려입은 아름다운 여인들이

가지에다 줄을 매고 짝을 지어 그네 뛰니

춘향이가 놀고 있는 광한루가 분명쿠나.

풍류 호걸 이내 몸이 저런 미인 구경하니

아마도 세상 재미는 나뿐인가 하노라.

자라가 보도 듣도 못하던 산중 재미에 귀가 솔깃했다가, 작은 눈을 깜박거리면서 슬쩍 딴전을 피운다.

"허허 우습도다. 그대 말은 모두 다 헛된 과장이라 누가 곧이들
으리오."

"초면에 그게 무슨 말이오?"

"내 그대 신세 생각해 보니 이 산중에 살기에는 여덟 가지 어려
움이 있은즉 두 귀를 기울여 잘 들으시오."

"허, 그분 초면에 방정맞은 소리를 다 하시는구려. 어찌 안다고
시방 함부로 말을 푹푹 내미는 게요?"

"내 이를 테니 들어나 보시구려."

"어디 한번 주워섬겨 보시오."

자라 제법 "어험." 하고 큰 기침을 깇고 나서 목소리를 다듬어 역
시 가락에 얹어 꼽아 내려갔다.

> 동지섣달 설한풍에 눈보라는 흩날리고
> 층암절벽이 얼음판 되어 산도 골도 막히면은
> 어디에다 발붙이고 하루인들 살아가랴.
> 이것이 첫째 어려움이로다.

자라는 발가락이 짧아 하나씩 꼽을 수 없자, 옆에 있는 막대기를
주워 들고 땅바닥에 금 하나 긋고 나서 말을 잇는다.

> 북풍이 몰아칠 때 돌구멍 찬 자리에
> 먹을 것 전혀 없어 콧구멍만 핥을 적에

온몸이 덜덜 떨리고 사지가 뻣뻣이 곱아
신세타령 절로 나니, 둘째 어려움이오.

봄바람 화창할 때 꽃송이 풀포기 뜯어 먹자고
산속을 이리저리 저리이리 들어가니
사나운 저 독수리 두 죽지를 옆에 끼고
쏜살같이 달려드니, 두 눈에 불이 나고
작은 몸이 쫄아들어 바위틈으로 기어들 제
넋을 잃은 그 신세 몹시 가여운즉, 이것이 셋째로다.

오뉴월 삼복더위 산과 들에 불이 나고 시냇물도 끓을 적에
살에서는 기름땀 나고 털끝마다 누린내라
짧은 혀를 길게 빼고 급한 숨을 헐떡이며
샘가로 달려가니 그 꼴이 오죽할까.
이것이 넷째더라.

가을 들어 단풍 붉고 들국화 만발한데
산열매나 먹자 하고 조용한 곳 찾아가니
매 받은 사냥꾼이 높은 곳에 앉아 있고
기운 좋은 몰이꾼과 냄새 맡는 사냥개가 그대 자취 밟아 올 제
발톱이 뭉그러지고 진땀이 바짝 나서
걸음아 날 살려라 허둥지둥 달아나니
다섯째 어려움이 이 아니고 무엇일꼬.

"허, 그분 방정맞은 소리 말래도 점점 더 하는구려. 그러면 뉘가 거기 계속 있을까? 산 중동으로 도망하지."

　　천행으로 목숨 건져 중동으로 도망하면
　　총 잘 쏘는 사냥 포수 길목마다 지켜 앉아
　　탄알 재운 총을 들고 그대 모습 보자마자
　　염통을 겨냥하고 방아쇠를 당길 적에
　　꼬리를 샅에 끼고 간장이 콩알 되어
　　간신히 도망해서 숨을 곳 찾아가니
　　죽을 뻔한 그 신세가 그대 아니고 누구겠나.
　　이것이 여섯째요.

토끼 자빠졌다 일어나며,
"애고, 총 소리 하지도 마시오. 며칠 전에도 이 산 너머로 식전 참 먹으러 가다 김 포수가 쏜 후릿불을 맞아서 여기가 지금도 덜 아물었구먼. 나하고 총하고는 천하에 둘도 없는 원수로세."

　　알뜰히 고생하고 산속으로 달려가니
　　얼쑹덜쑹 큰 호랑이 철사 같은 수염을 위엄 있게 거사리고
　　웅크리고 가는 거동, 에그 참말 무섭도다.
　　소리는 우레 같고 머리는 산만 하며
　　허리는 늘씬하고 터럭은 불빛이라.
　　칼 같은 꼬리를 이리저리 두르면서

시뻘건 입을 벌려 써레 같은 이빨 딱딱이며

번개같이 날랜 몸을 동서남북 번득이며

이리 쿵 저리 쾅 이 골 저 골 두루 밟아

돌도 툭툭 받아 보고 나무도 뚝뚝 꺾어 보니

보기도 어마하고 풍채도 씩씩하여 산중 임금이라.

용맹을 버럭 써서 횃불 같은 두 눈깔을

번개같이 휘두르며 톱날 같은 앞 발톱을 엉버티고

숨을 한번 몰아쉬면 나무가 왔다 갔다

소리를 앙 지르면 큰 산이 움쭉움쭉

천지가 캄캄하고 정신이 아득하지.

이것이 일곱째요.

"허! 그분 방정맞은 소리 말래도 점점 더 하네. 그러면 뉘가 거기 있겠소? 훤한 들로 도망하지."

죽을 고비 겨우 넘겨 들판으로 달려가니

나무 베는 총각들과 소 먹이는 아이들이

창이며 몽둥이를 둘러메고 잔말 없이 달려드니

콧구멍에 단내 나고 목구멍에 불이 일어

경황없이 도망하니, 이것이 여덟째 어려움이라.

"조생모사朝生暮死 그대 신세 한가하다고 뉘 이르며, 무슨 정에 달구경이며 무슨 정으로 산놀이하나. 뻔한 거짓부렁이 뉘 앞에다가 내놓는 게요?"

토끼 앉아 듣다가 대꾸한다.

"그분 악착스러운 말도 다 한다. 당장 구워 먹을 듯 소름이 쭉쭉 끼치네. 누가 그런 데로 다니오?"

"그러면 어디로 가려오? 그대 신세 생각하면 가엾고 불쌍하고 답답하기 그지없소."

토끼가 눈물을 흘리면서 한탄을 한다.

"형이 뭍의 일을 어찌 그리 잘 아시오? 말이 났으니 말이지, 일 년 열두 달 하루 열두 시간 편히 궁둥이 붙일 때가 한시도 없구려."

자라가, 토끼가 낙심한 것을 보고 넌지시 오금을 박는다.

"그대 이렇듯 어려움이 겹쳐 있는데 무슨 경황에 산천 경치를 구경하며 어느 겨를에 높은 산의 불로초를 뜯어 먹고 호수 맑은 물에 목욕할 새가 있을꼬. 그나마 다른 고생도 수없이 많음을 내 짐작하지만 그대 듣기 싫은 말 내 구태여 다 하지 아니하겠소."

토끼 다 듣고 나니 할 말이 없으나 그렇다고 가만있을 수 있나.

"아이고 말재간이 여간내기 아니고 점쟁이 찜 쪄 먹기로 알기도 많이 아오. 남의 어려움을 너무 떠들지 마오, 듣는 토끼 거북하오. 화복이야 하늘에 매여 있고 잘되고 못되는 것은 제 운수에 달렸으니 힘과 지혜가 있은들 어쩌겠소. 이러나저러나 내 신세는 그렇다 치고 그대 용궁 재미는 어떠한지 한번 들어 봅시다."

자라는 어깨가 으쓱해져서 목청을 다듬고 읊기 시작한다.

"우리 수궁 재미라고 별것 있겠소마는 토생원이 청하시니 몇 마디 하겠소."

오색구름이 피어나는 깊고 깊은 바다 속

구슬과 자개로 번쩍번쩍 단장한 궁궐이

추녀를 높이높이 쳐들고 서 있는데

옥돌로 층계 쌓고 호박돌로 주추 놓고

산호로 기둥 세우고 대모로 난간 만들고

황금 기와 이어 놓고 유리창과 수정 발에

야광주로 등불 켜고 칠보로 방방이 꾸몄으니

그 광채 햇빛을 가리고 상서로운 기운이 궁중에 서렸는지라

날마다 풍악 울리며 잔치로 세월을 보내는도다.

연꽃 같은 미인들이 쌍쌍이 춤을 추며

포도주, 천일주 갖은 술을 잔마다 부어 놓고

유리 상에 금강초와 불사약을 소복이 담아다가

너도 한 상 나도 한 상 앞앞이 차려 놓고

붓거니 권커니 끝없이 즐길 적에

정신이 상쾌하고 심신이 즐거우니

황홀한 정경을 무슨 말로 다 이르랴.

만경창파 배 타고 넘나들면 바다 복판에 섬이요,

섬 안에 산이요, 그 산속에 신선 논다.

그 산 다 돌아보고 기슭으로 들어가며

이 강 저 강 맑은 강을 마음대로 오락가락

이슬 젖은 흰모래 기슭에 기러기 내려앉고

졸던 흰 갈매기 잠을 깰세라

어부들의 퉁소 소리 구슬피 들려오니

구렁에 잠긴 교룡도 춤을 추고 외로운 과부는 울음 운다.

달은 밝고 별은 드문드문 물새는 끼룩끼룩 나니

고기 잡는 어부들은 어기여차 뱃노래 부르고

연 캐는 여인들은 님 그리워 상사곡을 노래하니

그 재미 어떠하리.

"아마도 별천지는 이 산속이 아니라 우리네 수궁뿐인가 하오."

허욕 많고 경망한 토끼는 귀가 버룩해서 듣기는 하되 마음이 어쩐지 뒤숭숭하다.

"별주부는 참으로 복이 많은 친구로다. 나는 본디 팔자 기박하여 산속에 묻혀 사는 몸이 되었으니 그런 호강과 흥취를 어이 맛보리오. 부질없이 남의 호강 부러워한들 무슨 소용 있으리오."

자라는 춤이라도 추고 싶으나, 짐짓 은근하게 말한다.

"그대가 부러워하니 나 혼자 호강하는 게 미안하군. 그럼 친구를 위해 좋은 일을 권하겠으니 들어 볼 테요?"

"좋은 일이라니 무슨 일이오? 어서 말씀하시오."

"옛글에 말하기를, '위태한 곳에 가지 말며 어지러운 나라에 살지 말라.' 하였소. 그런데 그대는 어찌하여 이처럼 소란하고 분주한 세상에서 사는 게요? 다행히 나를 만난 것이 인연이 아니겠소? 그대 만일 이 티끌 많은 세상을 떠나서 나를 따라 저 물나라 궁궐에 들어가면, 그대가 그처럼 부러워하는 신선 세상에서 신선들과 함께 노닐며, 하나만 먹어도 천 년을 사는 복숭아며 불사약이며 마음대로 먹고 천일주에 감홍로를 날마다 마시고 거나하게 취하여 용궁 선녀들과 함께 춤과 노래에 파묻혀 세월을 보낼 것이니 세상에 그보다 더 즐거운 낙이 어데 있으리오. 거기에 가기만 하면 이 세상에서 겪은 고생은 꿈속 일로 두고 조금도 생각지 않을 게 틀림없소."

그 말을 들은 토끼는 마음에 끌리기는 하나, 다시금 의심스러워 고개를 기웃거렸다.

"그대 말솜씨가 좋아서 듣기 좋기는 하오만 좀 온당치 못한 듯하구려. 옛말에, '노루를 피하니 범을 만난다.' 하고 '팔자 도망은 독 안에 들어도 못 한다.' 하였는데, 뭍에서 살던 내가 어찌 물속에 들어가리오? 물속 고생이 물 밖 고생보다 더하지 말라는 법이 어데 있으리오.

물속에 들어가면 첫째로 숨을 못 쉬겠으니 세상 만물이 숨 못 쉬고 어이 살리오. 또 사지 멀쩡해도 헤엄칠 줄 모르니 만경창파 깊은 물을 무슨 수로 건널꼬. 에, 에, 팔자에 없는 남의 호강을 부질없이 넘보다가는 반드시 물에 빠져 죽는 목숨 될 것이오. 내 몸이 고기밥이 되어 버리면 우리 일가붙이 자손 가운데 누가 날 찾아낼 수나 있을꼬. 천만 가지로 생각해도 열의 아홉은 위태롭도다. 콩으로 메주를 쑤고 소금으로 장을 담근다 하여도 도무지 곧이들리지 아니하니 그따위 허튼 말 다시는 하지 마오."

자라는 속에 칼을 품고도 웃는 낯으로 또 말한다.

"허허, 그대는 어이 그리 변통머리가 없소? 하나만 알고 둘은 알지 못하니 답답하기 짝이 없구려. 옛글에도 '긴 강을 한낱 갈대로 건넌다.' 하였소. 그래, 내 이 둥글넓적한 등이 갈대 한 잎만 못할 것 같소? 옛 시인 중에 여선문 같은 이는 용궁 가서 상량문 지어 주고, 이태백은 고래 타고 달 건지러 물에 들고, 삼장 법사는 약수 삼천 리를 건너가서 대장경을 내어 오고, 한나라 사신 장건은 뗏목을 타고 은하수를 오르고, 아난존자는 연잎에 거북 타고 만경창파 헤엄쳤다 하지 않소이까? 목숨이 하늘에 매였는데 어디서든 죽을 이는 죽고 살 이는 살기 마련인 게요. 대장부로 태어나서 어이 그리 소심하고 겁이 많소?"

자라는 입술에 침을 한 번 더 바르고 말을 잇는다.

"무릇 군자는 사람을 몹쓸 곳으로 이끌지 아니하나니 내 어찌 그대를 죽을 곳으로 이끌겠소? 점잖은 체면에 부모와 자식을 가진 내가 조금이나마 턱없는 말을 할 리가 있겠소? 천금 상에 높은 벼슬이 내리고 밥 위에 떡을 얹어 주는 일이 있다 해도 그런 짓을 무엇 때문에 하겠소? 아무 이득도 없는 일에 내 무엇 때문에 방금 사귄 좋은 친구를 위태로운 지경에 넣으리오?"

자라는 제법 섭섭하다는 듯 사설을 늘어놓더니, 잠깐 숨을 돌리고 한 발 뒤로 물러나서 토끼의 관상을 유심히 살펴보며 말한다.

"내 그대의 상을 보니, 털색이 누릇누릇 희뜩희뜩 금빛을 띠었으니 이른바 금에서 물이 생겨난다는 옛말에 비추어 볼 때 물은 조금도 걱정할 것이 없구려. 또 목을 길게 뺄 수 있으니 고향을 멀리 바라보며 타향살이 잘할 기상이오. 하관이 뾰족하니 무슨 일이나 위로 구하면 이치에 어긋남이 있어 일이 모두 힘들 것으로되, 아래로 구하면 이치를 따르는 것인지라, 산을 쳐다보고 살 것이 아니라 물속을 굽어보고 살아야 만사가 크게 잘될 것이오. 두 귀가 희고 남달리 뛰어나게 생겼으니 남의 말을 잘 들어 부귀를 누릴 기상이요, 눈썹 사이가 탁 트이어 훤하니 과거 급제하여 이름을 떨칠 것이요, 목소리가 아름다우니 평생에 험한 일이 없을 것이라.

자, 보시오. 그대의 상이 이처럼 격에 맞게 다 갖추어졌으니 뒷날 부귀하고 호강할 신세가 틀림없소. 그런데다 구변 좋아 말 잘하고, 궁량 커서 큰 벼슬 할 게고, 글 잘하고 소리 잘하니 미인들이 뉘라 없이 따를 텐데, 아깝구나, 한 가지 흠이…… 팔딱팔딱 뛰어다니는 그 성미 때문에 뭍에서는 오는 복을 다 차 버리고 하나도 누리지 못하는구려. 그래 여태껏 고 모양 고 꼴로 고생한 까닭을 이래도 모르겠소?

이 땅을 떠나 외지로 가야만 만사가 잘될 것이니, 내 말을 조금도 의심치 마오. 모처럼 생긴 좋은 기회니 나와 함께 수궁으로 들어가시구려. 이런 좋은 기회는 두 번 다시 오지 않으며, 하늘이 주는 복을 받지 않고 물리치면 오히려 재앙을 받는다오."

토끼는 제 버릇대로 입을 호물거리면서 말한다.

"그대 말을 들어 보니 내 기상도 뛰어나거니와 그대가 관상 보는 법도 신통하구려. 하지만 명이 길고 짧고 잘되고 못되는 것은 모두 관상대로만 되는 것이 아니지 않소? 부자가 될 상이라고 삼각산 백운대에 가만히 누워 있어도 천만금 재물이 저절로 생기겠소? 장수할 기상이라 해서 망나니 칼에 목 떨어지는 형벌을 당해도 살아날 수 있겠느냐 말이오. 누구든지 제 상만 믿고 처신하다가는 망하는 일 많을 것이오."

영리한 토끼가 자라의 미끼에 입맛이 당기기는 하였으나 좀처럼 물지를 않으니, 등이 단 자라 이번엔 한번 옥박질러 보리라 마음먹는다.

"그대는 끝내 무식한 소리만 하는구려. 옛날에도 산골에 묻혀 살다가 나라도 세우고 영웅호걸 된 사람이 한둘이었소? 이들이 다 잘생긴 상이었던 게요.

옛말에, '범의 굴에 들지 않고 어찌 범의 새끼를 얻으리오.' 하였으니, 대장부 세상에 태어나서 큰 뜻을 이루려면 마땅히 단마디에 결단할 줄 알아야 하거늘 어찌 조그마한 의심을 품어 뜻을 정하지 못하고 시골에 묻혀 속절없이 썩으려 하오?

그대는 보기에 멀쑥하나 졸장부가 틀림없도다. 예부터 일을 앞에 놓고 할까 말까 하고 우유부단하게 망설이는 놈치고 큰일 한 자가 없소. 그대도 내 말을 듣지 아니하다가 후회할 때는 이미 때를 놓치고 말리다. 굴러 들어온 복을 차 던지든지 받아안든지 마음대로 하구려. 에이, 답답한 친구로다."

수궁 가서 팔자 고치고 잘살아 보세

토끼는 마음속으로 우뚤 놀랐다.

'이거 정말 내가 굴러 온 복을 차는 게나 아닐까? 그게 정말이라면 나는 앞으로도 한평생 여덟 가지 재난 속에 살아야 할 게 아닌가. 저 자라가 생기기는 미련해 보여도 처음 만나 친구가 된 처지에 무슨 원수진 것이 있다고 나를 죽을 구렁에 밀어 넣겠나.'

이렇게 생각하고 보니 자라 말이 든든한 반석 같구나. 토끼는 깡충거리는 성미 그대로 두 귀를 솔깃 세우고 호물거리는 입이며 콧등에 웃음을 씽끗 띠며,

"내 그대를 보니 누굴 속일 사람은 아니구려. 도량이 넓고 거룩할 뿐 아니라 너그러우니 평생 남을 속인 일이 없을 것이요, 더욱이 나 같은 보잘것없는 것을 좋은 곳에 데려다 주려 하니 참으로 감격스럽기 이를 데 없소. 그런데 내가 이번 기회에 수궁에 들어

가면 벼슬은 쉽게 할 것 같소?"

하니, 자라 이 말 듣고 속으로 껄껄거리며 웃는다.

'요놈, 이제야 내 손안에 들었구나.'

그러면서도 겉으로는 애써 착한 척 벙긋이 웃어 보였다.

"큰 벼슬 할 재목이 무슨 그런 소리를 다 하오? 예부터 정사에 밝은 임금은 신하를 잘 가려 쓸 줄 알고 어진 신하 또한 임금을 가려볼 줄 아나니, 우리 용왕께서는 문무 다 같이 힘쓰시어 어진 선비를 널리 구하시므로 한 가지 재주만 있는 자라도 모두 높이 쓰시는 바이오. 이러하기로 나같이 재주 없는 인물도 벼슬이 주부에 이르렀으니, 하물며 고명한 자질에 뛰어난 문필을 지닌 그대야 더 말할 게 무에요? 수궁에 가기만 하면 공명을 구하려 하지 않아도 곧 부귀가 스스로 올 것이오.

지금 우리 용궁에서는 역사 편찬을 하지 못하여 그 일을 맡아 볼 인재를 널리 구하되 마땅한 자가 없어 근심하고 있던 차라, 그대의 문필이 이 일에 알맞을 것이오. 그대가 붓을 들고 천문 지리를 밝히고 역사를 집필해 주면 우리 용궁에 얼마나 다행한 일이며, 그대의 높은 이름이 용궁에 떨치리니 이 얼마나 아름다운 일이겠소. 내 그대와 함께 용궁에 들어가면 곧 우리 대왕께 틀림없이 천거하리다."

달콤한 말에 마음이 움직이기 시작한 토끼는 따라가고 싶은 마음이 점점 더 간절하나 아직도 주저하는 마음이 가물가물한다.

"그대 말이 그럴듯하기는 한데, 어젯밤 꿈자리가 사나워서 마음이 아니 놓이는구려."

자라 제꺽 말을 받는다.

"내 젊었을 적 꿈 풀이 하는 법을 조금 배웠으니, 어디 한번 꿈 이야기를 해 보시구려."

"어젯밤 꿈에 시퍼런 칼날이 배를 갈라 온몸에 피로 칠갑하여 보이니, 아마도 좋지 못한 일이 생길까 걱정이라."

자라는 도둑이 제 발 저리는 격으로 가슴이 철렁하였으나 오히려 토끼를 나무란다.

"아이고, 노루가 제 방귀에 놀란다는 말은 들었어도 슬기로운 토생원이야 어찌 그러겠소. 아주 좋은 꿈을 꾸고도 괜한 걱정을 하시오그려. 배에 칼을 댔으니 칼은 금이라 금띠를 띨 것이요, 몸에 피 칠갑을 한 것은 홍포를 입을 징조니, 판서 자리 떼 놓은 당상이구려. 그대가 용궁에 들어가면 모두 우러러보고 이름을 널리 떨칠 것이니, 한자리 든든히 할 좋은 꿈이며 부귀할 꿈이 아니고 무엇이겠소?"

토끼가 자라 말을 들어 보니 마디마디 그럴듯하고 귀맛이 동하더라. 자라는 슬그머니 한 발 물러나 보았다. 그랬더니 토끼가 얼른 한 발짝 다가든다. 자라 또 한 번 물러나니, 토끼가 얼른 또 다가선다. 토끼는 벼슬아치 쓰는 관을 쓰기나 한 듯 머리도 어줍게 만져 보고, 장수들 차는 큰 칼이라도 찬 듯 계면쩍게 허리를 둘러보더니, 얼굴에 함뿍 웃음을 담는다.

"그대의 꿈 풀이 참으로 놀랍고 귀신같은 재주로구려. 이미 꿈에서 이내 아름다운 앞길을 밝혀 주었으니 무엇을 머뭇거리겠소. 내 부귀는 정해진 것이로다. 그나저나 저 만경창파를 어찌 지나

간단 말이오?"

자라는 제 속마음대로 일이 척척 맞아 떨어져 가는 것이 기뻐,

"조금도 염려 마오. 내 넓적한 등에만 오르면 아무리 거세찬 파도가 밀려와도 끄떡없이 순식간에 용궁까지 가 닿을 수 있소."

하니, 토끼 놈 다행한 일이라고 생각하면서도 짐짓 체면을 차리느라고 사양하는 척하누나.

"그대가 친구를 위하여 수고를 아끼지 않으려 하니 벗을 사귀는 도리에 마땅한 일이요 고맙기 그지없으나, 나로서야 어찌 그대 등에 올라타기가 미안하지 않겠소?"

"고지식한 게 오히려 마음에 드는구려. 하지만 친구를 사귀는 데 존비귀천을 가려서는 아니 되고, 친구를 위하는 일에 위험하고 힘든 것을 꺼리지 말라 하지 않았소. 이제 우리 함께 용궁으로 들어가면 일생 동안 영예와 치욕을 함께 나누며 기쁨도 고생도 같이하며 살아갈 터인데, 무슨 그만한 일에 미안스러워하시오?"

토끼는 감격하여 제 궁한 처지를 한탄까지 한다.

"그대의 높은 은혜 눈에 흙이 들어간대도 잊을 수 없으리다. 내 이 험한 산속에 살며 무슨 고생인들 안 겪어 보았겠소. 고약한 자들이 긴 총 둘러메고 암상스럽게 따라오며 죽이려고 할 적에는 송편으로라도 목을 따고 접시 물에라도 빠져 죽고 싶은 생각이 한두 번이 아니었소. 내 큰아들은 고약한 나무꾼 아이놈한테 잡혀가서 구메밥 먹어 가며 갇힌 지 벌써 일고여덟 해인데도 놓여 나올 가망이 바이없고, 둘째 아들놈은 사냥개한테 물려 죽은 지 몇 년이 되니, 그런 일을 생각하면 분하고 원통하여 이가 갈리고

울화가 치밀어 못 살 지경이오. 어찌하면 이 원수 같은 세상을 떠날까 밤낮 궁리하던 차에 천만다행으로 그대 같은 은인을 만나 밝은 세상을 보게 되었으니, 이는 하늘이 도우심이구려.

옛말에 과부가 홀아비 마음을 안다고 하더니, 나 같은 영웅을 그대 같은 영웅이 아니면 누가 능히 알아보리오. 하늘이 낸 영웅인 그대 아니었더라면 내 헛되이 산속에서 늙을 뻔하였구려. 그리고 그대가 없었다면 용궁 백성들이 어진 관원을 만나지 못할 뻔했구려."

토끼가 의기양양해서 자라 등에 깡충 뛰어오르려 할 때, 문득 바위 밑에서 한 짐승이 내달아 나오며 바삐 외친다.

"애 토끼야, 잠깐 섰거라! 내 할 말이 있다."

토끼가 무춤 멈추어 소리 나는 쪽을 돌아보니 너구리라.

"내 여기 바위 뒤에서 너희들이 하는 수작을 처음부터 들었느니라. 이 어리석은 토끼야! 부귀공명이란 저 하늘에 둥둥 떠다니는 구름같이 허망한 것이요, 운명이나 신수가 이미 있는 법이거늘, 네 어찌하여 저 낯모르는 자라 놈 말을 듣고 죽을 곳으로 가려 하느냐?

옛말에 이르기를 '고향을 떠나면 천하다.' 하였는데, 네가 설사 용궁에 들어간다 해도, 그래 너한테 높은 벼슬을 선뜻 주고 부귀를 쉽게 누리도록 할 것 같으냐? 헛된 욕심과 망상을 버리고 내 충고를 들어라."

토끼 그 말 듣고 두 귀를 쫑긋하며 망설이는 빛이 얼굴에 떠오르니, 자라 뜨끔하여 너구리를 쏘아본다.

'다 지은 밥에 재를 퍼붓다니! 혀가 닳도록 구슬려 놨더니 저놈의 너구리 때문에 일이 틀어지게 생겼네. 자칫 잘못하여 조금이라도 속마음이 탄로 나면 간사한 토끼 놈이 나를 의심할 터, 그러니 내 저놈을 면박 주어 기를 꺾고 토끼도 물러서지 못하게 하리라.'

자라는 먼저 웃는 낯으로 너구리를 꾸짖었다.

"그대가 누구인지 모르겠으나 어이 그리 시기심이 많소? 내가 토생원을 데려가는 것은 우리 용궁에 역사를 적을 만한 선비가 없어 귀한 벼슬도 맡길 겸 토생원의 문장과 필법도 빛이 나게 하고 고생도 면케 하고자 하는 마음에서라오. 그런데 그대는 마치 내가 토생원을 죽을 곳에라도 데려가는 것같이 말하니, 이게 친구 된 도리요? 제가 가지 못하니 샘이 나서 토생원까지 못 가게 하려는 게 아니라면 대체 무엇이오?"

자라는 토끼가 들으라는 듯이 한탄하며 중얼거린다.

"내 남의 의심을 사 가며 구태여 토생원을 데려가고 싶지는 않노라."

그 소리에 토끼가 빨간 눈이 올롱해서 자라의 앞발을 붙잡으니, 자라는 섭섭한 듯이,

"토생원, 내 그대와 원수진 일이 없는데 어찌 그대에게 털끝만치라도 해될 일을 권하겠소? 허나 나는 오늘 사귄 벗이요 저이는 오랜 친구 같은데, 그대가 내 말 듣기를 어찌 바라겠소. 나 또한 용왕님 명을 받고 동해 용왕에게 사신으로 갔다 돌아오는 길이라 더는 지체할 수 없으니, 그대는 여기 남아서 부디 목숨이나 부지

하기 바라오. 나는 이만 가려오."

하고는; 소매를 떨치고 바닷가로 한 발 내디뎠다.

너구리는 무안해서 얼굴이 수수떡같이 붉어져 다시 말을 못 하고 옆으로 비켜서더라.

토끼는 발끈 성이 나서 너구리를 보고 꾸짖었다.

"네 무슨 일로 남의 앞길을 막느냐?"

그러고 나서 급히 자라를 따라가며 소리쳐 불렀다.

"별주부! 잠깐 서시오!"

자라 짐짓 못 들은 척 두어 걸음 더 걸어가니, 토끼는 속이 타,

"가더라도 내 말이나 듣고 가오!"

하니, 그제야 자라가 못 이기는 체하고 돌아본다.

"무슨 일로 나를 쫓아오시오?"

"넓은 바다에서 살기에 속도 넓은 줄 알았더니 어이 그리 바늘구멍같이 좁고 옹졸하시오? 내 아무리 어리석기로 아무것도 모르는 저 너구리 말에 흔들려 주저하겠소? 너구리는 그대가 나를 생각해 주는 마음을 몰라서 그런 게요. 어서 같이 떠납시다."

자라는 못 이기는 체하고 토끼를 등에 업었다.

'그러면 그렇지, 이 별주부 꾀에 넘어가지 않을 수 있나. 고달픈 이내 신세도 끝이로구나. 이제 용궁에 가 변변한 벼슬자리 얻어 당당하게 살 일만 남았도다. 나야말로 용왕님께 이놈 간 바치면 역사책에 길이 남는 것 아닌가. 암.'

자라가 토끼를 업고 기슭을 내려가니, 물결이 워리렁 출렁출렁하는구나.

"아이고, 내가 저 물 무서워 어찌 간단 말이오?"

"수궁 천 리 멀다 마시오. 유명한 선비며 장군들이 물길 따라 군
주를 찾지 않았소? 맹자도 천 리를 멀다 않고 가 양 혜왕을 보았
고, 강태공도 문왕 따라 주나라에 가 공 세웠고, 한신이도 소하
따라 한나라 땅에 들어서 그리 귀해졌다오. 토생원도 나를 따라
수궁에 들면 단번에 대장을 할 것이요, 고운 여인들과 밤낮없이
더불어 만세토록 즐거움을 누릴 것이니, 나를 따라 수궁으로 가
실 테요, 아니 가실 테요?"

"어서 가십시다."

물가에 가 서니 농짝 같은 물이 들입다 때리는 걸 토끼가 딱 보고
서는,

"아이고, 죽어도 못 가겠소. 내 적이나 뭣하면 따라가서 좀 보려
고 했더니, 아 여보, 이리 가다가 용궁 문턱도 못 가 보고 죽것소.
나 아니 갈라오. 별주부나 평안히 가시오."

아, 토끼 놈이 따뜻한 양지쪽에 가서는 낯을 진짓상 받듯 딱 받고
반찬 도막 되작이듯 낯을 되작되작하며 별주부 부아를 지르는구
나. 별주부가 내려가서 기슭 가까이서 동강동강 떠놀며,

"여보시오, 토생원 놀라지 마시오. 저 물너울만 저렇게 무섭지
목물밖에 안 된다오. 이리 좀 들어와 보시오. 목밖에 안 찬다니까
요. 이리 오시오."

하니, 이 토끼란 놈이 목물이라는 말에,

"좋은 수가 있소. 내가 뒷발을 잠가 보아 그대 말대로 목물 지면
따라가고 아니면 안 갈 것이니 그리 아시오."

토끼란 놈 제가 익히 아는 체하느라고 뒷발을 쪽 뻗고,

"자, 내 발이 물에 좀 닿는가 봐 주시오."

막 담가 노니, 자라는 물에서 나는 짐승 아닌가. 화살같이 달려들어서 앞니 중 단단한 놈으로 토끼 뒷발목을 꽉 물고 뒤켠으로 울룩울룩 밀고 들어가니, 토끼란 놈이 얌전히 물동이깨나 먹었던가 보더라.

"아이고, 이거 좀 놔라! 아이고, 나 똥 좀 누고 가자. 똥 좀 누고 가, 이놈아. 똥 누고 가!"

"아 이놈아, 물에다 누어!"

"아이고, 물에다 똥 누면 벼락 맞는다면서, 이놈아."

"아 이놈아, 사공은 벼락 맞느라고 볼일을 못 보겠구나."

"아이구 이놈아, 그러면 그건 그렇다 하고 뒤지는 뭣으로 헐 것이냐?"

"아, 시방 뒤지가 어디 있어! 물에다 훌링훌링해 버려라. 야 이놈아, 아가리 벌리지 마라. 짠물 입에 들어가면 벙어리 된다. 이놈아, 인제 할 수 없으니 내 등에 업혀라."

이리하여 만경창파 거센 파도를 타고 남해를 바라고 길을 떠나는구나.

토끼가 경망하여 자라의 낚시에 걸리기는 하였으되, 오죽이나 고생이 심했으면 정든 제고장을 떠나 낯선 고장으로 갈 생각을 하였으랴.

가면 갈수록 뭍도 산도 멀리 물러나고 사방에서 파도만이 출렁출렁 덮쳤다 물러났다 할 뿐이다. 어찌 보면 무시무시하나 토끼는 지

금 오히려 기쁘기 그지없다.

'하늘이 나를 도우사 우연히 자라를 만나 세상살이 어려움과 산중 고생을 면하게 되다니, 암 다행이고말고. 용궁에 들어가서 부귀와 공명도 누리게 되었으니 얼마나 기쁜 일이랴. 어서 수궁 가서 새로이 시작해 보세나.'

토끼는 덮쳐드는 파도도 저를 반겨 달려오는 용궁 벼슬아치들로 보이고 제 마음도 파도처럼 덩실덩실 춤추고 싶어지니 노래가 절로 나온다.

이 풍진 세상 하직하고 떠나가노라.
물나라가 푸른 산보다 크고 좋으리.
자라 타고 이내 몸은 가고 또 가네.
오고 가는 흰 구름아 부러워하려무나.

이제 가면 붓을 잡고 역사를 써서
용궁 안 모두가 무릎을 꿇리로다.
지체 높고 재물 많은 몸이 되리니
백 년 천 년 길이길이 복을 누리리라.

토끼가 노래를 마치고 작은 배를 벌름거리면서 크게 웃자, 자라는 피식 웃는다.

'이놈이 내 등에 앉아서 웃기까지 해? 교만하기 짝이 없군. 이제 네가 어떻게 될지 조금만 더 있어 보아라.'

자라는 토끼의 노랫소리를 받아서 한 곡 읊는다.

한 조각 붉은 마음을 품음이여
얼마나 바쁘게 청산에 다녔던고.
이 몸이 수고를 아끼지 않음이여
파도를 박차고 갔다 돌아오도다.
간사한 토끼를 얻어 공을 이룸이여
한갓 용왕님 기쁜 빛을 보려 하도다.
우리 임금님 병환 나으심이여
왕궁이 편안함을 기리도다.

토끼는 자라 노래를 무심히 듣다가, 제가 간사하다는 대목에서 더럭 의심이 나,

"그대 노래 속에 무슨 깊은 사연이 있는 것 같은데 어인 곡절이오?"

하고 물으니, 자라 대꾸한다.

"내 흥이 나서 그저 부른 것인데 무슨 사연이 있으리오."

토끼는 그래도 의심이 풀리지 아니하여 곱씹어 물었다.

"간사한 토끼를 얻어 공을 이루는 게 다 무엇이며, 우리 임금 병이 나으리라 하는 게 또 무슨 말이오?"

자라가 토끼의 말을 듣고 나서,

'이미 뭍이 보이지 않는 바다 한가운데까지 왔으니 내 말뜻을 안다 해도 제 놈이 어찌할 수 없으렷다.'

하고, 토끼의 물음에는 대꾸 않고 갈 길을 다그친다.

　토끼 이때까지 살갑게 굴던 자라가 묻는 말에 대답도 하지 않고 입을 꾹 다물고 있는 것이 불안하다. 그래도 더더욱 빨리 내닫는 자라의 등에서 떨어질까 봐 딴딴한 등껍질만 잔뜩 붙들고 안절부절 못하더라.

토끼 배를 가르고 간을 꺼내 오라!

토끼가 갑자기 "쿵!" 하는 소리에 정신이 들어 앞을 둘레둘레 살펴보니, 남해 바다 용궁인가 보구나. 자라가 등에서 토끼를 내려놓는다.

"이제 와서 부질없이 나를 의심해도 어쩔 수 없는 일이오. 어서 갑시다."

토끼가 눈을 들어 사방을 두루 살펴보니 과연 넓고 넓은 곳에 으리으리한 궁전이 우뚝 서 있고 상서로운 기운이 떠돈다. 토끼는 방금 전 들었던 근심일랑 다 잊어버리고 즐거움이 되살아난다.

"여보 별주부, 내가 오면서 배꼽 나오게 짠물을 먹었소마는 와 보니 듣던 말과 같구려. 별유천지비인간이구려. 이왕 들어왔으니 저 안 구경 좀 시켜 주시오."

"아, 물론이오. 여기 좀 앉아 계시오. 내 대궐에 들어가 용왕님께 그대가 온 것을 아뢰리다."

그러고 우선 객관에 들게 하고는 총총 나가 버린다. 토끼는 자라의 거동을 보고 다시 의심이 생겨,

'저 별주부가 정말 좀 이상하구나. 손을 맞으면 마땅히 제집으로 들여 먼 길 온 피로를 풀도록 술 한잔이라도 대접하는 게 도리거늘, 나를 객관에 들게 하고 바삐 대궐로 들어간단 말인가.'

하고 고개를 기웃거리다가,

'아마 내가 온 소식을 저희 대왕에게 먼저 알리고 나를 귀빈으로 극진히 맞이하려 함이리라. 하기야 이 나라에서 오랫동안 손 못 대고 있던 역사 편찬의 중임을 맡은 나 아니냐. 어찌 지망지망히 제집으로 먼저 청해 가리오.'

하고 생각하며 무료히 앉아 자라 돌아오기를 기다리더라.

이때 자라는 토끼를 남겨 두고 급히 대궐로 들어갔다. 자라를 본 여러 대신들이 모두 반기며 왕에게 아뢰니, 잠시 뒤,

"별주부 빨리 듭시란다."

하는 영이 내려, 자라가 의기양양한 걸음새로 용왕 앞에 나아가 엎드렸다.

"먼 길에 무사히 다녀왔구나. 그래 토끼는 잡아 왔는고?"

"신이 왕명을 받잡고 머나먼 동해까지 무사히 건너가 깊은 산속에 들어가서 여기저기 두루 돌아다니다가, 늙은 토끼 하나를 만나 입에 침이 마르도록 백 가지 천 가지로 달래고 구슬려서 지금에야 겨우 업고 들어왔사옵니다. 그사이 대왕님 병환은 좀 어떠하시온지요?"

자라 계속하여 제 공로를 크게 불리려고 은근히 애쓰면서 토끼를 힘들게 꾀던 이야기를 낱낱이 아뢰니, 용왕이 그 말 듣고 무릎을 치면서 칭찬하여 마지아니한다.

"그대의 충성과 말재간이 과연 우리 남해의 으뜸이라. 하늘이 나를 도와 그대 같은 충신을 주셨도다."

용왕은 자라 벼슬을 특별히 높여 약방제조로 올려 주었다.

"별주부가 지극한 충성으로 물 밖 세상에 나가 토끼를 구해 왔으니 다행한 일이로다. 이제 그 토끼의 생간을 꺼내어 내 병을 치료하면 빨리 나으리니 크나큰 경사로다. 용궁 신하들이 모두 영덕전에 모이도록 하라."

남해국의 문무백관들은 용왕의 명을 받고 서둘러 들어가 자리를 차지하였는데, 인간 세상 왕궁에서 백관들 모이듯이 용궁에서도 온갖 물고기들이 벼슬에 따라 호화로운 옷차림으로 줄줄이 늘어서니, 그 모습이 기이하고 우스꽝스럽기 짝이 없더라.

제일 높은 벼슬은 거북이가 하였고 그 밑에는 고래와 악어가 차지하여 이들로 세 정승을 삼았으며, 그 아래로 여섯 판서가 늘어섰는데 잉어, 민어, 가자미, 농어, 준치, 방어로구나. 그다음으로는 문관에 붕어, 문어, 넙치, 조기, 가물치, 도미, 청어, 은어, 숭어, 오징어, 병어, 자가사리, 모래무지, 상어가 차례로 자리를 차지하였고, 무관으로는 대구, 홍어, 메기, 장어, 고등어, 갈치, 삼치, 전어, 남생이, 명태, 인어와 조개, 새우, 송사리까지 주런이 섰다.

"별주부 공이 크도다. 어서 토끼를 대령하라."

용왕의 명이 떨어지니, 금부도사 명태가 군사들을 데리고 토끼가 머물고 있는 객관으로 바삐 가더라.

자라 돌아오기만 기다리던 토끼는 갑자기 우악스러운 물고기 군사들이 달려들어 다짜고짜 몸을 동이자, 영문을 몰라 소리쳤다.

"이게 어찌 된 일이오? 별주부는 어데 가고 군사들이 날 잡아가오?"

아무리 소리치며 뻗대도 바람처럼 몰아가니 이 일을 어이하랴.

토끼는 나졸들에게 잡혀 속절없이 끌려가, 용궁 안 으리으리한 집 섬돌 아래 꿇리거늘 비로소 정신을 차려 앞을 보았다. 왕관을 높이 쓴 용왕이 위엄 있게 앉아 있고 좌우에 문무백관들이 줄지어 서 있다. 그 속에는 별주부도 보였으나 언제 알았더냐 하는 얼굴로 허공만 쳐다보누나.

그때 마른하늘에 벼락 치듯이 용왕의 영이 떨어졌다.

"나는 물나라의 거룩한 임금이요, 너는 산속의 조그마한 짐승이라. 나에게 병이 생겨 오랫동안 앓던 차에 네 간이 약이 된다는 말을 듣고 특별히 별주부를 보내어 너를 데려왔으니 너는 죽는다고 한하지 말라.

너 죽은 뒤에 네 몸을 비단으로 싸고 진귀한 백옥으로 관을 짜서 명당자리에 뫼를 써 줄 것이요, 내 병이 낫기만 하면 마땅히 네 비석을 세워 공로를 치하할 것이로다. 산속에 있다가 범의 밥이 되거나 사냥꾼에게 잡혀 죽어 뼈도 못 찾는 신세보다 이 얼마나 영화로운 일이냐. 나는 거짓말을 절대 아니 하나니 너는 죽은 뒤 넋이라도 조금도 나를 원망치 아니하게 될 것이니라."

말을 마치고 곧 좌우에 호령하여,

"토끼의 배를 가르고 간을 가져오라!"

하니, 뜰아래 줄지어 있던 군사들이 서릿발 같은 칼을 번득이며 한 꺼번에 달려든다.

토끼는 눈앞이 캄캄해지고 간이 떨린다.

'내가 괜히 헛된 욕심을 부려 자라를 따라왔다가 영락없이 물나 라에서 원통히 죽게 되었구나.'

토끼 머릿속에는 산속에서 살던 나날과 자라 꾐에 속아 넘어가던 일들이 번개처럼 스치고 지나간다. 엄동설한에 굶주리고 독수리며 범에게 쫓길 때가 숱했고, 배부른 양반들 심심풀이 사냥질의 과녁 이 되어 목구멍에 단내가 날 지경으로 달아날 때엔 세상만사 다 귀찮아 죽고 싶던 지긋지긋한 산중 생활이었으나, 이제 와서는 일 가친척 있고 너구리 같은 벗이 있는 고향 산천이 더없이 귀중한 줄 알겠더라.

'아무리 그리워도 갈 수 없는 산천이로구나. 이 구렁텅이에서 헤 어날 길 없는 형편이고 보니 너구리 말을 듣지 않은 것이 백번 천 번 후회로고. 하지만 엎질러진 물이로구나. 스스로 부른 화이니 누구를 원망하며 누구를 탓하랴. 자라 속임수에 넘어간 것을 생 각하면 가슴이 찢어지고 턱없이 공명을 탐낸 것이 한스럽구나. 허나 이대로 죽을 수 있으랴. 기어이 살아서 자라에게 앙갚음을 하리라.'

날개가 있어도 위로 날 수 없고 축지법을 쓴다 해도 이 용궁을 벗 어날 수 없는 물나라지만, 어찌해서든 살고 싶어, 토끼는 혼잣소리 로 중얼거린다.

'죽을 땅에 빠지고야 살아난다 하지 않더냐. 어찌 죽게 된 것만 생각하고 살아날 계책을 헤아리지 않을쏘냐. 생각하자. 그러면 살아날 길이 열리리라.'

본디 영리한 토끼는 눈알을 뱅글뱅글 돌린다.

'어쩐다? 지금 돌아가는 사정을 보자. 옳지, 누구보다도 미련한 저놈의 용왕 숨통을 잡고 늘어져야겠구나.'

토끼는 문득 꾀 하나를 생각하고는, 방금까지 새파랗게 질렸던 낯빛을 태연히 고치고 조금도 당황하는 빛 없이 머리를 들더니 용왕을 쳐다보았다.

토끼는 큰 소리로,

"잠깐!"

하고 담대하게 왼쪽 앞발을 내들고 용왕의 눈길을 끈 다음 천천히 입을 연다.

"황송하오나 이 토끼, 죽을 때 죽더라도 한 말씀 드리고자 하나이다."

용왕은 당장 죽을 놈이 한마디 하겠다고 하니 너그러이 그리하라 하였다.

"대왕은 거룩한 임금이요 저는 산속의 보잘것없는 짐승이옵니다. 제 간으로 대왕의 병을 고칠 수 있다면 어찌 제가 감히 사양하오리까. 또 저 죽은 뒤 극진히 장례를 지내고 비석까지 세워 공을 일러 주시겠다니, 그 은혜 하늘같이 높은지라 지금 죽더라도 한이 없나이다. 다만 한 가지 애달픈 일이 있나이다. 저는 비록 조고만 짐승이오나 여느 짐승들과 달리 달나라의 정기를 타고났

삽고, 날마다 아침이면 옥 같은 이슬을 받아 마시며 낮이나 밤이나 가지가지 산나물과 약초를 뜯어 먹어서, 간이 참으로 귀한 약재로 되고 있나이다. 이러하므로 세상 사람들이 모두 저를 만나면 간을 달라고 보채는 일이 많기로 그 괴로움을 견디지 못하와, 염통과 간을 꺼내어 맑은 시냇물에 여러 번 씻어서 발붙이기 어려운 소소리 높은 봉우리 바위틈 깊은 곳에 감추어 두고 다니옵나이다. 이러한 때 우연히 자라를 만나 급히 왔사오니, 대왕님의 병에 제 간이 꼭 약이 되는 줄 알았으면 어찌 가져오지 아니하였겠나이까?"

토끼가 애달픈 마음이 북받쳐 오르는 듯 자라를 보고,

"네 대왕님을 위하는 정성이 있었다면 어이 이런 사정을 한마디도 나에게 말하지 아니하였느냐?"

하고 꾸짖으니, 용왕은 크게 노하여 토끼를 꾸짖었다.

"네 이 토끼 놈아, 정말 간사한 놈이구나. 세상에 어느 짐승이 감히 간을 꺼냈다 넣었다 할 수 있단 말이냐? 네 얕은꾀로 나를 속여 보려 하지만 내 어찌 네 잔꾀에 속아 넘어가리오. 이놈! 임금을 속인 죄가 더 크니 빨리 간을 내어 내 병을 고칠 뿐 아니라 나를 속인 죄를 씻으라. 여봐라, 어서 저 토끼를 잡아라!"

토끼 정신이 아찔아찔하고 간이 노골노골하고 온몸에 땀이 물 흐르듯 하며 사지가 후들후들 떨리다 숨이 콱 막히누나. 하지만 다시 안간힘을 써서 얼굴에 웃음을 바르고 태연히 말을 받는다.

"현명하고 어지신 대왕님! 제 말을 다시 자세히 들으시고 굽어 살피시옵소서. 저는 간을 바위틈에 감추어 두었사옵니다. 참으로 싱싱한 간을 그곳에 두었나이다. 이제 제 배를 가르면 간이 없사와 대왕님 병도 고치지 못하옵고 저만 부질없이 죽을 따름이옵니다. 그리되오면 누구의 간을 구하여 쓰시렵니까? 저 자라의 간을 대신 쓸 수 있겠나이까? 대왕님 환후는 어찌하오리까? 대왕님은 세 번 고쳐 생각하고 한 번 결심하소서. 일을 그르친 다음에는 후회해도 이미 때가 늦사옵니다."

용왕은 토끼를 굽어보았다.

'당장 죽을 놈이 저렇게 태연한 얼굴로 조리 있게 말을 하다니. 혹시 내 병을 진심으로 걱정하는 것이나 아닐까?'

이런 생각이 들기 시작하더니만, 마음이 흔들린다.

"너를 어찌 믿느냐? 네 말을 증명할 수 있느냐? 간을 넣었다 꺼냈다 하는 표적이 있느냐 말이다."

'옳지, 이 어리석은 용왕이 내 말에 귀를 기울이기 시작했구나. 살아날 구멍이 솟는구나.'

토끼는 절절하게 대답하였다.

"세상의 온갖 날짐승 길짐승 가운데서 오직 저만은 아래에 구멍이 셋이 있사온데 하나는 대변을 통하옵고 하나는 소변을 통하옵고 하나는 특별히 간을 출입하는 곳이옵니다."

"네 이놈! 참으로 네 간사한 거짓말을 당해 내기 어렵구나. 세상 짐승 가운데 아래에 구멍 셋 되는 것이 어디 있단 말이냐?"

토끼 다시 여쭈오되,

"어느 앞이라고 거짓말을 하며, 당장 살펴보시면 알 일을 가지고 간사한 거짓말을 하겠나이까? 저에게 구멍 셋이 있는 내력을 말씀하오리다.

　세상 만물이 생겨날 때는 순서와 이치가 있는 법이 아니오니이까. 캄캄한 밤중에 하늘이 먼저 열리고 그다음에 땅이 열렸으며 뒤이어 땅 위에 사람이 난 다음, 해가 뜨는 아침 시간에 우리 짐승들이 생겼사옵니다. 그 시간을 묘시卯時라고 하는데 그 묘 자는 '토끼 묘'가 아니오이까. 이것은 짐승이 생겨날 때 우리 토끼가 가장 먼저 생긴 까닭이옵나이다. 그리하여 토끼는 달나라에도 마음대로 드나드는 것이옵고, 해와 달과 별, 이 세 빛을 받아 아래에 특별히 구멍이 셋 있게 되었사옵니다. 이런 이치를 저 자라 같이 무식하고 미련한 자는 모를 것이나 현명하고 전능하신 대왕님이야 잘 아실 것이 아니옵니까? 그러니 처분대로 하소서."

하니, 용왕이 듣고 이상히 여기며,

　"백 번 듣는 것이 한 번 보는 것만 못하다 했으니 참으로 구멍이 셋인지 살펴보라."

하고 군사를 시켜 토끼의 아래를 자세히 보게 하니, 과연 구멍이 셋이라 한다. 어찌 된 영문인가.

　"네가 간을 그 구멍으로 낸다 하니 넣고 빼고 다 그리로 하느냐?"

　토끼 이 말 듣고 경황없는 틈에도 웃음집이 흔들려 속으로 웃는,

　'이제는 내 꾀에 거의 넘어왔구나.'

하고, 말을 계속 엮어 나갔다.

　"저는 다른 짐승들과 같지 않은 특별한 일이 많사옵나이다. 대왕

께서는 옛글을 많이 보아 아실 줄 믿사옵니다만, 제가 새끼를 밸 때는 보름달을 바라보아 수태하고 새끼를 낳을 때는 입으로 낳사오며 간을 넣을 때도 입으로 넣나이다."

용왕이 반신반의하면서,

"네가 간을 꺼냈다 넣었다 한다 하니 혹 뱃속에 간을 넣고 온 것을 잊어버릴 수도 있지 않으냐? 잘 생각해 보고 뱃속에 넣고 왔다면 곧 간을 꺼내어 내 병을 고치게 함이 어떠하냐?"

하니, 토끼는 용왕의 귀문이 항아리만큼 열린 것을 보고 그럴듯하게 엮어 댄다.

"본디 간을 꺼냈다 넣었다 하는 것은 정한 날이 있사와, 초하루부터 보름날까지는 뱃속에 넣어 두고 해와 달의 정기를 받아 자래웠다가, 열엿새부터 보름 동안은 꺼내어 깨끗한 곳에 감추어 두는지라, 자라를 만났을 때는 삼월 하순이라 간을 꺼내 놓았을 때이옵나이다. 자라가 이러한 사정을 미리 알려 주었더라면 며칠 늦더라도 간을 가져왔을 것이옵나이다. 일이 이 지경이 되어 대왕의 병을 오늘까지도 고치지 못하는 것은 모두 자라의 잘못인 줄로 아옵니다."

자라는 허물이 저에게 넘어오는 것을 듣고 얼굴이 붉으락푸르락하나, 용왕 앞이라 고함은 치지 못하고 벙어리 냉가슴 앓듯 속으로 끙끙 앓는구나.

어리석고 변통 없는 용왕은 입을 다물고 눈을 감은 채 속으로 바삐 헤아린다.

'토끼 말이 사실이어서 배를 갈랐다가 간이 없다면 조그마한 짐승 하나쯤 죽는 것은 뜨끔도 아니 할 일이로되, 과연 토끼의 간을 가져올 다른 방도를 누구한테 물으리오. 저 토끼 놈을 잘 달래서 간을 가져오게 하는 길밖에 다른 도리가 없으리라.'

진주 선물 받고 용궁을 떠나누나

용왕은 무겁게 입을 열고 영을 내렸다.

"여봐라, 저 토끼 묶은 줄을 끄르고 이 위로 오르게 하라."

토끼가 여러 번 사양하다가 못 이기는 체하고 윗자리로 올라가 앉으니, 용왕이,

"토끼 처사는 지금까지 내 함부로 대한 것을 허물치 말라."

하고 옥잔에 천일주 가득 부어 권한다. '토끼 이놈!' 호령하던 용왕 입에서 갑자기 '토끼 처사'라는 말이 나오자 토끼는 뱃심이 든든해졌다. 겉으로는 황공해하며 제 앞으로 오는 좋은 술잔을 서슴없이 받아 마시는 한편, 속으로는 어서 바삐 이곳을 벗어날 생각에 골똘해 있다.

그때 문득 대사간 자가사리가 용왕 앞에 황급히 나와 머리를 조아린다.

"신이 듣사오니 토끼는 본디 간사한 짐승이라, 대왕님께서는 깊이 생각하시어 곧이듣지 마시고 바삐 간을 내어 귀하신 몸을 돌보심이 좋을 것이옵나이다."

용왕은 이미 토끼의 말을 굳게 믿게 된 터라 자가사리를 오히려 나무라며,

"토끼 처사는 조용한 산속에 숨어 사는 선비라 어찌 거짓말로 나를 속이리오. 물러가 있으라."

하니, 자가사리는 분하기 짝이 없으나 하릴없이 물러난다.

용왕은 잔치를 크게 베풀고 토끼를 극진히 대접하는데, 금강초, 불로초가 옥쟁반에 가득 담겨 있고, 수궁에서 제일가는 좋은 술을 내어 잔마다 찰찰 넘치게 부어 놓고, 아름다운 용궁 미인들로 춤과 노래를 불러 더불어 즐기니 거나해진 토끼 또 경망한 버릇이 살아나네그려.

'내 간을 주고도 죽지 않고 살 수만 있다면 이곳에서 늙도록 떠나고 싶지 않구나.'

토끼가 씽긋이 웃자, 용왕은 넉넉한 대접에 만족해서 웃는 줄로 지레짐작하고 토끼더러,

"나는 물나라에 있고 그대는 산속에 있어 땅과 바다가 멀리 떨어져 있더니 오늘 이렇게 만남은 하늘이 준 기이한 인연이로다. 그대가 나를 위하여 간을 가져오면 어찌 그대의 두터운 은혜를 모른다 하리오. 그 은혜를 넉넉히 갚을 뿐 아니라 오래도록 같이 부귀를 누릴 것이니 깊이 생각할지어다."

한다. 토끼가 하마터면 깔깔거리고 크게 웃을 뻔하였으나, 아직은

시치미를 떼고 말한다.

"너무 걱정하지 마소서. 분에 넘치게도 대왕님의 너그러운 덕을 입사와 죽을 목숨이 살았으니 그 은혜 만분의 일이라도 갚아야지 어찌 잊사오리까? 하물며 저는 간이 없을지라도 죽고 사는 데는 관계치 않사오니 어찌 간 드리기를 주저하오리까? 별 대단찮은 제 간이 대왕님께는 소용이 있다니 제 간이야말로 크나큰 광영을 입는 것 아니오리까?"

용왕이 크게 기뻐하며 잔치가 끝난 뒤에 토끼를 뒤뜰 별당에서 쉬게 하였다. 토끼가 별당에 가 보니 그림과 단청이 찬란하고, 창문마다 비단에 수놓은 휘장을 쳤고, 바람벽에도 보석이 빛을 뿌리는 병풍을 세웠으며, 진주 구슬발을 사방에 드리웠는데, 뭍에서는 보지 못한 집치레더라.

이윽고 저녁상이 나오는데 바다의 진귀한 음식이 다 갖추어져 제가 있던 세상에서는 꿈에도 볼 수 없는 것들이로다. 허나 토끼는 바늘방석에 앉은 듯 괴롭고 초조하다.

'어쩌면 이 용궁이라는 데도 우리 바깥세상과 꼭 같을꼬. 산속의 범이 으르렁거리고 고을 사또가 올방자 틀고 앉아 있듯이, 물나라에도 용왕이 있어 많은 물고기들의 피와 기름을 짜내며 이렇게 호화롭게 사는 것이리라. 범도 나를 잡아먹으려 했고 용왕도 내 간을 빼 먹자고 날뛰지 않는가. 내 비록 잠깐의 속임수로 용왕의 아가리에서 벗어날 수 있었으나 이곳은 오래 머물지 못할 곳이로다.'

토끼는 밤새 이리 뒤척 저리 뒤척 하면서 잠을 이루지 못하고, 이

튿날 날이 밝자 용왕을 찾아가 말하였다.

"대왕님의 병세 낫지 않고 오래된 것을 생각하니 지난밤 한잠도 잘 수 없었나이다. 빨리 산속에 돌아가 간을 가져오고자 하오니 제 작은 정성을 받아 주시기 바라옵나이다."

용왕은 크게 기뻐하며 곧바로 자라를 불러,

"그대는 수고스러운 대로 다시 토끼 처사와 함께 물 밖 세상에 갔다 오라."

하고 이르니, 자라 억울하고 원통하였으나 아무 말 못 하고 그저,

"영대로 거행하겠나이다"

할 뿐이다. 용왕은 다시금 토끼에게 당부하되,

"그대는 부지런히 돌아오라."

하고, 진주 이백 개를 내주었다.

"이것은 자그마하나 내 성의이니 그리 알라."

토끼가 공손히 받아 가지고 용왕께 하직한 뒤 자라와 함께 용궁 밖으로 나오니 온 신하들이 길에 줄지어 서서 잘 다녀오라고 바래는데, 자가사리 홀로 오지 아니하였더라.

토끼는 자라 등에 다시 올라 만경창파에 둥실 떠올랐다. 용궁으로 갈 때 보던 그 바다 그 물결이었으나, 제 잘못 깨닫고 구사일생으로 살아 돌아가는 지금은 그 바다 그 물결이 한없이 정가롭고 정다워 보여, 입에서 노랫소리가 절로 나오는구나.

자라는 노래하는 토끼가 얄미웠으나 지금은 다툴 때가 아니었다. 울분을 꾹 참고 허위단심 헤엄쳐서 기슭에 이르렀다. 자라가 토끼를 내려놓으니, 토끼가 땅을 딛고 서서 허리 굽혀 하늘에 대고 거듭

거듭 절을 한다.

자라가 토끼더러,

"수궁 구경 한번 잘 하였다고 그러는 게요?"

"미련한 용왕하며 더 미련한 너희 그 수중 귀신 같은 신하들하며, 그 발칙한 것들 생각하면 등골에서 땀이 흐르고 정신이 산란하구나. 이 좋은 세상 다시 볼 줄 어찌 알았으리오. 고향 땅의 물은 모두가 약수요, 고향 땅의 흙덩이는 모두가 황금이라더니 그 말이 참말로 옳도다."

토끼가 심호흡을 하였다.

병든 용왕 살리자고 성한 토끼 죽을쏘냐

"일도 많긴 많았구나. 그래도 네 등에 앉아 만경창파도 보며 편안히 왕래하였으니 그 아니 기쁘며, 땅 위 세상으로 다시 나왔으니 이 또한 다 내 팔자라. 만물이 귀하지 않은 게 어디 있으랴. 작으나 크나 다 제명이 있나니, 어찌 너희 왕은 내 간을 먹고 좋이 살고 나는 어찌하여 비명에 죽겠느냐. 제게 이롭다고 남에게 그러면 못쓰는 법. 아무리 꾀고 달랜들 내 어찌 미련한 용왕에게 죽으리오? 입이 크면 가로 웃고 싶구나. 하하하!

요령 소리 쟁강쟁강, 용왕이야 불사약을 먹어도 죽으려니와, 나는 살아 고향 땅을 밟았구나. 자라야, 고맙구나. 용궁 한번 구경코자 하던 차에 네 덕으로 호사가 지극하였구나. 그도 그렇거니와 가없이 섭섭하다. 너희 용왕에게 말이나 전해 다오. 그새 환후 어떠하시냐고. 나는 물길 무사히 왔으나 간은 못 보내니, 정리가 영 말씀이 아니라고. 남아하처불상봉男兒何處不相逢이라고, 혹 나중에라도 다시 보면 반가이 아는 척하자고, 편지 보내고 싶으나, 당장 종이며 붓이 없어 말로 전하니 그리 아시라고 하여라. 또, 남의 간을 내먹겠다느니 하는 생각은 언감생심 꿈도 꾸지 말라 하여라. 너희 왕이 꾀 많고 괘씸하여 그런 마음을 먹었을 터인데 만일 나처럼 약았다면 내가 어찌 살아나 고향 땅을 밟았겠느냐."

토끼 꿈이런가 생시런가 하면서 방정을 떤다. 이리 뛰고 저리 뛰며 잔디에 누워 구르며, 주둥이를 쫑긋쫑긋 혀를 날름날름 귀를 발쪽발쪽 두 눈 깜짝깜짝 콧등이를 살록살록 대가리를 까딱까딱 꼬리를 톡톡 치며 앞발을 강똥강똥 뒷발을 허위허위, 잔방귀를 통통 뀌며 오줌을 잘금잘금 싸며 사방으로 뺑뺑 돌다, 깡똥깡똥 뛰놀면서 앞발을 똑똑 치며 온몸을 살래살래 흔들흔들하다 문득 내뱉었다.

"수궁 경치가 아무리 좋다 한들 내 왼편 불알도 아니 움직이리로다."

그러면서 또 아가리를 짝짝 벌리면서 턱을 일긋일긋하며 막대를 가지고 휘휘 저으며 땅도 쏘삭쏘삭하며 상긋상긋 웃으며 몸도 탕탕 부딪치며 또 내뱉는구나.

"이놈 자라야, 너하며 용왕하며 그놈의 신하들까지 다 내 집 뒷동산에서 우는 암부엉이 아들놈이로다. 자라 이놈, 어찌할꼬?"

그러면서 한참 누워 있다가 한참 도사리고 앉아 있다가 또 재주도 발딱발딱 넘는다. 그러다가는 앞발로 제 옆구리를 똑똑 치며,

"너 이놈, 이 속에 든 간을 몰라보고 내 꾀에 빠졌구나."

하고 온갖 가지로 비아냥거리고 백 가지로 조롱하다가 앞발로 흙
을 쥐어뿌리다 뒷발로 냅다 찬다.

자라가 토끼의 비아냥거리는 말에 절통하나, 다시 한번 구슬려
보려고,

"토선생은 잠깐 내 말을 들어 보소. 용궁에서 하던 말을 저버리
면 그 재앙이 자손에 미칠 것이오. 돌아갈 길이 바쁘니 어서 가서
간을 가져오구려."

하니, 토끼가,

"하하하하."

하고 이때껏 참고 참았던 웃음을 터뜨린다.

"이 미련한 자라야, 오장육부에 붙은 간을 어찌 떼어 둔단 말이
냐? 내 잠깐 꾀를 내어 네 용왕과 신하들 모두를 속여 넘긴 것이
다. 도대체 용왕의 병이 나와 무슨 상관이 있단 말이냐? 병든 용
왕 살리자고 성한 토끼 죽을쏘냐? 또 들으렷다. 이 산속에서 그
럭저럭 지내는 나를 달콤한 말로 꾀어 죽을 곳으로 끌고 가 네 공
을 나타내려 하였으니, 내 용궁에 들어가 놀라던 일을 생각하면
머리털이 곤두서고 이가 갈린다, 이놈아.

너를 당장 돌탕을 쳐 없애고 분을 풀고 싶다만 나를 업고 만경
창파를 헤엄쳐 건너온 수고를 생각하여 목숨을 살려 보내노라.
어서 돌아가 네 어리석은 늙다리 용왕더러 일러라. 죽고 사는 명
이 다 제 수명이고 제 하기 탓이니 죽을병에 걸렸으면 죽는 것이
마땅하노라고. 부질없이 남의 생간을 뽑아 먹고 살려는 망령된

생각일랑 아예 하지 말라고 말이다."

너구리가 떠들썩한 소리에 나와 토끼 노는 꼴을 보다가, 일이 어떻게 되었는지 짐작이 가 껄껄 웃더라.

"너희 물나라 임금과 신하들이 모두 이 작은 토끼 한 마리 꾀에 속았구나. 얼마나 미련한 무리인지 알 만하다. 하하하."

토끼와 너구리는 말을 마치자 숲 속으로 깡충깡충 뛰어 들어가 버렸다.

자라는 토끼 가는 모양을 하염없이 바라보고 섰다가 길게 한숨 쉬며 중얼거렸다.

"내 용왕에게 충성하려고 토끼를 속이려다 외려 토끼에게 되잡히니 이를 어찌하리오."

자라는 토끼가 사라진 산기슭에서 저물도록 떠날 수가 없다.

"우리 물나라가 복이 없어 일이 낭패가 되었도다. 토끼 간을 얻지 못하여 용왕님의 병을 고치지 못하게 되었으니 내 용궁에 어찌 돌아가리오. 차라리 여기서 죽는 것만 못하다."

이렇게 중얼거리고 머리를 들어 바윗돌에 부딪쳤다. 피가 흘렀다. 다시 또 부딪치려는데 문득 소리가 들려왔다.

"별주부야, 죽음을 서두르지 말고 내 말을 들어라!"

자라가 놀라서 소리 나는 쪽을 바라보니, 웬 노인이 흰 수염을 드리우고 웃는 낯으로 말하였다.

"네 충성심이 지극하기로 내 너에게 약을 주리니 바삐 돌아가 용왕의 병을 고치도록 하여라."

하며, 소매 속에서 산사나무 열매만 한 약을 한 알 꺼내 주는데, 금

빛이 나고 향내가 그윽했다. 자라는 감격하고 고마워 머리를 깊이 숙여 세 번 절하고 나서,

"선생의 큰 은혜는 우리 물나라 대왕님과 신하 누구라도 잊을 수 없을 것이옵나이다. 선생의 존귀하신 성함을 알고자 하옵나이다."

하니, 노인이 대답하였다.

"나는 신선이로되, 그전에는 의원이었노라. 화타라고 하느니라."

하고는 홀쩍 사라지더라.

이때 갑자기 온 산이 떠들썩하게 소리가 울렸다.

"가재는 게 편이라더니, 신선도 용왕 편이로군. 아무리 그런들 용왕의 병은 고치지 못한다오. 남의 생간을 먹지 않고는 살 수 없는 병이라는걸."

토끼와 너구리와 착한 산짐승들의 목소리로구나.

"하하하하."

"하하하하."

"하하하하."

장끼전

아들딸 거느리고 장끼 내외 집 나선다

하늘땅이 생겨나고 만물이 번성할 제 귀할손 사람이요 천할손 짐승이라.

꿩이, 꿩이 날아든다, 백설 강산에 날아든다. 꿩의 모습 볼작시면 옷갓이 오색이라 별호가 화충華蟲이니 그 뜻을 새겨 보면 화려한 짐승이로다.

날짐승, 길짐승, 들짐승의 천성대로 꿩도 또한 사람을 멀리하여 구름 덮인 숲 속 새파란 개울 옆에 소소리 높은 나무를 정자 삼고 산자락 너른 밭에 떨어진 낟알 주워 먹으며 살아가누나.

허나 임자 없이 생긴 몸이 운수는 어이 그리 사나운가. 관가의 포수네들 걸핏하면 사냥개 앞세우고 범같이 달려들어 잡아간다. 아전 같은 포수요 사령 같은 사냥개라. 권세 있는 양반 놈의 앞잡이가 분명하나 꿩을 잡은 그네들도 꿩 맛은 못 보더라. 조정 벼슬아치며 고을 원님들이 아침저녁 밥 때마다 물리도록 먹는구나. 돈 많은 부자에 풍채 좋은 늙은 지주도 목구멍에 도리깨 소리 나게 꿀컥꿀컥 삼키더라. 고기 먹고 남은 털은 군대 대장 깃발 끝에 치레로 꽂으며, 그러고도 남은 것은 돈맛 든 장사치들 가겟방의 먼지떨이 만드누나. 이렇듯 갖가지로 두루 쓰니 꿩의 공덕이 적을쏘냐.

가여운 꿩의 신세 죽어서만 불쌍한가, 살아서 겪는 고생 죽기보다 어렵구나. 한평생을 자취 없이 숨어 사는 신세, 경치라도 구경할까 하고 구름 위 상상봉으로 허위단심 올라가면, 꿩이 오기 기다렸나, 몸 가벼운 보라매는 예서 떨렁 제서 떨렁, 몽치 든 몰이꾼들 예서 휘여 제서 휘여, 냄새 잘도 맡는 얼룩빼기 사냥개는 이리 꿀꿀 저리 컹컹 하며 억새 포기며 떡갈잎을 뒤적뒤적한다.

앞으로 가나 뒤로 가나 살아날 길 아주 없네. 산 첩첩 뫼가 높아 갈 길이 바이없나, 물 촬촬 강이 깊어 앞길이 막혔더냐. 산보다도 험한 것이 매 발톱이고, 물보다도 급한 것이 사냥개 주둥이라. 샛길로 빠져 볼까 하니 그는 더욱 힘들더라. 여기저기 포수들이 총을 들고 둘러섰네. 불쌍하다 꿩의 신세, 엄동설한 주린 몸이 어디로 가잔 말인가.

이러한 꿩 무리 속에 유다른 장끼 한 마리 살고 있으니, 일하기 싫어하고 횡재 좋아하여 건달로 소문났더라.

이 건달 장끼 한겨울을 굶으니 입이 원수라고 더는 참기 어렵더라. 장끼도 애가 탔지만 온순하고 부지런한 안해 까투리의 마음은 더하구나.

지난가을 긴긴날에 아글타글 모은 낟알 고약한 들쥐 놈들 오며 가며 물어 가서 쌀독에 거미줄이 우줄우줄 춤을 춘다. 끝날같은 제 낭군을 무엇으로 공대하며 배고프다 우는 자식 죽물조차 못 먹이누나.

앉아서 굶어 죽나 밖에 나가 잡혀 죽나 죽기는 매한가지. 굶으면 영락없이 숨이 지기 마련이나, 나갔다가 다행히도 잡히지만 않는다면 낟알을 주워 먹고 주린 창자 달래리라.

기나긴 겨울밤을 이리 뒤척 저리 뒤척 뜬눈으로 꼬박 새운 불쌍한 까투리가 날이 밝자 맹물 끓여 온 식구 먹인 뒤 장끼한테 말한다.

"오늘은 바람도 자고 눈이 와서 포근하니 앞산 자락 너른 밭에 줍고 남은 콩이라도 있을지 찾아보러 가십시다."

퉁퉁 부은 건달 장끼 군말 없이 일어서서 나갈 채비 서두른다. 여느 때 같으면 그래도 수컷이라고 남편 재세 부리면서 눈부터 부릅뜨고 '되지 않은 소리 마라.' 고함부터 치련만 오늘은 웬일인지 군말 없이 일어선다.

까투리가 흥이 나서 막달 잡혀 부른 배를 간신히 그러안고 힘들게 일어나 낭군의 옷 치장을 거들어 주면서 신명 난 목소리로 사설과 소리를 섞어 가며 듣기 좋게 노래한다.

여보소 동네분들
우리 낭군 치장 보소.
당홍 대단 두루마기
보기 좋은 웃옷에는
초록 궁초 천을 오려

점잖이 깃을 달고
백릉이라 하얀 비단
동정 달아 시쳐 입고
주먹 같은 이 벼슬은
양반들이 달고 있는
옥관자가 부럽잖소.
흰칠할사 이 풍채
대장부의 기상일세.
앞을 보아도 내 낭군
뒤를 보아도 내 낭군
얼씨구나 절씨구
넓고 넓은 이 천하에
영웅호걸 기상일세.

까투리는 장끼가 치장을 끝내자 이번에는 저도 따라 나갈 채비를
서두른다.
까투리를 앞세우고 대문 앞을 나선 장끼가 오늘따라 웬일인지 고
개를 주억거리며 소리 갚음을 하는구나.

어허 여보 마누라
그렇게 차리니까
천하일색 틀림없소.
잔누비 속저고리

폭폭이 잘게 누벼

치마저고리 갖췄으니

비단 위에 꽃이 폈나.

이리 보세 마누라

저리 가세 내 사랑.

아홉 아들은 앞에 서라.

열두 딸은 뒤따라라.

어서 가자 바삐 가자.

넓고 넓은 저 들판에

줄줄이 넓게 퍼져

아들 너는 저 골을 줍고

딸들 너는 이 골을 보라.

마누라는 나와 함께

중간 골짜기 주워 가세.

"여보 영감, 아들딸 스물하나가 저렇게 다 자랐는데 저것들을 다 흩어 보내고 늙은 우리가 나란히 이삭을 줍는다니 남들이 보면 웃을 일이오. 공연히 남부끄럽소, 원."

"허허 모르는 소리, 여자란 젊어서도 여필종부, 늙어서도 여필종부, 언제나 남편을 따르기 마련인 게야."

"예, 예, 어서 여필종부하리다."

"어험, 으레 그래야지."

"자, 그럼 어서 한 알도 놓치지 말고 부지런히 주워서 양반님네들 부럽지 않게 잘 먹어 보자고요."

"아무렴, 이를 말인가. 하늘이 만물을 낼 제 저마다 먹고살 것이 있다 하였으니, 우리도 오늘 낟알을 주워서 한 끼나마 배불리 먹는 것도 운수 좋은 일이지."

여보, 그 콩 먹지 마소

　아들딸 다 흩어 보내고 장끼와 까투리가 골짜기로 점점 들어가는
데 갑자기 앞서 가던 장끼가,
　"여기 있구나!"
하고 소리친다.
　까투리가 얼른 고개를 쳐들고 건너다보니 저만치 서 있는 장끼
바로 몇 발자국 앞에 붉은 콩 한 알이 당그랗게 놓여 있다.

　　어화 그 콩 소담도 하다.
　　하늘이 내린 진주알인가
　　땅에서 솟은 앵두알인가.
　　햇빛에 반짝 금과도 같고
　　눈 위에 당실 산호도 같다.

어허둥둥 내 복이야.

하늘이 주신 이런 복을

내 어이 마다하랴.

첫마수걸이에 좋은 이 콩

내 앞에 떨어진 이런 복을

아니 먹고 마다해도

재앙이 미치리니

어디 한번 맛을 볼까.

장끼는 주린 배를 추스르고 껑충껑충 춤을 추며 흥타령을 부른다. 장끼가 덩실거리자 까투리도,

'영감의 복은 마누라의 복이로다.'

생각하며 까르르하고 눈 위에 웃음 방울을 굴린다.

"아이고 여보, 무얼 그리 보고만 계시오? 입에 들어가던 음식도 복 없는 자는 소리개한테 빼앗긴다는데, 그러고만 서 계시다가 비둘기라도 날아와서 홀랑 채 가면 어쩌려고 그러고 계시오? 입에 어서 넣으시오."

까투리가 이러면서 뚱기적뚱기적 걸어가 땅에 놓인 붉은 콩을 주워 주려다가 콩 앞에서 딱 멈춘다.

'가만있자, 가난하고 복 없는 우리 집에 이런 횡재가 차례진 일이 언제 있었던가? 아무래도 섬뜩한걸. 이것이 과연 복은 복일까? 왜 이리 머리털이 곤두설까?'

까투리는 장끼가 있는 옆으로 한 발짝 물러섰다. 까투리가 콩을

집어다 바칠 줄 알고 서 있던 장끼는 그 꼴을 보고 화가 치밀었다.

"뭘 그러고 있어, 콩을 집어 오지 않고?"

장끼는 까투리를 나무라면서 무작정 콩이 있는 데로 다가가려고 서둘렀다. 그때 장끼의 발목을 까투리가 덥석 부여잡았다.

"아직 그 콩 먹지 마소."

"이 무슨 괴이한 말을 하나?"

"눈 위에 사람 자취 있으니 이상하오. 이거, 이거, 자세히 살펴보소. 입으로 훌훌 불고 비로 살살 쓴 자취가 알 듯 말 듯 하지 않소? 저 밑에 차위(덫)라도 놓였으면 무슨 변을 당하려고 그러시오? 먹지 마오, 먹지 마오. 제발 덕분에 그 콩일랑 먹지 마소."

장끼란 놈 본디부터 싫은 일도 옆에서 하지 말라면 기를 쓰고 하는 성미인데, 안해가 덮어놓고 밀막는 데 이력이 났는지라 점잖게 꾸짖었다.

"여자의 좁은 소견, 자네 말이 미련하네. 지금이 어느 때야? 동지 섣달 칼바람 불 때거니 길길이 쌓인 눈이 온 강산을 덮었는데 사람 자취가 왜 있을꼬. 무식하면 할 수 없군. 예부터 이런 때면 '산마다 새마저 날지 않고 들마다 발길이 막힌다.'고 하였느니라."

"애고, 나는 그런 양반 샌님네 아리송한 글속은 몰라도 간밤에 꾼 꿈이 하도 께름해서 그러오. 궁량 넓은 바깥어른이 깊이 생각해서 뒤탈 없이 해야 하지 않겠소?"

"흥, 꿈도 그렇지. 아낙네들이란 방앗공이를 붙들고도 꾸는 게 꿈인데 그런 꿈이 무슨 신통한 게 있다고? 꿈도 장부의 꿈이라야지. 내가 간밤에 꿈 하나를 꾸었으니 잘 들어 보게. 신선을 태우고 다닌다는 누런 학 한 마리가 내 앞에 사뿐히 내려서 어서 타시오 하고 몸을 낮추더란 말이야."

장끼는 어험어험 헛기침을 거푸 섞어 가면서 그럴듯하게 엮어 댄다.

장끼가 누런 학을 잡아타고 푸른 하늘로 훨훨 날아서 하늘나라에 갔더니, 수염을 배꼽 아래까지 드리운 벼슬아치 신선이 반갑게 맞이하여 옥황상제 앞으로 이끌어 가더라나. 옥황상제는 하늘나라 임금이라 으리으리한 자리에 거룩히 앉아서 장끼를 굽어보고 자못 위엄 있게,

"네가 몸은 화려하나 마음은 벼슬을 마다하고 산속에서 한가로이 살아간다니 신선을 닮은 선비인지라, 오늘부터 '산림처사'라 하겠노라. 살림이 궁할 터이니 콩 한 섬을 주노라."

하여, 장끼가 황공하고 기쁜 마음으로 콩을 받자고 종종걸음을 쳐서 하늘 임금의 곳간에 갔다가 그만 정신이 아찔해졌더라나. 커다란 성처럼 어마어마한 곳간에 곡식 일만 섬이 실히 쌓여 있거늘, 세상에 이런 곳간도 있는가 싶어서 두리번두리번 돌아보니, 곳간이 그것 하나가 아니고 꼭 종로 가겟방처럼 줄지어 있는데 수를 헤아릴 수 없을 정도더라. 기웃기웃 들여다보니 이곳은 흰쌀 곳간, 저곳은 보리쌀 곳간, 그다음은 콩 곳간, 그 옆은 팥, 녹두 그리고 무엇무엇 하면서 세상에 이름 가진 곡식과 과일이 그득그득한 게라.

'아니, 이 많은 것이 어디에서 생겼을까? 이 숱한 것을 누가 다

먹고, 우리 집은 아침 끼니 끓일 것도 없는고? 나는 좋아하는 술 한 되 사 먹을 날알이 없는 판인데 여기는 그득그득 쌓였으니, 원 참, 고르지 못하게시리. 신선은 먹지 않고 산다더니 새빨간 거짓 말이야.'

장끼 이런 생각을 하다가 소스라쳐 놀라,

'내가 이 무슨 죄 될 생각을 하는고? 감히 하늘나라 임금님과 신 선님들을 못마땅히 여기다니. 예부터 먹든 굶든 입든 벗든 다 팔 자라 하였거늘 하늘이 정해 준 팔자를 타발하는 것은 벌 받을 짓 이지.'

하고는 간이 콩알만 해서 웅크리고 서 있다가, 벼슬아치 신선이 재 촉을 해서야 정신이 퍼뜩 들어 급히 콩 한 섬을 받아서 짊어지고 일 어서려 했다. 허나 콩 한 섬이 어찌나 무거운지 그만 "아이쿠." 외 마디소리를 지르면서 콩 섬을 진 채 옆으로 쓰러지고는, 제가 지른 '아이쿠' 소리에 놀라서 눈을 번쩍 뜨니 꿈이로다. 콩 섬에 눌려 죽 지 않고 살아난 것이 다행이나 다른 한편으로는 콩 한 섬을 잃어버 린 것이 분하구나.

참으로 꿈을 꾼 건지 건달꾼의 거짓말이 버릇되어 꾸며 댄 소리 인지 알 수 없으나, 한평생 호미 자루 한 번 쥐어 보지 않고 까투리 가 아글타글 가꾸어서 해 주는 밥이나 먹으면서 '하늘 천 따 지' 글 을 읽거나 술추렴하는 것이 일이던 약골이다 나니 콩 섬 지고 나동 그라진 건 틀리지 않으렷다.

아무튼 그럴듯이 엮어 댄 장끼는 말머리를 제 속마음 드러내는 대로 돌린다.

"옥황상제께서 주신 콩 한 섬이 지금 이 콩 한 알이니 이 아니 반가우랴. 옛글에 이르기를 '주린 자 달게 먹고 목마른 자 쉬이 마신다.' 하였으니, 콩 한 알이 한 섬만은 못하지만 그런대로 주린 창자를 달래 보아야겠네."

까투리는 그 소리를 듣고 속이 타서 안절부절못한다.

"그게 무슨 좋은 꿈이겠소? 흉한 징조 분명하오. 내 꿈 이야기를 자세히 들어 보면 그 사연을 알리다."

지난밤 까투리는 오늘 아침 끼닛거리가 없어서 근심이 칠칠야밤에 우중충 앞을 막아선 큰 산만 하여, 이리 뒤척 저리 뒤척 하다 나니 꿈을 꾸는지 마는지 하면서 어렴풋이 꿈속을 헤매느라고 온밤을 토막 꿈만 꾸었더라.

"어젯밤 첫잠 들어 꾼 꿈 이야기 들어 보오. 북망산 그늘진 땅에 무덤들이 주런이 놓였는데 궂은비 쓸쓸히 뿌리더니 갑자기 쌍무지개가 서더이다. 그런데 그 쌍무지개가 갑자기 시퍼런 칼이 되어 서방님 머리를 뎅강 베어 내리치니, 이게 죽을 꿈 아니고 무엇이오? 제발 그 콩 먹지 마소."

까투리가 거북해하면서도 꿈 이야기를 하노라니 지금껏 간이 떨리건만 장끼는 옹고집을 부린다.

"그것 보지, 그 꿈이 얼마나 좋은 꿈인가? 쌍무지개가 칼이 되어 내 머리에 내린 것은 내가 과거 시험에 장원 급제하여 어사화 두 가지를 머리에 꽂고 기상이 칼날처럼 시퍼레 온 장안 큰길을 오갈 팔자라는 꿈이로다. 과거나 힘써 보세."

까투리는 애가 마른다.

"두 번째 꿈 이야기 들어 보소. 영감이 천 근들이 무쇠 가마를 머리에 뒤집어쓰고 만경창파 깊은 물에 아주 풍덩 빠졌거늘, 나 혼자 물가에서 미친 듯이 울부짖으니, 죽을 꿈 아니고 무엇이오? 부디 그 콩 먹지 마소."

까투리가 애가 타면 탈수록 장끼는 점점 더 고집을 부린다.

"그 꿈은 더욱 좋다. 내 몸이 큰 군사 거느리는 대장 되어 머리 위에 무쇠 가마 같은 투구를 쓰고 만경창파 넓은 바다를 오락가락하면서 좀도적을 한칼에 평정하여 개선장군이 될 꿈이요, 그대가 운 것 역시 싸움 나가는 남편을 물가에 나와 바래는 정절부인 행실일세."

"아니외다, 아니외다. 세 번째 꿈은 큰 잔칫집에 스물두 폭 해가림 차일을 받치고 있던 큰 장대가 우지끈 뚝딱 부러지며 우리 둘의 머리를 덮치니, 숨 막히고 답답한 일 겪을 꿈이 아니고 무엇이오?"

장끼는 눈을 딱 감고 입만 삐죽이 내민 채 아무 말도 없다. 듣기 싫은 말은 그만 하라는 뜻이요, 그따위 요망한 소리 듣지 않겠다는 잡도리더라.

까투리도 순순히 물러서지 않는다. 그래서 새벽녘에 꾼 네 번째 꿈을 숨도 끊지 않고 단숨에 이야기한다.

"또 한 꿈은, 까마득한 벼랑에 커다란 소나무 한 그루가 솟아 있고 뭇별들이 은하수를 둘렀는데 그 가운데 장수별이 영감 앞에 뚝 떨어지더이다. 땅에 사는 모든 것은 다 하늘에 저를 지켜 주는 별 하나씩 있다는데, 옛날 삼국 적 제갈공명도 장수별이 떨어지자 곧 죽고 말았다 하더이다."

무슨 말을 해도 장끼는 황소고집이다. 아낙네 말은 귓등으로도 안 듣는 남정네 고집이로다.

"내 몸에 해가림 차일이 덮인 것은 해가 떨어진 셈이니 해가 진 청산에 달 뜨는 밤이 올 징조요, 달 뜨는 밤이 오면 화초로 병풍 두르고 잔디로 장판 삼고, 등걸 베개, 풀잎 요에 갈잎으로 이불 덮고 우리 둘이 즐길 꿈이 틀림없네. 별이 떨어진 것이야 아들 낳을 꿈이지. 왜 그런고 하니 예부터 아낙네가 별을 품는 꿈을 꾸고 큰 인물 낳았다는 이야기가 한둘이 아니거든. 그런 꿈만 많이 꾸게."

까투리는 숨이 콕콕 막힐 지경으로 답답하고 안타까워 제 머리털도 박박 쥐어뜯고 제 가슴도 콩콩 두드린다.

"닭이 울 때 꾼 꿈도 들어 보오. 색저고리 색치마로 이내 몸 단장하고 푸른 산 맑은 물에서 노니는데 난데없는 청삽사리가 입술을 악물고 뛰어들어 발톱으로 해치는지라, 정신없이 허둥지둥 삼밭으로 달아나는데 긴 삼대 쓰러지고 굵은 삼대 춤을 추며 짧은 허리 가는 내 몸 휘휘친친 감습디다. 이내 몸 과부 되어 삼베로 지은 상복 입을 꿈이 아니고 무엇이오? 나를 보아서라도 제발 덕분에 먹지 마소. 그 콩일랑 먹지 마소."

이 말에 장끼가 점잖이 감고 있던 두 눈을 딱 부릅뜨니, 얼굴이 대번에 주홍같이 변하며 입에 담지 못할 상스러운 욕이 쏟아진다.

"꽃 같은 얼굴에 달 같은 교태를 부리는 저 간나위 년, 제 서방

마다하고 남의 남자 탐내다가 참바, 올바, 황마 밧줄로 뒷죽지 묶여 이 거리 저 거리 종로 네거리로 북 치며 끌려 다니다가 세모진 방망이에 큰 방망이로 마구 매 맞을 꿈이로다. 그런 꿈 이야기 다시 해 봐라, 앞정강이를 꺾어 놓을라."

까투리는 앞정강이를 꺾어 놓겠다는 소리에 소름이 쫙 돋더라. 허나 미워도 내 낭군, 고와도 내 낭군이라 그냥 내버려 둘 수 없어 죽을 기를 쓰고 애절하게 하소연하였다.

"기러기 북극에 울어 옐 제 어이 갈대를 물고 날아가는지 모르오? 그것이라도 도움이 되겠기에 조심하는 것이외다. 봉새가 천 길이나 떠오를 때도 굶으면 굶었지 좁쌀조차 쪼아 먹지 아니함은 대나무 열매가 아니면 아니 먹는 예의염치 때문이오. 우리가 기러기나 봉새 같은 큰 새는 못 되어 미물로 지내지만, 낭군님은 큰 뜻을 품은 장부라 조심해야 하나니, 그러하다면 그 콩 하나 먹지 않음이 좋으리다."

장끼는 치마 두른 아낙네가 남자를 훈계한다고 성이 독같이 나서 두 날개를 푸드덕거리고 두 눈을 부라리며 머리를 내흔든다.

"조심이 무엇이고 염치라는 게 다 무엇이냐? 조심하다가 지레 죽고 염치 차리다가 굶어 죽은 이가 어디 한둘이더냐? 염치라는 것도 다 부질없다. 코 아래 진상부터 해야지. 옛날에도 보리밥 한 덩이씩 얻어먹으면서 견뎌 나중에 임금이 된 사람도 있고, 빨래하는 할미에게서 식은 밥 얻어먹고 살다가 큰 장수가 된 이도 있었느니라. 나도 이 콩 주워 먹고 기러기나 봉새보다 더 이름 높은 큰 재목이 될지 뉘 알쏘냐."

참는 데도 한도가 있고 비는 것도 분수가 있다. 까투리는 더 참기 어려우나 그래도 미련이 있었다. 모진 말을 하면 알아들을까 하여 마음 독하게 먹고 긴말을 늘어놓는다.

"그 콩 먹고 잘된다니 내가 한마디 해 봅시다. 예의도 염치도 다 소용없고 벼슬 욕심만 차리시니 무덤 잔디나 지키다가 황천 고을 원이 되면 이 청산을 영이별하게 될 터인데 그때 가서 후회한들 무엇 하리오? 고집불통이 지나치면 나랏일이나 사삿일이나 낭패 보기 마련이오. 임금이 민심을 등지고 고집 쓰면 나라를 잃는다 는 옛이야기 못 들었소? 장수가 고집 쓰면서 좋은 계책 받아들이 지 않다가 군사를 다 잃고 목숨 끊은 이야기 모르시오? 고집이 지나치면 예나 이제나 할 것 없이 신세 망치는 줄 어이 모르시 오?"

"콩 먹으면 다 죽을까. 죽을 놈은 넘어져도 소 발자국에 고인 물 에 코 박고 죽는다네. 콩이라는 글자 가진 이름으로도 콩쥐처럼 복 받고 오래 산 사람 얼마나 많아? 나도 이 콩 달게 먹고 오래 살아 신선 되어 누런 학 타고 하늘로 올라가리라."

장끼는 발을 부여잡고 애원하는 까투리를 어쭙잖게 밀쳐서 저만 치 휘뿌리고 콩 있는 데로 다가든다. 까투리는 공깃돌처럼 뿌려져 서 두세 고패 뒹굴면서도 장끼가 걱정되어 아픈 줄도 모르고 후닥 닥 일어서서 두 다리를 절뚝거리며 황급히 다가들었다. 다가들면 뿌리치고 뿌리치면 다가드나 연약한 까투리가 건달 장끼의 힘을 당할쏘냐. 까투리는 저만큼 넘어져서 기진맥진 쓰러져 흘러내리는 눈물을 걷잡지 못하고 원망스레 장끼를 바라본다.

'이 일을 어찌할꼬.'

장끼가 콩을 먹으러 다가들 제 열두 장목 펼쳐 들고 고개를 꾸벅
꾸벅 조아리며 조츰조츰 가까이 간다.

넘어진 까투리가 죽을힘을 다 써서, "먹지 마소!" 하려는데 때는
이미 늦었구나. 장끼가 반달 같은 부리로 콩을 들입다 콱 찍었더라.
그때 장끼의 머리를 탕 치는 소리가 벼락같이 울리더니 와지끈 뚝
딱 장끼 몸이 이리 뒤틀 저리 뒤틀 두어 고패 동그라지며 푸드덕 차
위에 치였구나.

"여보!"

외마디소리를 지른 까투리가 까무러치고 말았더라.

고집불통 원수로다

　시간이 이슥히 지나서 까투리는 엄마를 찾는 소리에 정신을 차렸다. 눈을 떠 보니 아들딸들이 옆에 와서 울며 엄마를 부르고 있다. 그러나 까투리는 자식들 생각할 경황이 못 되어 맥없이 겨우 일어나 앉으면서 가슴을 두드리고 넋두리부터 한다.

　"저런 꼴 당할 줄 몰랐더냐. 남자가 여자 말 너무 잘 들어도 패가망신한다지만 저렇게 아낙네 말 안 듣다가 제 몸 망칠 줄 왜 몰랐더냐. 불쌍한 우리 낭군, 이 추운 겨울날에 빈창자로 세상을 뜨다니 이게 모두 내 죄로다. 죄 많은 이년이 이 세상 떠나가는 낭군님을 빈속으로 보냈구나. 아이고, 내 팔자야."

　과부의 설운 울음소리에 오월에도 서리가 내린다는데, 까투리의 애절하고 처량한 울음소리는 너른 들 푸른 하늘에 멀리멀리 울려 모든 짐승들 가슴에 차가운 얼음덩이를 박는 듯하다.

그 울음소리를 듣고 점잖은 봉새, 거룩한 대붕새는 코끝도 내밀지 않았으나 까치, 참새를 비롯한 뭇 새들이 놀라 사방에서 모여들었다.

까투리는 펑퍼짐한 밭머리에 자락 머리를 풀어 놓고 당글당글 뒹굴면서 가슴을 치고, 앉아서는 흰 눈을 휘뿌리며, 일어서서는 두 발로 땅을 탕탕 구른다. 아홉 아들과 열두 딸과 찾아온 이웃들이 아무리 위로해도 잦아들 줄 몰라 눈 덮인 산골짜기와 벌거벗은 저 하늘에 "애고애고." 슬피 우는 소리가 애절히 울리누나.

위로해 주면 더 슬프고, 그만 하라고 말리면 더 운다고, 설움이 북받친 까투리는 차위 밑에 죽은 듯 늘어져 있는 장끼한테 기어가서 가슴도 만져 보고 숨구멍도 살펴보다가 와락 끌어안고 또 한바탕 자반뒤지기를 하더라.

멀리서 두견이가 운다. 그 소리에 까투리는 그쳤던 넋두리를 다시 한다.

"두견아, 울지 마라. 네가 울면 나는 더욱 서러워진다. 옛말에도 '독한 약이 입에는 써도 병에는 이롭고, 옳은 말이 귀에는 거슬려도 행실에는 좋다.'고 하였는데, 우리 낭군도 내 말을 들었으면 이런 변을 당했으랴. 답답하고 한스럽구나. 눈물은 못이 되고 한숨은 비구름 된다. 가슴에 불이 붙어 생초목도 다 타겠다. 어이할꼬, 어이할꼬, 이내 평생 과부 신세 어이할꼬."

마른하늘에 벼락같던 까투리의 넋두리 소리가 겨우 그치자, 어디선가 저 멀리 황천길로 가면서 웅얼거리는 것 같은 가여운 목소리가 차위 밑에서 들려온다.

"에라, 이년 요사하다. 범에게 물릴 줄 미리 알면 누가 산에 가리? '선先 미련 후실기後失期'라고, 미련하면 때를 놓친다 하였느니라. 죽는 놈이 탈 없이 죽으랴? 죽고 살기는 맥을 보고 안다는데 내 맥이나 짚어 보거라."

다리가 길고 오래 산다는 황새가 학다리 안경을 코에 걸고 나서면서,

"병 보는 데는 내가 낫지. 어디 맥을 좀 짚어 보세."

하고 한참 동안 이 맥 저 맥을 올려 짚고 내리짚더니 난처한 얼굴로 물러난다.

"비위맥은 벌써 끊어졌고 간맥은 서늘해졌으며 태충맥은 길어가고 명맥은 떨어지네. 여보게 장끼, 마지막으로 소원이나 말하게."

"맥은 그렇다 치고 동자부처 온전한가 눈동자라도 살펴보오."

이번에는 말 잘하고 점 잘 치는 앵무새가 나선다.

"그걸랑 나한테 맡기게나. 어디 보자, 어허 이거 속절없이 되어간다. 가만있자, 왼쪽 눈을 치떠 보게. 애고 이런, 왼쪽 눈 동자부처는 이제 당장 떠나려고 파랑 보자기에 짐을 싸는군. 오른쪽 눈을 내리뜨게. 아이쿠, 요 눈의 동자부처도 곰방대를 붙여 물고 길목버선 위에 감발을 하고 있구나. 허 참, 남의 일 같지 않다."

맥이 멎었다는 소리에는 차위에 눌려 그렇지 숨은 붙어 있지 않을까 하던 까투리도 동자부처가 봇짐 싸고 있다는 말에는 그만 하늘이 무너지는 듯 눈앞이 캄캄하고 가슴이 두방망이질을 하다가 뚝 멎는 듯하구나.

"애고, 이게 웬 말이오? 원수로다, 원수로다, 고집불통 원수로다. 여자를 천대하고 아낙네 말 업신여기는 그런 법도 어느 누가 내었던가. 흉악하다, 흉악해, 남존여비가 흉악하다. 애고애고, 이내 팔자 이다지도 기박한가. 첫째 낭군 얻었다가 시집간 지 반년 만에 보라매한테 잃고, 둘째 낭군 얻었다가 두 해를 못 넘기고 사냥개한테 잃고, 셋째 낭군 얻었다가 살림도 못 해 본 채 포수한테 맞아 죽고, 이번 낭군 얻어서는 굶으나 먹으나 간에 아홉 아들 열두 딸 낳고 이날 이때까지 살았는데, 고집불통 우리 낭군 목구멍이 원수로 콩 하나 먹으려다가 차위에 덜컥 치였으니 속절없이 영이별하는구나.

숲 속에 초당 짓고
너른 뜰에 백년초 심고
천년만년 살자더니
풀잎 같은 세상에
이슬 같은 목숨일세.
언제면 님을 만나
즐겁게 살아 볼까.
명사십리 해당화야
꽃이 진다 한탄 마라.
너는 내년 봄이 오면
또다시 피려니와
우리 님은 한번 가면

다시 오기 어려워라.

　도화살을 타고났나, 상부살喪夫煞을 타고났나. 이내 팔자 험하도다. 내 팔자도 험하지만 우리 낭군 가엾구나. 나이 많아 죽어 가나, 병이 들어 죽어 가나. 망신살이 끼었는가, 고집살이 끼었는가. 어찌하면 살려 낼꼬. 황소 같은 아들들과 말 같은 딸들이 줄줄이 늘어섰는데 뉘라서 혼사를 치르며 배 안에 든 유복자는 해산바라지 뉘라서 할꼬."
　까투리가 한창 넋두리를 하는데 장끼란 놈이 겨우 숨을 모아 반눈 뜨고 입을 놀리더라.
　"그리 서러워 말게. 과부 많은 자네 집안에 장가간 내 잘못이지, 이 말 저 말 잔말하랴. 한번 죽으면 다시 살지 못하나니 나를 굳이 보려거든 내일 아침 일찍 먹고 차위 임자를 따라가게. 그러면 김제장이나 진주장이나 청주장에 내걸리거나, 그렇지 아니하면 감영 사또, 고을 사또의 관청 부엌에 걸릴 것일세. 그도 저도 아니면 큰 벼슬 하는 대감네 밥상이나 잔칫상에 오를 테니 그때 다시 한 번 보고 돌아와 한평생 수절하여 열녀가 되어 주게."
　평소에 고집불통으로 손꼽을 때는 옹고집 다음가라면 껑충 놀라 놀부의 심술보를 꾸어다가라도 내혼들 놈이고 건달을 부리라면 이 춘풍 찜 쪄 먹을 놈이, 숨이 지는 이 마당에서는 그래도 정이 손톱눈만큼이라도 남았는지 울고 있는 까투리를 난생처음 위로하고 싶은가 보네.
　"불쌍하고 불쌍하다. 우리 신세 가엾구나. 울지 마라, 내 까투리.

네가 울면 이 간장이 다 녹는다. 임자가 아무리 설워해도 죽는 내가 불쌍하지, 살아 있는 임자가 더 불쌍할까. 허지마는 낭군 없는 여자 몸에 어찌 살아가랴. 이렇게 죽을 줄 알았으면 평소에 한 번이라도 마음 편히 해 줄 것을, 아무리 한탄하고 아무리 가슴을 친들 때는 이미 늦었으니 울어 본들 무엇 하고 위로한들 소용 있나."

장끼는,

"여보, 내 까투리."

하며 마지막 용을 쓴다. 아래 고패 뻗디디고 뒤 고패 당기면서 부득부득 기를 쓰나 살길은 바이없고 털만 쑥쑥 다 빠지네.

이때 저 아래 산자락 오솔길을 따라 차위 임자 탁 첨지가 올라온다. 고을 원의 손발 노릇하는 아전들에게 알랑알랑하면서 간에도 붙고 섶(허파)에도 붙으며 살아가는 사냥꾼이다. 사냥을 하여도 한 곳으로 하는 것이 아니라 매사냥도 하고 올무나 차위도 놓고 강에 가면 낚시질에 그물질에 닥치는 대로 짐승들과 물고기의 씨종자를 말리기로 잡도리하는 작자다. 이놈 손에 까투리 세 번째 서방이 죽었고 오늘은 네 번째 서방이 죽게 되었다.

사생결단하려는 까투리를 아홉 아들, 열두 딸과 벗들이 겨우 달래어 숲 속에 잠깐 몸을 숨기고 가만히 지켜보았다.

탁 첨지 다람쥐 털로 만든 모자를 우그러뜨려 눌러쓰고 지팡막대 걸어 짚고 사냥개 앞세우고 어깨 위에 매를 얹고 흥얼거리면서 다가오다가 개가 먼저 쏜살같이 달려가자 저도 허위단심 뛰어오누나.

탁 첨지는 차위에서 장끼를 빼내더니 머리 위에 높이 들고 어깨
춤을 덩실거린다.

지화자 좋을시고
장끼 한 놈 걸렸구나.
안 남산 개울가에
물 먹으려 네 왔더냐
밖 남산 복사꽃 피니
꽃놀이하자 네 왔더냐.
먹는 데 탐을 내면
한 목숨 끊어질 줄
네 분명 모르고서
콩 한 알 먹으려다
내 손에 잡혔구나.
산신령께 제사하고
네 피붙이 다 잡아서
사또님께 바치리라.

탁 첨지는 장끼가 삐죽이 내밀고 죽은 혀를 집게 같은 두 손톱으
로 뚝 빼내고 목털, 깃털, 꽁지깃을 하나씩 뽑아내어 바위 위에 얹
어 놓더니 두 손 모아 빌더라.

"아까 놓은 저 아래 차위에 까투리도 마저 치여 죽게 하여 주소
서. 고수레, 고수레."

탁 첨지는 빈손으로 음식을 사방에 뿌리는 시늉을 하면서 '고수레'를 외쳤다. 그러고 나서 늘어진 장끼의 목을 노끈으로 사정없이 졸라매어 허리에 차고 두 손을 소매 속에 찌르더니 저벅저벅 내려간다.

탁 첨지가 사라지자 뭇 새들이 그 바위로 달려간다.

콩알을 탐내던 장끼의 혀가 아직 식지 않았고 알록달록한 털들도 아직 그대로 있다. 까투리는 울며불며 그것을 정히 모아 마른 칡잎으로 초벌 싸고 댕댕이덩굴로 재벌 싸고, 원추리 잎에 '장끼의 몸'이라고 써서 애기소나무 가지에 걸어 놓고 밭머리 무너진 곳에 묻은 다음 제사를 지냈다. 가랑잎에 맺힌 아침 이슬을 받아서 도토리 깍지를 잔 삼아 술인 양 부어 놓고, 속새 줄기로 젓가락 삼고 주련이 서서 제사를 지내는데, 먼저 풍채 좋은 두루미가 긴 날개를 펄럭이며 앞줄에 꿇어앉자, 몸 가벼운 참새가 손님 대접을 맡고, 말 잘하는 앵무새가 제사를 주관한다. 따오기가 나서서 축문을 읽으려고 하자, 황새가 어처구니없어,

"여보게 따오기, 자네는 글속도 모르면서 축문을 어찌 안다고 그러나? 이리 내게."

하며 점잖이 말하였다.

"아따, 그러지 마시오. 황새 어른이야 한자 글밖에 더 아시오? 죽은 장끼는 주색잡기 건달로 일을 삼고 글 읽기가 질색이어서, 아리송한 축문을 읽어 봐야 알아듣지도 못한다오. 평소에 친한 술 친구인 내가 우리네 막 쓰는 말투로 축문을 만들어 읽어야 알아들을 게 아니오?"

따오기는 목청을 가다듬고 '유세차'부터 외는데, '이 해가 어느 해인고' 하면 될 것을 뜻도 모르면서 축문은 '유세차'부터 시작한다는 것만 알고 덮어놓고 외운 게지. 허나 그다음부터는 제소리로 하고픈 말을 엮어 댄다.

"엄동설한 추운 날에 과부가 된 까투리와 상주가 된 아홉 아들, 열두 딸, 살아생전 친한 벗들이 한자리에 모여 돌아간 장끼 공에게 이 제사상을 드리옵니다. 장끼 공은 이미 우리 옆을 떠나 저세상에 갔으나 우리 어이 잊으리오. 이왕 가는 길이니 우리 걱정일랑 마시고 편안히 가시오. 정은 커서 산 같으나 가난한 우리 신세 이슬술뿐이오니 정으로 한잔 받으시고 섭섭잖게 자신 뒤에 편안히 떠나시오. 상향."

'상향'도 '유세차'처럼 무슨 뜻인지도 모르고 축문 끝에는 이 말이 꼭 붙는다는 것만 알기에 따오기는 이 말로 맺고 일어서서 너푼 절을 한다. '한잔 자시고 떠나시오.' 한 말이 '상향'이라는 말뜻과 같으니 '곶감 건시'라고 한 격이 되고 말았으나 어쨌든 무난히 축문을 읽은 셈이로다.

제사를 마치고 뭇 새들이 헤어질 듯 말 듯 머뭇거릴 때, 소리개한 마리가 하늘 높이 떠서 이리 기신 저리 기신 먹을 것을 찾고 있다. 저 아래 뭇 새들 사이에 여러 마리 꿩이 섞여 제사를 지내고 있는 것이 눈에 띄었다.

'이게 웬 떡이냐. 주린 것을 생각하면 이놈 저놈 가릴 처지가 아니나 같은 값이면 다홍치마라고 맛있고 살집 좋은 놈을 골라서 먹자. 어느 놈이 맏상제냐? 그놈부터 잡아가리라.'

소리 없이 자취 없이 산줄기 숲을 따라 슬슬 날아내리다가 우루룩 달려들어 가장 큰 꿩 새끼 하나 두 발로 툭 채 가지고 쏜살같이 높이 떠서 눈 깜박할 사이에 층암절벽 상상봉에 너울 덤벅 올라앉았다.

소리개는 그저 좋아 꿩을 이리 뒤적 저리 뒤적 한참 가지고 논다.

"감기 때문에 입맛이 떨어져서 열흘 내리 굶었더니 오늘에야 세상 제일 맛있는 먹이를 얻었구나. 문어 전복 해삼탕은 조정 벼슬아치나 먹는 거고, 전초 자반에 안주하여 솔잎술 먹는 것은 임금이나 하는 거고, 십 년마다 열린다는 용궁의 복숭아는 신선의 음식이요, 일 년 내내 취한다는 약산주는 부잣집 늙은이들이나 마시는 거고, 저절로 죽은 강아지와 꽁지 안 난 병아리는 연鳶 장군인 내 차례인데, 크나 작으나 꿩은 꿩이니 이런 횡재가 또 어데 있으랴. 이런 별식을 그저 먹기 섭섭하니 춤이나 한 자락 추고 먹자."

다 잡아 놓은 꿩이 어디 가랴 싶어서 한옆에 밀어 놓고, 보기 흉한 날개와 징그러운 발로 너울너울 춤추다가, 아차 하고 돌아보니 꿩이 정신없이 헤덤비다가 까마득한 바위 아래로 뚝 떨어져서 자취 없이 숨었구나. 닭 쫓던 개 울타리만 바라보듯 소리개는 속절없이 주저앉아 내려다보면서 탄식한다.

"내 언제 한 번인들 잡은 먹이 놓친 적 있었더냐. 잔나비가 나무에서 떨어지는 것은 실수한 탓이지만, 명장 관운장도 화용도 좁은 길목에서 잡았던 조조를 놓아주었으니 이는 대의를 생각함이요, 나 같은 연 장군이 꿩 새끼를 놓아준 건 선심을 쓴 것이로다.

덕을 많이 쌓으면 복이 남아돈다는데 이제 더 좋은 먹이를 얻을 게고 자손도 번창할 것이로다."

아무도 듣는 이 없는 적막강산에서 소리개는 마치 제가 그린 그림을 제 입으로 칭찬하는 얼간이처럼 중얼거리고는 아쉬운 듯이 골짜기 아래를 기웃거리더니 주린 창자를 안고 맥없이 날아가 버렸다.

단 하루 동안에 서방 잃고 맏자식 잃은 가녀린 까투리가 이 험한 세상을 어이 살아가리오. 뭇 새들도 가슴이 아팠으나 별다른 도리가 없어 좋은 말로 위로하며 집으로 데려다 주고 저마끔 둥지로 헤어져 갔다.

험한 세상에도 모지고 질긴 것이 목숨이로다. 까투리는 살고 싶은 생각이 없어 장끼 뒤를 따르고 싶었으나 시집 장가 못 보낸 자식들과 배 안에 있는 새끼가 가엾어 차마 목숨을 끊을 수 없다.

이제부터는 집 안에서 아낙네가 하는 일이나 하고 있을 수만도 없다. 밭도 갈고 가을도 해야 하며 나래(이엉)를 엮어 지붕도 씌우고 흙손으로 벽도 발라야 한다. 고된 일을 가리지 않고 해도 먹고살기 힘들어 곱던 살결은 터 갈라지고 손은 거북이 등같이 되었다.

까투리 열녀 됐단 말 못 들었네

세월은 그렁저렁 흘러 한 해 두 해 지나갔더라.

그사이에 어떤 자식은 관가에 잡혀가서 죽고, 어떤 놈은 몹쓸 소리개한테 죽었으며, 어느 것은 탁 첨지가 잡아가고, 또 어느 자식은 산속으로 달아나 이제는 아홉 아들, 열두 딸이 다 없어지고, 장끼가 죽을 때 배 안에 있던 유복둥이 하나가 자라서 아장거릴 뿐이로다. 한 많은 일생에 허거픈 세월이구나.

이런 고생도 견디기 어려운데 마음고생은 끝이 없다. 미우나 고우나 서방이라고, 장끼가 없으니 이슬비가 내려도 슬프고 꽃이 피어도 외롭다. 게다가 점잖은 체하던 봉새와 황새가 밤마다 찾아와서 지분거리는 것도 징그러웠다.

마음씨 무던한 뭇 새들이 낮이면 늘 찾아와서 살림 근심도 함께하고 괴로운 사연도 위로해 주었다. 그 가운데서도 건넛산의 산지기 장끼 한 마리가 각별히 고맙게 대해 준다. 까치는 까치끼리라는데 꿩들끼리 서로 돕고 지내야 하지 않겠느냐며, 까투리가 앓을 때면 산꿀도 가져오고, 봄이 오면 들일도 거들어 주었다. 오는 정에 가는 정이라고 산지기 장끼의 스스럼없는 마음 씀씀이가 까투리에게는 더없이 고마워 마음을 의지하게 되었다.

장끼의 삼년상이 지나자 봄이 왔다.

까투리는 올해도 농사 걱정에 마음이 번거롭다. 어느 날 난데없는 태백산 갈까마귀 한 마리가 북악산을 구경하고 돌아가다가 도중에 배가 고파 요기도 할 겸 인사도 할 겸 까투리를 찾아왔더라. 인사를 왔으면 위로나 하고 돌아가야 할 게고, 요기하러 들렀으면 음식이나 얻어먹고 일어서야 할 것인데, 염치없는 갈까마귀는 배부르고 술이 얼근해지자 청하지도 않은 이야기보따리를 펼친다.

"장끼 그 친구 풍신 좋고 심덕 좋아 오래 살 줄 알았더니 콩 한 알 못 참아서 제명을 다하지 못하고 죽었으니 가엾고 불쌍하지. 그런들 한번 죽으면 뒷일은 모르니 차라리 편하겠지만 살아 있는 까투리 아주머니야 고생이 오죽하겠소. 지아비 없는 여인은 끈 떨어진 뒤웅박이지. 장끼 그 친구가 이걸 왜 모르고 콩 한 알에 그 지경이 됐는지 원. 우리야 그런 콩을 보기로서니 안사람 생각해서 먹지 않을 텐데, 쯧쯧."

갈까마귀는 취한 가운데 진담을 하는 것처럼 음흉한 눈길로 까투리 얼굴을 슬쩍 곁눈질해 본다. 까투리는 갈까마귀의 말을 듣는지 마는지 덤덤히 앉아 건넛산만 멍하니 바라보고 있다.

갈까마귀는 또 한 번 곁눈질을 하고 나서 마지못해서 가까스로 하는 듯이 거북한 소리로 뒤를 이었다.

"오늘 이 말을 하기가 체면에는 좀 무엇하오마는 옛말에 이르기를 '장수 나면 용마 나고 문장 나면 명필 난다.' 하였은즉, 아주머니가 과부 되자 나도 요망한 계집을 내쫓았으니 이것이 하늘에서 정해 준 연분이 아니고 무엇이겠소? 꽃 본 나비 불을 헤아리며 물 본 기러기 고기잡이를 두려워합디까? 내가 이 집 알고 이집도 나를 아니 우리 둘이 백년동락하면 어떠하리까?"

까투리가 그 말을 들으니 분하거나 기가 막히는 게 아니라 오히려 갈까마귀가 한심하고 불쌍하기 짝이 없다.

'세상에 원, 별일도 다 있네. 여북하면 '송장 본 갈까마귀 떼' 라는 말까지 생겨났을까. 제 처지도 모르는 저런 작자가 불쌍하지 않으면 어느 누가 불쌍하랴. 그 주제에 여편네를 내쫓았으니 나하고 백년가약을 맺자고? 흥!'

마음 같아서는 당장 호통을 쳐서 내쫓고 싶으나 이렇든 저렇든 남편 친구랍시고 찾아왔는데 주인 된 도리는 지키고 본다.

"삼년상을 마쳤으니 고쳐 시집 못 간다는 법이야 없겠지요. 옛글에도 있듯이 '구름은 용을 따르고 바람은 범을 따른다.' 하였지만 아무리 미물인들 아무나 따를 수야 없지요."

갈까마귀는 까투리의 점잖은 대답에 얼굴이 시뻘게진다. 그래도 제 고집을 세운다.

"그 말이 우습구려. 내가 서울 어느 양반집 대문 안을 엿보아서 들은 바 있지만, 옛글에 사람도 일곱 아들을 두고 다시 시집가면서 어미 마음 알아주는 자식 하나 없다고 탄식하였다오. 하물며 우리한테 수절이 당키나 하오? 예부터 까투리가 열녀 됐단 말은 못 들었소."

까투리는 화가 치밀었다.

'수절이고 정절이고 그따위 양반들 거짓 소리는 다 듣기 싫다! 내가 시집가고 싶으면 가는 게고 가고 싶지 않으면 안 가는 게 지.'

까투리는 이런 말이 목구멍으로 치미는 것을 겨우 참는다.

이때 부엉이가 들어와서 까투리한테 인사하고 갈까마귀를 돌아보더니 한마디 불쑥 던진다.

"몸뚱이도 검거니와 부리도 고약하구나. 어른이 오셨는데 일어나서 맞을 게지, 그렇게 앉아 있는 행실이 어데 있느냐?"

갈까마귀는 그러지 않아도 분한 마음을 토해 놓을 데가 없어서 가슴속에 두부장 끓는 소리가 나던 참에 부엉이한테 욕까지 먹고 나니 가만히 있을 수 없다.

"이 버릇없는 놈아, 눈이 우묵하고 귀가 쫑긋하면 어른이냐? 똥 묻은 개가 겨 묻은 개 비웃는다더니 네가 내 몸이 검다고 웃어? 네가 시조 구절도 모르누나. '겉이 검은들 속조차 검을쏘냐.' 네 가 내 부리를 웃는다만 그래도 나는 너처럼 시뻘건 대낮에 청맹 과니 노릇은 안 한다. 옛글도 모르고 주제도 모르는 것이 어른은 무슨 어른이냐? 다 지어 놓은 남의 밥에 재나 퍼 넣으려고 기어 든 네놈을 그저는 못 두리라. 내일 아침에 벗님네들 다 모아 놓고 의논하여 네놈의 주제넘은 짓거리를 까밝힐 테다."

갈까마귀가 부엉이 멱살을 틀어쥐려고 하는데, 무리에서 떨어진 외기러기가 끼룩거리면서 날아내리더니 목을 길게 늘이고 이놈 저 놈을 한참 동안 살피더니 덮어놓고 호령부터 한다.

"네 이놈들, 네놈들이 다투는 것을 다 들었다! 너희가 무슨 어른 이냐? 한나라 소무가 흉노 땅에 열아홉 해나 갇혔을 때 고국 소 식을 모르기로 내가 편지를 맡아다가 한나라 황제에게 바쳤느니 라. 이래도 내 앞에서도 감히 어른 타령을 할쏘냐? 여기서야 내 가 웃어른이 분명하지 않느냐?"

동쪽 길을 묻는데 서쪽 길을 가르쳐 주는 격으로 외기러기는, 갈 까마귀가 까투리에게 지분대던 것이 번져서 다투는 줄도 모르고 왕청같은 소리를 하누나. 갈까마귀와 부엉이가 어이가 없어 다툼 질이 즐즐해진다.

이때 난데없이 징경이˙란 놈이 커다란 함을 하나 지고 들어서더 니, 남이야 어리둥절하든 말든 제 혼자 신명이 나서 장타령 가락으 로 사설을 엮으며 수선을 떤다.

서지문외壻之門外라
신랑쟁이가 문밖에 왔소.
주인출영主人出迎하소.
주인장이 나가서 맞으라는 소리요.
서동부서壻東婦西라고
신랑은 동쪽에 서오.

˙물수리.

신부는 서쪽에 서고요.

부선재배婦先再拜하라.

신부가 먼저 절을 두 번 하소.

서답일배壻一拜로다.

신랑은 답절을 한 번 하소.

부우재배婦又再拜하소.

신부가 다시 절을 두 번 하소.

서답우일배壻答又一拜라

신랑이 또 답절을 한 번 하소.

장타령 가락은 잔사설로 넘어가누나.

"얼씨구절씨구, 물오리 신랑이 까투리 색시에게 장가들러 왔소. 나로 말하면 함진아비라, 말하자면 예장 넣은 함을 지고 온 복덩이라오. 여기 있는 이 친구는 잔칫상에 놓을 기러기를 안고 온 기럭아비요, 기운 좋은 저 황새는 후행으로 따라왔소. 소리 큰 왜가리는 길잡이올시다. 맵시 있는 호반새는 신랑 온다 알리는 전갈 하인이올시다."

물오리 한 마리가 작은 키로 뚱기적 들어서는데 징경이의 싱거운 소리는 그칠 줄을 모른다.

"자, 까투리 신부 나오소. 오리 신랑 들어가오. 누가 떡 주겠다고 해야만 먹으러 가나? 먼저 가서 입에 덥석 물고 볼 판이지. 누가 오라는 장가만 갈까? 마음에 있으면 가고 볼 판이지. 오늘 온 신랑은 일곱 번 안해 잃고 아들이고 딸이고 자식 없이 혈혈단신으로 물 위에 떠서 물처럼 막히지 않고 탁 트인 궁량으로 살다가, 까투리가 과부 된 것이 마음에 걸려 장가들려고 찾아왔소."

까투리 기가 차서 하는 말이,

"아무리 과부가 만만한들 궁합도 안 보고 억지 혼사를 하려고 하니 이런 무례한 짓이 어디 있소?"

이번에는 부엉이가 불호령한다.

"아따, 과부와 홀아비가 만나는데 번거롭게 예절 차려 사주 볼까? 신랑 신부 둘이 서서 절 한 번 꾸뻑하면 그만이지."

"그래도 그렇지."

"정 그러하면 이 징경이가 잔칫날이나 받아 봅시다. 갑자 을축하고 하늘의 덕, 날의 덕이라. 허허, 아무리 꼽아 봐도 좋고 좋구나. 오늘밤이 으뜸이라. 잔말 말고 당장 잔치를 합시다."

물오리가 다정한 체 말을 건넨다.

"공연한 육지 고생 할 것 있소? 이내 호강 들어 보소. 바다 위에 솟은 명산에 신선들이 노는 모양도 내가 먼저 구경하고, 넓고 넓은 물에 떠서 붉은 여뀌 흰 마름 설레는 곳에 집을 짓고 오락가락 노닐면서, 살지고 좋은 생선 배부르게 먹으니 천지간 좋은 생애 물밖에 또 있는고? 사양도 한두 번이고 태가락도 분수가 있지, 도를 넘으면 후회하는 법이오."

"물에서 사는 게 좋다 한들 제고장만 할 리 있소? 원수 같은 사냥꾼들이 목목이 노리지만 본디는 뭍이 살기 좋기로 으뜸이오. 너른 들에 농사도 좋을시고, 층암절벽 높은 산에 약초 캐기 그만이지, 춘삼월 늦은 봄 버들잎 푸를 때 황금 꾀꼬리는 이 가지 저 가지 펄펄 날고, 오얏꽃 피는 밤이면 소쩍새 소리 구성져서 내 고향 돌아가자 어찌나 간절한지 풀 나무도 뭇짐승도 생각에 잠기나니 그도 또한 경치로세. 추팔월에 국화는 노랗고 온 산에 열매 풍년이니 그것 주워다가 앞뒤 마당에 수북이 쌓고 나를 찾는 장끼 울음 그 소리 듣는 밤이 더더욱 좋을시고. 물 생애 좋다 한들 제고장을 당하리까?"

물오리는 더 할 말을 못 찾고 슬금슬금 물러선다.

까투리는 갈까마귀, 부엉이, 외기러기, 물오리와 옥신각신하느라 맥이 쪽 빠졌다. 기둥이라도 있어 기대야만 몸을 가눌 것 같다.

까투리 새 낭군 따라 떠나더라

마침 산지기 장끼가 칡뿌리를 캐서 지고 들어온다. 짐을 지고 산을 넘어와서인지 땀으로 미역을 감았다.

까투리는 묻지 않아도 그 마음을 알 것 같다. 빈말이 아니라 제 몸으로 도와주려고, 양식이 떨어졌을 것 같아서 이렇게 칡뿌리를 캐 온 것이 틀림없다. 오늘따라 그 마음이 까투리 가슴을 눈물 나도록 설레게 한다. 꼭 범이 달려들려고 할 때 황소가 지켜 주는 것만 같다.

까투리는 얼른 수건을 가져다가 산지기 장끼 앞에 말없이 내밀었다. 쑥스럽게 바라보던 산지기 장끼는 수건을 받아 옆에 놓고 머리와 날개를 흔들어서 땀을 떨어낸다.

"과부 삼 년에 은이 서 말이고 홀아비 삼 년에는 이가 서 말이라더니, 이내 몸이 홀아비 되어 여러 해 살다 보니 집안 형편도 어설프고 살림살이도 깐지지 못하여, 마음은 큰 산 같아도 실제로는 별로 돕지 못해 안됐소. 우리 꿩들 신세가 어찌 모두 이러한지 참 기가 막힐 노릇이오. 우리라고 왜 부부가 화락하고 아들딸 낳아 사위 며느리 맞아서 한평생을 즐기면 아니 된답디까마는 나도 홀아비지 이 집도 과부지……."

산지기 장끼는 말을 끊고 한숨을 길게 쉬더니 말을 이었다.

"내 처는 잡혀가서 부잣집 잔칫상에 올랐고, 이 집 장끼는 안해 말 듣지 않고 고집 부리다 차위에 치여 고을 원 밥상에 올랐다니, 이런 원통한 일이 또 있으리오. 허나 과부 설움은 홀아비가 안다고 불쌍한 우리네 설움도 서로 알아주고 의지하며 살아갑시다. 이 댁에서 싫다고만 안 한다면, 우리 산막 있는 데가 아늑하여 살기도 좋고 집 지을 터도 있으니 그리로 가서 함께 살아가는 것이 어떻소?"

"죽은 낭군 생각하면 이 집을 떠날 마음이 없으나 오늘 그대의 고마운 말을 듣고 나니 마다하기가 어렵구려. 내가 이 집을 떠나면 지분대던 왈패들이 찧고 까불며 갖은 험담을 다 하겠지만 할 테면 하라지요. 구더기 무서워 장 못 담그겠소? 유유상종이라 하였으니 까투리가 장끼를 의지하여 살아감이 무슨 허물이겠소. 우리 서로 의지하여 험한 세상 넘어갑시다."

까치가 날아와서 깍깍거린다. 갈까마귀, 부엉이, 물오리는 무안하여 슬금슬금 자취를 감춘다.

까투리는 어린 새끼 등에 업고 괴나리봇짐은 산지기 장끼가 지고 앞서거니 뒤서거니 집을 나선다.

까투리가 이사 간다는 소식을 어떻게 알았는지 감장새는 후루룩, 호반새 주루룩, 방울새는 딸랑, 앵무, 공작, 왜가리, 뱁새가 찾아와서 부디 새 고장에 가서 복 받고 잘살라고 하며 바랜다. 봉새와 대붕새는 체면을 세우느라고 나오지 못하고 제집 마당에 서서 멀어져 가는 까투리를 덤덤히 내다보더라.

고갯마루에 올라섰을 때 까투리는 걸음을 멈추고 돌아섰다. 저 아래 제가 살던 정든 집이 콩알만 하게 보인다. 콩 한 알에 숨진 장끼가 가엾구나.

'고집도 세고 여자 천대도 심했건만 그래도 정을 나눈 남편이었는데 참 불쌍하게도 죽었지.'

이윽고 산지기 장끼가 슬그머니 옆에 다가서더니 까투리의 깃털 하나를 조심히 다친다. 그만 하고 어서 가자는 뜻이다. 까투리는 말 없이 몸을 돌려 가던 길을 걸어간다.

까투리가 산지기 장끼를 따라간 뒤 누구도 소식을 알지 못했다. 더러 바람결에 들려오는 말에, 명산대천 노닐며 정답게 지내다가 시월이라 보름날에 내외가 함께 물속에 들어가 큰 조개가 되었다더라.

두껍전

노루 선생 환갑잔치 차린다네

산 좋고 물 맑은 금수강산에 소소리 높은 산이 하나 있으니, 높은 산들이 겹겹이 둘러싼 옥포산이로구나. 봉우리는 하늘에 닿을 듯 솟아 있는데, 그 산 깊숙한 막바지에 기암절벽으로 둘러싸인 옥포동 수십 리 골안이 생겨나니, 세상 사람이 보지 못하던 곳이더라.

언제부터인가 이 옥포산의 빼곡한 숲에는 뭇 새들이 날아들어 소담한 둥지를 틀었고, 옥포동 긴 골안에는 노루며 사슴, 토끼, 오소리, 너구리, 수달, 두꺼비를 비롯한 온갖 짐승들이 모여 와서 보금자리를 꾸렸다. 새들과 짐승들은 저마끔 바지런히 먹을 것을 찾아다니며 즐겁게 살아갔다.

옥포산 옥포동이 살기 좋다는 소문이 차츰차츰 퍼지면서 몹쓸 것들이 기어들기 시작하더라. 물 건너 오랑캐골 사는 구렁이가 이쪽으로 기어들려고 짬을 노리고 있다는 소문이 나도는 가운데, 이번에는 난데없이 범 한 마리가 나타나더니 옥포산 마루의 큰 굴을 차지하고는 산속 임금으로 자처하며 갖은 행패를 부렸다.

여태껏 제노라 하고 우쭐거리던 여우가 고양이 만난 쥐 신세로, 범 앞에 홀짝 나서서 아양을 떨며 길잡이 노릇을 하곤 하였다. 범에게 짐승들의 새끼와 양식이 있는 곳을 일러바치고 턱찌끼를 얻어먹으면서, 뭇짐승들에게는 범의 위세를 등에 업고 으스대었다.

지난겨울만 해도 노루 선생이 범한테 생때같은 아들을 잃었다. 골안의 뭇짐승과 새들도 범 여우 피하랴, 구렁이 기어들까 걱정하랴 발편잠을 잘 수가 없었다.

지지리도 길던 겨울은 그럭저럭 지나가고 봄이 돌아왔다. 농사 물계가 밝고 노래 잘 부르는 뻐꾸기가 옥포산 중턱 큰 나뭇가지에 날아올라서 온 산과 긴 골안이 다 들리도록 구성진 소리로 봄소식을 전한다.

뻐꾹뻐꾹 봄이 왔네.
이 강산에 봄이로세.
뻐꾹뻐꾹 봄이 왔네.
밭을 갈고 씨 뿌리세.

슬기롭고 엉치 가벼운 토끼가 맨 먼저 호미를 메고 밭으로 깡충깡충 나가면서 뻐꾸기 소리에 화답한다.

얼싸절싸 봄이로세.

엄동설한 지나갔다.

얼싸절싸 밭을 갈고

풍년 씨앗 뿌려 보세.

어제는 두텁게 쌓였던 흰 눈이 다 녹고 아지랑이가 가물가물 피어나기 시작하더니, 오늘은 깊은 겨울잠에서 깨어난 산과 들이 벌써 초록 단장을 하였다. 꽁꽁 얼어붙었던 옥포내 시냇물은 봄노래라도 부르듯 돌돌거리며 흘러내리고, 잔뜩 웅크리고 있던 헐벗은 나무들은 기지개를 켜듯이 푸른 가지들을 쭉쭉 내밀었다. 꽃나무들이 향기를 뿜고, 벌들이 붕붕거리고, 개미들이 바지런히 오가니, 골안이 활기가 넘친다.

씨뿌리기를 끝낸 옥포동 온 골안이 들썩들썩할 만한 좋은 일이 있으니, 노루 선생이 환갑잔치를 차리게 된 것이다. 노루 선생은 빛이 보얗고 주둥이가 뾰족하고 두 귀가 벌쭉하고 허리는 길고 네 발은 쪽발이라 일어서면 고개를 수그리고 뛰기를 잘하는데, 환갑을 맞는 늙은 노루가 선생이라고 불리게 된 데는 그럴 만한 까닭이 있다. 성질이 어질고 궁량이 깊을 뿐 아니라, 젊을 때 껑충껑충 사방을 두루 다니면서 본 것도 많고 들은 것도 많았다. 지금은 마을 조무래기들에게 글도 가르치고 세상 이야기도 해 주니, 뭇짐승들은 늙은 노루를 노루 선생이라고 불렀다.

환갑날 아침, 잔치 준비를 마친 노루 선생의 맏손자가 할아버지에게 공손히 여쭈었다.

"할아버님께서 시키신 대로 손님들을 청했사온데, 범만 청하지 않았으니 앞으로 어떤 화가 미칠지 걱정이옵니다."

노루 선생은 뾰족한 턱을 숙이고 엄숙한 낯빛으로 생각에 잠겼다. 손자가 시름겨워하는 까닭을 넉넉히 짐작하였다. 옥포동 뭇짐승들 가운데 누구도 범의 사나운 발톱과 날카로운 이빨을 당해 낼수 없었다. 그러니 짐승들은 범의 비위를 맞추면서 살아야 했다. 마을에 잔치가 있을 때면 으레 범을 청하여 윗자리에 모시고 '대왕님'으로 대접하지만, 범이란 놈은 푸짐히 대접받고도 공연히 생트집을 잡아 음식상을 뒤엎기 일쑤였다. 말하자면 잔치는 잔치고 제위세도 보여 주어야 한다는 심보였다. 이러니 범을 잔치에 청하지 않는다면 나중에 어떤 화를 입을지 알 수 없는 일이다.

노루 선생은 지난겨울 그 저녁 무렵이 눈에 삼삼히 떠올랐다. 벌쭉한 두 귀에는 아들이 울부짖는 소리가 쟁쟁히 들리는 것 같다. 치가 떨렸다.

노루 선생은 무겁게 입을 열었다.

"얘야, 너무 걱정 마라. 이모저모로 생각해 봐도 청하지 않는 것이 마땅하니라."

"할아버님 말씀대로 하겠나이다. 그런데 우리가 잔치를 하는 줄 알고 달려들어 소란을 피우면 어찌하리까?"

"하늘이 무너져도 솟아날 구멍이 있다고 하였느니라. 옥포동 짐승들이 다 모일 테니 의논해 보면 좋은 수가 나겠지."

범 없는 골의 여우로다

노루 선생의 환갑잔치는 점심때 옥포내 기슭에서 열렸다.

날씨는 맑고 골안은 오얏꽃, 복사꽃 향기로 가득하다. 하늘에 둥둥 떠 있는 구름은 해가림 차일을 친 것 같고, 빙 두른 산발들은 마치 푸른 병풍을 두른 것 같다. 활짝 핀 진달래가 그 병풍에 그린 그림이라면, 강기슭에 깔린 푸른 잔디는 더없이 폭신한 방석이로다.

손자 노루가 저쪽 앞으로 나가서 찾아오는 손님들을 맞으니, 노루 선생은 잔치 마당에 서서 손님들에게 인사를 하였다.

동쪽 산 중턱을 타고 너풀너풀 춤추듯이 내려온 뿔 긴 사슴은 착한 눈에 웃음을 함뿍 담고 들어서서 입에 물었던 산삼 뿌리를 내놓았고, 서쪽 밭두둑을 따라서는 잿빛 토끼가 큼직한 광주리를 둘러메고 탈삭탈삭 다가왔다. 남쪽에선 방정맞은 잔나비가 이 나무 저 나무 훨훨 건너뛰며 들어왔고, 북쪽에선 꺼칠한 고슴도치며 빛 좋은 오소리, 미련한 두더지, 어이없는 수달이 앞서거니 뒤서거니 아장아장 걸어왔다. 그런 다음에도 한참 지나서야 뒷골안 귀신바위 굴속에 사는 여우가 잘난 체하면서 고개를 살래살래 내저으며 팔자걸음으로 에헴에헴 찾아들었다.

노루 선생은 살뜰하게 지내는 여러 순한 짐승, 작은 짐승 들을 반갑게 맞이하였을 뿐 아니라, 달갑지 않는 여우에게도 넉넉한 인심으로 좋게 인사를 나누었다. 그런 다음 노루 선생은 웬일인지 근심스런 눈길로 두리번두리번 사방을 살피고 있었다.

"노루 선생님, 이젠 범을 내놓고는 다 왔는데 누굴 더 기다립니까?"

토끼의 목소리였다.

"아직 내 친구 두꺼비가 안 왔소."

"호호호호."

"하하하하."

웃음 방구리가 터졌다.

"웃을 일이 아니외다. 두꺼비는 이 옥포동 골안에서 몸이 가장 작지만 나이도 많고 궁량도 깊은 착한 친구인데, 오늘 같은 날 오지 않아서야 되겠소?"

그러자 모두가 빙 둘러서 있는 저쪽 한 모퉁이에서 두꺼비의 석쉰 목소리가 들려왔다.

"여보게 노루 선생, 나 여기 와 있네."

두꺼비는 제가 볼품도 없고 위엄도 없으며 움직임도 느리기에 이런 잔치가 있을 때면 늘 남보다 먼저 떠나 엉금엉금 기어 와서 아무

소리 없이 살떡만 벌떡이며 한구석에 가만히 엎드려 있곤 하였다. 그래도 오라는 시간에 어김없이 와 있었다. 그래서 오늘도 조용히 와서 한구석에 엎드려 남들 거동만 보고 있었던 것이다.

노루 선생은 두꺼비에게 반갑게 인사를 하고 나서 여러 손님들을 잔칫상 앞으로 청하여 자리를 권했다. 두꺼비는 제 스스로 맨 끝자리에 가서 웅크리고, 여우는 위쪽에서 두 번째 자리에 가서 고개를 뻣뻣이 쳐들었으며, 나머지 손님들도 저마끔 자리를 잡느라 떠들썩한데, 맨 윗자리만은 비워 두고 엉거주춤 서 있었다.

"아니 왜들 이 자리는 비워 두시오? 자, 어서 여기도 와서 앉으시오."

노루 선생이 친절하게 권하였다.

"호호호, 그 자리야 우리 범 대왕님 자리가 아니오? 아직 대왕님도 오시지 않았는데 우리가 어찌 먼저 자리에 앉겠소."

여우의 말에 노루 선생은 마음이 언짢았으나 애써 눅잦힌다.

"오늘은 그 대왕을 청하지 않고 우리끼리 마음 편히 즐겨 보고자 하오."

여우는 눈이 둥그레지면서 짜증 섞인 말투로 대꾸하였다.

"괴이한지고! 우리 옥포동에서 대왕님을 청하지 않고 잔치를 한 일이 언제 있었으며, 또 대왕님 없이 이런 자리에서 어찌 차례와 예법을 세울 수 있겠소? 대왕님께서 이 일을 아시면 온 골안에 피가 내를 이룰 것이오. 그렇지 않소, 여러분?"

노루 선생은 듣기 역겨웠으나 주인 된 처지를 생각하여 진중하게 사리를 밝혔다.

"우리야 대왕을 섬기면서도 피를 흘리는 형편이 아니오? 그러니 오늘 한때라도 우리끼리 마음 편히 즐겨 봅시다그려."

이런 마당에 가만히 있으면 궁둥이에 좀이 쑤셔 견디지 못하는 토끼가 가벼운 엉치를 달싹거리더니 끝내 참지 못하고 말씨름에 끼어들었다.

"노루 선생 말씀이 지당하외다. 우리끼리라고 차례를 지키고 예법을 살리지 못한다는 법이 어디 있으리오. 대장장이 셋이면 장수도 이긴다는데, 우리끼리라고 저 윗자리를 비워 둘 까닭이 어디 있겠소?"

노루 선생은 토끼의 당돌한 말이 마음에 들었다. 토끼 집안이 대대로 꾀가 많다는 소문이 자자하더니 과연 틀리지 않은 것 같다. 노루 선생은 토끼에게 한 걸음 다가섰다.

"토끼 공이 좋은 도리를 가르쳐 주시오."

잿빛 토끼는 두 귀를 쫑긋하고 구슬 같은 두 눈을 반짝였다.

"조정은 막여작莫如爵이요 향당鄕黨은 막여치莫如齒라 하였지요."

"그게 도대체 무슨 뜻이오?"

어이없는 수달이 어정쩡해서 물었다.

"에헴, 조정에서는 벼슬에 따라 차례를 정하지만 우리네 시골에서는 나이 많은 분이 윗자리에 앉아야 한다 그 소리요. 아주 먼 옛날에는 임금을 뽑을 때도 여럿이 모여서 쑥떡을 깨물어 보고 그중 이빨 자리가 많은 이를 내세웠다고 합디다. 이빨이 많다는 건 나이가 그만큼 많다는 소리라오. 이치로 따져 보아도 장독을 더 축낸 분이 아는 것도 많고 일 처리도 잘할 게 아니겠소?"

"어이구, 술자리에서 그깟 거 아무렇게나 앉으면 되지, 뭘 그리 예법이니 연세니 하오?"

방정맞은 잔나비는, 한자리에 집을 짓고 가만히 있지 못하여 이 나무 저 나무 옮겨 다니며 뜨내기로 살기 좋아하는 성미라, 예법이니 차례니 하는 따위가 딱 질색이다. 허나 토끼가 그 소리에 질 까닭이 없다.

"허허 모르는 소리! 하룻밤을 자도 만리장성을 쌓아 올린다는 말을 모르시오? 그리고 우리가 대왕을 청하지 않은 이 마당에 나중에 뒤탈이 없도록 하기 위해서도 윗자리에 앉을 분을 정해야 하오. 나이 많은 분을 윗자리에 앉히고 그 어른이 하자는 대로 우리가 같이 행동하면 대왕도 어쩌지 못할 게 아니오?"

"아따, 토끼가 참 옳은 소리를 하는구려. 어쩌면 그런 생각을 다 할 줄 아누."

꺼칠한 고슴도치가 감탄해서 한마디 끼어들었다. 모두들 토끼 말에 찬성하고 나섰다.

이렇게 되자 여우는 재빨리 태도를 바꾸었다. 범이 오지 않으면 잔치를 할 수 없다고 우기더니 이제는 윗자리를 타고 앉을 잡도리를 하는 것이다.

이때 뿔 긴 사슴 곁에 서 있던 건넛산 누렁 노루가 불쑥 나섰다.

"여러분, 내 허리를 좀 보시오. 왜 이리 굽었는고 하니 나이가 많은 탓이라오."

누렁 노루는 이렇게 말하면서 봄날 씨암탉처럼 앙금앙금 걸어서 윗자리에 오르려고 하였다. 그러자 누구보다도 급해맞은 것은 여우였다. 누렁 노루가 윗자리에 엉치를 털썩 붙이고 나면 힘으로 내쫓기도 난처하고 말싸움을 한다 해도 때가 늦는다. 그러니 누렁 노루가 앉기 전에 붙들어서 눌러놓아야만 하였다.

여우는 토끼 머리 위를 살짝 뛰어넘고 잔나비 긴 앞발 사이를 홀랑 빠져서 누렁 노루의 앞길을 딱 막았다. 여우는 아무 말 없이 실눈을 잔조롬히 뜨고 누렁 노루를 바라보면서 제 나룻만 살살 쓰다듬어 보였다.

"허리 굽은 늙은이 앞에서 이 무슨 버릇없는 행실인고?"

누렁 노루가 위엄을 피웠으나, 여우는 여전히 나룻을 쓰다듬으면서 대꾸하였다.

"나는 허리뿐 아니라 나룻까지 세었노라."

어리숭한 누렁 노루는 말문이 막혔다. 노루는 털빛과 마찬가지로 나룻도 누런색이었다. 어린아이를 황구黃口, 곧 '노랑 입'이라고 이르니, 누런 것이 흰 것보다 나이가 많을 수 있으랴. 그렇다고 말문이 막힌 채로 물러설 수는 없다.

"그럼 네가 어느 해에 났는지 어디 호패를 좀 보여라."

약은 고양이 밤눈 어둡다더니 간사한 여우도 어리숭한 누렁 노루가 갑자기 이리 물으니 어리둥절해졌다. 올롱해졌던 여우의 눈이 순식간에 거미줄보다 더 가늘어졌다.

"호패? 호호호, 그것 말이지, 내가 젊었을 때 술이 함뿍 취해서 집으로 돌아오다가 어느 대감님 가는 길 앞을 건넜다고 하여 말썽이 생긴 일이 있었는데, 그때 내 호패를 빼앗으려 하지 않겠나.

그래서 에이 퉤, 더럽다 더러워, 까짓것 가질 테면 가져라 하고 주고 말았네. 그 뒤로는 성가셔서 다시 만들어 차지 않았지. 그것 없다고 내 나이 못 대겠나? 나는 말이네, 천지개벽하여 땅 위에 처음으로 큰 강줄기를 쩰 때 내가 힘세고 날파람 있다 하여 가랫 장부를 들라고 하더란 말일세. 어떤가, 이만하면 내 나이 얼마나 되는지 알 만하지?"

여우는 꼬리를 누렁 노루 쪽으로 쓱 돌리고 윗자리 쪽으로 발을 떼려고 하였다. 누렁 노루는 두 쪽 난 큼직한 발로 여우의 꼬리를 꾹 밟았다.

"아야야, 이거 왜 이래? 아직도 네가 나이 많다는 거냐?"

누렁 노루라고 순순히 물러설 수 없다.

"혼자만 제노라 하지 말게. 나도 말이야, 천지개벽하여 하늘에 별을 박을 때 다들 나보고 세상 이치에 밝다면서 별자리를 보아 달라고 해서 내가 하나하나 자리를 잡아 주었다네. 그러니 내 나 인들 좀 많은가?"

"호호호, 그러니 누렁 노루 자네는 이 여우의 동생뻘이 틀림없구 먼."

"뭐, 어쩌고 어째?"

"흥, 내 말이 맞는지 틀렸는지 들어 보게. 천지개벽할 때는 하늘 이 먼저 생기고 그다음에 땅이 생겼다지만, 땅 위에 사는 우리야 가까이 있는 땅을 먼저 다스린 뒤에야 먼 데 있는 하늘 일을 볼 게 아닌가. 그러니 큰 강을 쩬 내가 형이고 하늘의 별자리를 잡은 임자는 동생뻘이 되지, 안 그런가?"

누렁 노루를 눌러놓고 윗자리 쪽으로 간 여우는 자리에 앉으려다가 뭇짐승들을 휘둘러보더니 점잔을 빼고 한마디 내뱉었다.

"여보게들, 나보다 나이 많은 분이 더는 없겠지? 있으면 이제라도 서슴지 말고 나서 보라고. 없다? 그렇다면 내가 이 윗자리에 앉는 데 딴생각들은 없겠지?"

뭇짐승들은 여우가 윗자리에 앉는 것이 께름했다. 하지만 누렁 노루가 쪽을 못 쓰는 것을 보고는 누구도 맞설 생각을 못 했다. 꾀 많은 토끼도 고개만 이리 갸웃 저리 갸웃 할 뿐 썩 나서지 못했다.

제일 작은 두꺼비가 윗자리 차지하니

여우는 짐승들을 오만한 눈길로 둘러보고 나서 윗자리에 앉으려다가 문득 끝자리 쪽에서 웬 뿌연 것이 피어나는 것을 보았다. 엉거주춤해서 살피던 여우는 어처구니가 없어서 저도 모르게 콧방귀를 뀌었다. 뭇짐승들도 여우의 눈길을 좇아 그곳을 보았더니, 두꺼비가 넙죽 엎드려서 입으로 안개를 피워 올리고 있었다.

모두가 누렁 노루와 여우의 입씨름에 정신이 팔려서 거기 있다는 것조차 잊어버린 두꺼비였다. 그런데 여우가 윗자리에 앉으려는 순간에 안개를 피우다니. 두꺼비가 안개를 피우며 조화 부린다는 소리를 들어 보기는 했으나, 조그마하고 볼품없는 두꺼비가 여우 앞에서 이럴 줄 누가 알았으랴.

두꺼비는 두꺼비대로 그럴 만한 까닭이 있었다. 범을 등 대고 못 된 짓만 골라 하는 밉살스러운 여우를 윗자리에 앉히자니 심사가 뒤틀렸다.

'여우 네놈이 그럴듯한 거짓말로 나이 많은 체하였으나, 불은 불로 끈다고 하니 나도 엉뚱한 소리로 네 거짓말을 눌러 주리라. 어디 한번 겨루어 보자.'

뭇짐승들의 눈과 귀가 제게 쏠린 것을 알자, 두꺼비가 건넛산을 물끄러미 바라보면서 눈물만 뚝뚝 떨어뜨렸다.

여우는 성이 발끈 났다.

"이 음흉하고 간교한 두꺼비 놈아, 네 무슨 시름이 있다고 좋은 자리에 와서 그런 상서롭지 못한 꼴을 보이느냐?"

여우는 두꺼비가 놓은 덫에 걸려든 줄도 모르고 스스로 머리를 들이민 격이었다. 그럴수록 두꺼비는 아닌 보살을 하였다.

"저 건너 저기 서 있는 늙은 고양나무가……."

두꺼비는 혼잣소리로 중얼거리며 흐느꼈다.

"그래 고양나무가 어쨌다는 거냐?"

그제야 두꺼비가 한마디 대꾸하였다.

"네 눈에도 저 나무가 보이느냐?"

"별 미친놈 다 보겠구나. 네 고 쬐꼬만 눈에도 보이는 것이 내 눈에 아니 보이겠느냐?"

"그 나무를 보니 내 가슴이 무딘 칼로 에이는 듯이 쓰리고 아파 난다."

"흥, 그 고양나무 구새 먹은 구멍*으로 네 고조할애비라도 나왔

---

* 나무에 속이 썩어서 생긴 구멍.

다더냐?"

두꺼비는 제가 놓은 덫에 여우를 이만큼 깊숙이 끌어다 옭아매었으니 옳다구나 싶었다.

"네가 주둥이만 살아서 어른도 몰라보고 함부로 지껄이니 볼기를 맞아야 할 터이나 그건 나중 일이고, 먼저 내가 왜 슬퍼하는지 그 까닭부터 똑똑히 들어 보아라."

두꺼비는 서두르지 않으면서 능청스럽게 이야기 실꾸리를 슬슬 풀어 나갔다.

"내가 젊었을 적에 저기 저곳에 고양나무 세 그루를 심었느니라."

"그래서?"

여우는 참지 못해서 또 한 번 톡 쏘았다.

"어허, 요망한지고!"

두꺼비는 체모에 어울리지 않는 줄 뻔히 알면서도 일부러 이렇게 태가락을 한번 부리고 나서 말을 이었다.

"그 나무들은 한 해 두 해 무럭무럭 자라났지. 세월이 흘러 나는 이미 다 자란 두 아들을 둔 중늙은이가 되었네. 하루는 두 아들이 와서 저마끔 나무를 한 그루씩 베어야겠다고 하더구면. 맏아들 놈은 그 나무를 베어서 하늘에 별을 박는 방망이를 다듬겠다 하고, 둘째는 큰 강줄기를 째는 데 쓸 가랫장부를 만들어야겠다지 않나. 그래서 그러라고 했지. 세월은 참말로 빠르게도 흘러갔군 그래. 이젠 그 아들 녀석들 다 앞세우고 나 혼자 이날 이때까지 살아 저 외톨이 나무를 다시 보게 되니 어찌 슬프지 않으랴."

두꺼비는 툭 불거진 눈을 더 크게 뜨고 눈물을 뚝뚝 떨어뜨렸다.

여러 짐승들은 제 나름으로 놀라기도 하고 감탄하기도 하였다. 착한 사슴과 꾀 많은 토끼는 두꺼비의 속 깊은 궁리와 거침없는 말솜씨에 감탄하였다. 수달, 고슴도치, 오소리, 두더지는 저희들처럼 변변치 않다고 여겼던 두꺼비가 옥포동 골안에서 범의 위세를 지고 재세하는 여우와 감히 맞서는 것이 여간 놀랍지 않았다. 잔나비도 나무들 사이로 펄펄 날아다닐 때는 어디에 엎드려 있는지 보이지도 않던 두꺼비의 뻐젓한 태도에 입이 떡 벌어졌다.

여우만 몹시 약이 올라서 생각 같아서는 당장 이빨을 옥물고 발로 짓뭉갠 다음 발톱과 이빨로 사지를 갈가리 찢어 놓고 싶었으나 뭇짐승들이 보고 있는 자리에서 그럴 수도 없으니 분통이 터졌다. 그렇다고 가만히 있을 수도 없었다.

"그러니 두꺼비 네 나이가 제일 높단 말이냐?"

두꺼비는 버젓하게 대답하였다.

"네 아무리 셈들지 않은 요망한 짐승이라 할지라도 털끝만 한 소견이나마 있다면 알 게다. 내가 네 시조 할아버지의 친구였느니라."

토끼는 얼른 입을 호물거리면서 말하였다.

"그러하시면 두껍 어르신이 윗자리에 어서 앉으시지요."

두꺼비는 윗자리를 차지하는 데 별반 흥이 없었으나 여우를 눌러 놓은 것이 기뻤다. 그래서 윗자리로 가서 앉으려다가,

"윗자리에 앉는 것이 뭐가 그리 급하겠소. 나보다 나이 더 많은 분이 있으면 그분이 앉아야지요."

하자, 모두가 입을 모아 하나같이 말하였다.

"우리는 하늘에 별 박고 땅 위에 큰 강 쟀다는 말을 듣도 보도 못
했으니 물으나 마나외다."

그제야 두꺼비는 펄쩍 뛰어 윗자리에 올라 노루 선생과 나란히
앉았다. 뭇짐승들은 긴 상을 가운데 놓고 좌우 두 줄로 주런이 늘어
앉았다. 여우는 얼굴이 시뻘게져서 윗자리에서 내려왔다.

신선이 눈 똥이라도 먹여 보벌걸

노루 선생의 환갑잔치는 흥이 한창 올랐다.

여느 때 같으면 범이 윗자리에 올방자를 틀고 앉아 있고 그 턱밑에서 여우가 갖은 비위를 맞출 터이고, 다른 짐승들은 또 무슨 탈이나 나지 않을까 마음 졸이며 앉아 있었을 게다. 그런데 오늘은 그밉살스러운 범이 오지 못했을 뿐 아니라 윗자리에는 옥포동에서가장 작은 두꺼비가 앉아 있으니, 뭇짐승들은 기를 펴고 마음껏 즐겼다.

토끼는 깡충 일어서서 얼씨구야 절씨구야 신명 나게 불러 넘기면서 당실당실 어깨춤을 추었다. 잔나비도 익은 산열매를 따 먹고는취해서 덩실거리느라 긴 팔을 휘두르고 뒷발을 달싹거리고, 여느때 같으면 숨도 제대로 쉬지 못할 두더지와 수달까지 어깨를 으쓱거리면서 소리 한 마디씩을 제법 건드러지게 불러 넘겼다.

판이 흥겨워질수록 여우는 더더욱 샐쭉해졌다. 범이 있을 때는 그래도 제가 두 번째인데 오늘은 같잖은 두꺼비의 아랫자리에서 두더지, 수달 따위와 꼭 같은 대접밖에 받지 못하는 것이 분했다. 이게 다 두꺼비 탓이니, 생각할수록 가슴이 터질 지경이다.

여우는 윗자리에 앉아서 눈을 더부럭거리고 있는 두꺼비를 빤히 건너다보면서 비꼬기 시작하였다.

"두껍 어르신은 어머니 몸에서 빠지신 지 오래되셨다니, 그 잘 걷는 걸음으로 구경 안 해 보신 데가 없겠소이다그려?"

두꺼비는 고약한 여우가 잠자코 있지 않으리라는 것을 이미 짐작하고 있었던 터라 그 말에 성도 내지 않고 대답을 서두르지도 않았다. 두꺼비는 한참 만에야 입을 열었다.

"내가 구경한 것이야 이루 헤아릴 수 없으려니와 너는 그 요염한 꼬리를 내저으면서 얼마나 구경하였느냐? 그것부터 먼저 아뢰어라."

여우는 두꺼비가 묘한 대답을 생각해 낼 시간을 얻자고 되레 묻는다는 것을 제격 알아차렸다. 그래도 상관없었다. 청산유수 같은 말솜씨를 보여 줄 좋은 기회가 차례진 것이 차라리 기뻤다.

'아무렴, 이 여우의 긴 다리, 큰 입, 꾀 많은 머리를 저 조그마한 두꺼비의 앙금 다리, 작은 입, 둔한 머리가 당해 내려고?'

이렇게 헤아린 여우는 혓바닥 돌아가는 대로 지껄였다.

"나야 천하를 겨우 한 바퀴 돌아다녔을 뿐이오. 그거라도 한번 들어 보시겠소? 먼저 중국에 가 보았소. 땅도 넓거니와 산들은 또 어찌나 높던지, 동으로 태산이며 서로 화산이며 남으로 형산이며 북으로 항산이며 가운데 숭산이라, 아이고 많기도 하지. 가는 곳마다 옛 시인들이 글을 써 붙였는데, 뭐라더라, 웅 그렇지, '고소성 밖 한산사에서 한밤중에 치는 종소리 뱃전에 울리누나.' 이런 것도 있더이다. 악양루, 봉황대를 곳곳이 올라 보고, 동정호 칠백 리와 신선 산다는 무협 열두 봉우리를 시원스레 굽어보니, 오나라 촉나라 장사꾼들이 구름 같은 돛을 달고 고기 잡는 소리를 달빛 아래 주고받으니, 대장부 마음이 어찌나 상쾌한지 모르겠더이다. 채석강이며 적벽강, 동정호 소상강 돌아들어 잠깐 구경하니, 곳곳마다 색색이 영롱한 가운데 고기 잡는 어부들이 수없이 오가, 슬픈 사람은 더욱 슬프고 즐거운 사람은 더욱 즐거우니 제일강산이더구려.

아방궁이니 동작대니 옛날 임금과 호걸 들이 호사를 누리던 곳이 티끌이 되었으니 이 아니 슬프랴. 탁록의 너른 들은 옛날 싸움터라, 임자 없는 외로운 혼백이 겹겹이 쌓였으니 그 아니 한스러운가. 두루 구경하고 강을 건너 무릉도원 들어가니 소소리 높은 봉우리들이 우뚝하고 이 골 저 골 골짜기는 깊으며 복사꽃은 활짝 피어 시냇물에 떠 있으니 그도 또한 선경이라 어찌 아니 거룩하리오.

중국 땅을 무른 메주 밟듯이 다 돌아보고 조선으로 들어왔소. 평안도는 강산이 절묘하고 경치가 으뜸이라. 연광정과 부벽루는 대동강이 둘러 있고, 영명사 더욱 좋고, 모란봉이 둘렀으니 그 아니 거룩한가. 송도 지나 한양을 바라보니 도봉산 한 줄기가 삼각산 되어 있고, 인왕산, 종남산, 관악산 얼핏 보고, 동으로 금강산,

서로 구월산, 남으로 지리산, 북으로 향산과 백두산을 넉넉히 보았거든. 그런 뒤에 바다를 훌쩍 건너 일본에 가서 대마도며 강호(에도. 지금의 도쿄) 구경을 실컷 했다오. 나야 뭐 겨우 요것이 고작이라오. 이젠 두껍 어르신 차례외다. 에헴."

두꺼비는 눈만 꿈쩍이다가 나직한 목소리로 대꾸하였다.

"네가 구경을 무던히 한 체한다마는 그게 다 두더지가 수박 겉을 핥고 하룻망아지 서울 다녀온 격이로다."

"뭐, 뭐라고?"

"무릇 세상만사와 산천 경치란 어느 것이나 다 근본이 있기 마련이니, 근본을 안 뒤에야 구경한 것이 보람 있다 할 만하느니라. 그런데 너는 그 근본을 하나도 말하지 못했거든. 정 소원이면 이 어른이 들려줄 터이니 잘 듣고 명심하여라."

이렇게 말꼭지를 뗀 두꺼비는 또박또박 내리엮었다.

"내 구경한 바는 사해 안에 이르지 않고 사해 밖으로 신선들 사는 방장산이며 봉래산이며 영주산이며, 해 뜨고 달 돋는 부상扶桑이며 해 지고 달 지는 함지咸池를 보았으니 사방팔방 방방곡곡이 아니 본 데가 없느니라. 예로, 구주 구악九州九嶽*이라 하여 하우씨가 아홉 못을 얻어 황하수를 인도하고, 노나라 제나라 진나라 같은 춘추 시대 열두 나라는 주나라 문왕이 조공 받던 나라로다. 고소성과 한산사와 악양루는 옛 문장가 사마천이며 소동파, 두목이 춘삼월 온갖 꽃과 버들이 활짝 피고 가을밤 달빛에 단

---

* 하우씨夏禹氏가 홍수를 다스려 제 곬을 찾게 한 데서 온 천하를 뜻한다.

풍 들고 국화꽃 필 때 시를 읊던 곳이요, 채석강은 이태백이 쓸쓸히 기러기 나는 밤 작은 배 타고 늦도록 노닐다가 술에 취하여 물에 비친 달을 잡으려다 물에 빠져 큰 고래 잡아타고 하늘로 올라가 신선이 된 곳이니라. 적벽강은 삼국 시절 싸움터 되어 유비가 조조의 백만 대군을 무찌른 곳이요, 진나라 시황제는 여섯 나라 멸하고 천하를 통일하여 아방궁 높이 지어 끝없이 너른 들과 만리장성 긴 담 안에서 천하를 호령할 제 천년만년 누릴 듯하더니 아들 대에 망했도다.

동작대는 한나라 승상 조조가 지은 바라. 황제를 등에 지고 제후를 호령하니 일대 영걸이긴 하나 역적의 이름을 면치 못하리로다.

탁록의 너른 들은 헌원씨가 치우의 난을 만나 싸움하던 땅이라. 치우가 요술을 부려서 입으로 안개를 피워 천지 아득하여 동서남북을 알아보지 못하게 하니, 헌원씨가 남녘 가리키는 수레[指南車]를 만들어 선봉을 삼고 오방 깃발을 제 방위에 세우고 치우를 쳐서 잡아 죽이니, 요술이 정도正道를 당해 내지 못하더라.

형양은 초패왕 항우가 장량과 싸우던 땅이라. 항우가 힘은 뫼를 빼고 기운은 세상을 뒤덮는지라, 강동 젊은이 팔천 명을 거느리고 오강을 건너와서 진나라를 쳐 멸하고 스스로 초패왕이라 하니 그 아니 영웅인가. 빨래하는 여인에게 밥 빌어먹던 한신이 한나라 대장 되고, 장량은 왕을 지성으로 도와 계명산 달밤에 옥통소 한 가락 불어 강동 젊은이 팔천 명을 다 헤뜨리니, 초패왕 기댈 곳 없는 외로운 몸이 되더라. 초패왕이 장막 가운데 들어가 술 마시고 안해 우미인虞美人의 손을 잡고 슬피 노래하되, '오추마가 아니 가니 너를 어찌하잔 말이냐.' 하니, 우미인이 '제가 팔년 동안 대왕을 모시고 군막을 따라다니다 오늘 밤에 패군이 되었으니 부디 저를 생각지 마시고 서둘러 강동으로 돌아가사이다.' 하더니, 술 한잔 다시 부어 왕께 권할 적에 옥 같은 얼굴에 구슬 같은 눈물을 흘리며 여쭙되, '염려치 마시고 칼을 빼어 쥐고 살길을 찾으소서.' 하더라. 항우가 찼던 칼을 빼어 손에 쥐고 오추마 칩떠 타고 호령하며 우미인을 돌아보니 칼빛이 번듯하며 옥 같은 가슴에 연지 같은 피가 솟아 흐르니 그 아니 불쌍한가. 겹겹이 쌓인 백만 군중을 헤치고 뛰어나가 강가에 다다르니 사공이 여쭙기를, '강동이 작긴 하오나 지방이 천 리요, 군사가 십만이라 족히 왕 하실 만하오니 어서 건너소서.' 하니, 항우 크게 노하여 스스로 제 목을 찔러 죽더라.

무릉도원이라 하는 곳은 옛적 진시황 시절에 피란한 사람이 들어가 흰머리가 검어지고 얼굴빛이 도로 아이 같아지니 인간 흥망을 꿈 밖에 부쳐 두고 세월을 보내며, 꽃 피면 봄인 줄 알고 잎 지면 가을인 줄 아니 참으로 신선이 사는 곳이더라. 한 어부가 고기를 잡으러 다니다가 물 위에 복사꽃이 수없이 떠내려 오는 것을 보고 그 물을 따라 멀리 들어가니, 하많은 골은 깊고 수천 봉우리는 소소리 높은데 한 곳에 사람 사는 집이 빼곡하니 참으로 별천지더라. 어부가 처자를 데리고 들어와 살리라 하고 나올 적에 댓가지 꺾어 열 걸음에 하나씩 꽂아 길에 표하고, 이듬해 춘삼월에 처자를 거느리고 다시 들어가니 곳곳마다 복사꽃이 물에 뜬지라 어느 곳이 무릉도원인지 알지 못하더라.

우리 조선은 멀고 먼 옛날 태백산 향나무 아래 신인神人이 내려와 임금이 되고, 그 뒤에 평안도에 도읍하사 예악 법도와 의관 문물이 찬란하고, 그 뒤에 경상도 경주 땅에 신인이 나서 박, 석, 김 세 성이 경주에 도읍하여 왕이 되었으니 요순과 같더라고 지금까지 칭송하고 있느니라.

그래 네가 중원 땅을 두루 다녔다는데 이런 내력도 모르면서 이 벌건 대낮에 거짓 사설을 늘어놓는단 말이냐? 어디 말 좀 해 봐라."

여우는 입맛을 쓰겁게 다시면서 보낼 데 없는 눈길을 하늘로 돌렸다. 바로 그때 묘한 꾀가 떠올라 속으로 무릎을 쳤다.

'죽을 판이 나면 살판도 생긴다는 말이 틀리지 않다니까. 아무러면 이 여우가 두꺼비한테 난장질을 당하고 영 죽을 수가 있나. 이놈 두꺼비야, 네가 태백산 향나무니, 하늘의 신인이 내려왔느니 하고 지껄였으렷다?'

"그러하면 태백산 향나무를 타고 저 하늘 세상도 구경했겠구려?"

"너는 하늘을 구경하였느냐?"

"내가 하늘을 구경한 지야 오래지 않지. 바로 세 해 전 삼월 초하룻날이었으니까."

"그러하면 네가 구경한 것부터 낱낱이 아뢰어라."

"또 누굴 떠보려는 게요?"

"떠보든 아니 떠보든 간에 네가 먼저 꺼낸 말이니 네 이야기 먼저 들어야 할 게 아니냐?"

여우는 엉뚱한 뱃심이 생겼다.

'땅 위의 일은 본 사람들이 있고 옛글도 있으니 거짓말하기가 좀 어렵지만 하늘나라야 누가 올라가 본 것도 아니니 입심 센 놈이 장땡이지.'

이렇게 생각한 여우는 콧살을 쫑그리면서 입을 열었다.

"내가 하늘에 올라가 보니 그 세상은 서른셋이나 되더군. 삼십삼 천이라는 말이 뭔가 했더니 바로 그 세상을 이르는 말이더군그 래. 그 아득히 넓은 곳을 두루 다 돌아본 말을 어찌 다 할까. 대충 추려서 이른다 해도 굉장하지. 그럼 다들 잘 들어 보라고.

저기 저 하늘 중천에는 은하수가 흐르는데 거기에 오작교라는 다리가 있지. 그 옆으로는 꽃향기, 풀 냄새가 취할 듯하고 계수나 무가 솟았으며 대나무 밭이 우거졌는데 푸른 새, 흰 학, 기린, 공 작, 봉황새, 비취새가 이리 펄쩍 저리 펄쩍 노닐더라니까. 그런 데서 신선들이 새털 갓을 눌러쓰고 누런 용에게 멍에를 메워서 구름 속의 밭을 갈지 않나, 선녀들이 불로초를 가꾸지 않나, 참말 희한하더군. 그곳을 지나가니 이번에는 둘레가 적적한 가운데 다 만 베 짜는 소리만 잘가닥거리더란 말이네. 여긴 또 어딜까 하고 가만가만 다가가 보니, 글쎄 옥으로 주추를 놓고 수정으로 집을 지어 금실 은실로 엮은 구슬발을 문마다 드리웠는데 어찌나 눈이 부시던지……."

여우는 지금도 눈이 부시는 것처럼 눈귀를 쪼프리고 고개를 살래 살래 저으면서 호들갑을 떤 다음 말을 이었다.

"그 안에서 한 여인이 베를 짜다가 나를 보고 반기면서 '나를 모르느냐? 인간 세상에서 이르기를 직녀성이라 하느니라. 견우성과 조금 노닌 것이 죄가 되어 이곳에 귀양을 와 있느니라.' 하더니, 삼사월 긴긴해와 동지섣달 긴긴밤에 님 그리워 눈물 흘리다가 일 년에 한 번 칠월 칠석날 밤에야 겨우 잠깐 만나 보니, 그 설움이 또다시 눈물져 인간 세상에 비를 뿌린다 하지 않겠나. 그러면서 아무리 괴로워도 노는 것은 부질없어 봄이면 광주리를 옆에 끼고 뽕을 따다 누에를 쳐서 고운 비단을 필필이 짜내어 그 위에 수를 놓는다나. 그리고 제 설움 미루어서 세상 남녀들의 부부 인연을 맺어 주는 일도 맡아본다고 하더라. 그래서 나는 직녀에게 청을 드려 베틀 괴었던 돌 하나를 얻어 품에 넣고 떠났지. 옥포동에 돌아와서 내가 하늘나라에 갔다 왔다는 것이 거짓말이 아니라는 걸 보여 주는 증거로 삼으려고."

여우는 이렇게 거짓말을 엮어 대다가 속으로 '아차' 하면서 얼른 앞발로 해망쩍게 나불대던 제 입을 막았다. 여러 짐승들이 베틀 괴던 돌을 보자고 하면 큰 야단이다. 여우는 얼른 둘레를 살폈다. 여러 짐승들은 심드렁한 얼굴로 제 입을 지켜보고 있었다. 그러자 여우는 다시금 마음속으로 '아차' 했다. 앞발로 입을 틀어막은 짓이 거짓을 스스로 발가 놓은 꼴이 아닌가.

그래서 제 입을 틀어막았던 앞발로 입 언저리의 나룻을 좌우로 갈랐다. 입을 틀어막은 것이 아니라 수염을 쓰다듬는 것으로 보이자는 심사였다. 그러면서 여우는 얼른 하늘나라를 구경한 이야기를 더 길게 늘어놓으면서 그사이에 베틀 괴던 돌을 어디에 두었다고 할 것인가 꾸며 낼 시간을 얻어 내려고 꾀하였다.

여우는 달나라에 있는 광한전에 가서 계수나무도 구경하고, 불사약 찧는 옥토끼랑 약 훔쳐 먹고 달나라로 도망해 와서 젊은 나이로 과부 신세가 되었다는 선녀 항아를 만났다느니, 요지라는 못가에 가서 삼천 년에 한 번씩 꽃 피고 또 삼천 년에 한 번씩 열매 맺는다는 복숭아랑, 소식 전한다는 파랑새를 구경하면서 복숭아를 한 알 맛보고 싶었으나 붙들려 귀양 가는 것이 싫어서 그만두었다느니, 선녀들 여럿이 모여서 둥당거리면서 즐기는 춤 놀이를 보고 나서 마고할미한테 술 한 대접 사 먹고, 남극노인이 점치는 것을 두루 다 보았다고 입에 침도 바르지 않고 거짓말을 늘어놓았다.

여우는 이만하면 두꺼비가 기가 눌리고 숨이 차서 풀떡거릴 줄 알았는데 넌지시 가로 건너보아도 눈 한 번 깜빡하지 않고 있다. 여우는 소갈머리가 더욱 까부장해졌다.

'에라, 이럴 바에야 무서운 지옥 이야기를 더 해 보리라.'

이번에는 무시무시한 소리를 주워섬기기 시작했다. 지옥에 가 보니 야차며 날랜 귀졸이 창검을 들고 양옆에 벌여 섰고 대문에 황건역사가 늘어서서 분부를 듣거늘 겁나고 놀라서 나오다가 보니 쇳덩이로 성을 쌓고 쇠문을 닫았는데, 낮도 밤 같고 찬 기운이 뼈를 에는 듯하여 문틈으로 엿보니, 거기에는 이승에서 벼슬살이할 때 임금을 속이고 백성의 재물을 빼앗은 죄로 쇠줄에 묶여 마른 살점을 베이는 놈, 도적질하다가 잡혀 와서 목매달린 채 주린 매에게 뜯어 먹혀 뼈만 남은 놈, 큰칼 쓰고 철사로 사지가 묶인 놈 들이 울면서 살려 달라고 하는 소리에 소름이 끼쳤다고 하였다.

여우가 이런 소리를 하여도 두꺼비는 놀라는 기색이 전혀 없고 오히려 덤덤한 낯빛으로 앉아 있을 뿐이다. 여우는 애써 태연한 체하면서, 이번에는 제가 무슨 착한 마음씨를 가지고 있기나 한 듯이 너스레를 피웠다.

"지옥의 끔찍한 광경을 보니 어찌도 가엾던지, 빨리 이 세상에 돌아와서 여러분들에게 보고 온 이야기를 해 주어 죄를 짓지 않고 살도록 하고 싶은 마음이 간절하데그려. 그래서 걸음을 다그쳐 돌아오는데 한 곳에 다다르니 산이 겹겹하고 깊은 골짜기에 풀 나무가 우거지고 그 가운데 세 칸짜리 초가집 한 채가 앉아 있더라니까. 그 집에서 가야금 소리가 들리는데 나는 그 소리가 시름에 겨운 것임을 금세 알았다네. 아무리 갈 길이 급한들 불행한 일을 보고 그저 지나칠 수가 있어야지. 그래서 집 안으로 들어갔더니 웬 노인이 반갑게 맞으면서 아이를 시켜 차 한 잔과 과일 한 접시, 술 석 잔을 내놓기에 기쁘게 대접받고 서로 이야기를 나누었지.

그 노인이 시름겹게 하는 말이, '내 늙은 안해가 아주 몹쓸 병으로 괴로이 지내거니와 그 병의 근본은 베를 짜다가 얻은 것인데 이미 십 년도 넘었으되 병세가 날로 더 무거워지기만 하여 온갖 약이 듣지 않을 뿐 아니라, 이젠 낟알조차 입에 넣지 못한 지 오래되었소. 의원에게 물으니 베틀에서 난 병이니 베틀을 불살라 그 재를 술에 타 먹으라고 하기에 시키는 대로 했으나 아무 효험이 없으니 이제는 죽는 수밖에 없소.' 하는 것이 아니겠나.

그 소리에 어찌나 가슴이 쓰리고 아픈지 그러지 않아도 인정에 무르고 눈물이 헤픈 내 마음이 어떠했겠나. 쓰린 가슴을 가까스로 가라앉히고 가만히 생각해 보니 문득 직녀성에게서 얻은 베틀 괴던 돌이 약이 될 것 같더라니까. 노인에게 '좋은 약이 있으니 이 약을 한번 써 보소서.' 하고 그 돌을 갈아 술에 타서 하루 한 대접씩 먹였더니, 글쎄 이런 신기한 일이 어디 있겠나. 그 중하던 병이 며칠 새 씻은 듯이 낫지 않겠나.

노인이 기뻐하는 것이야 더 말해서 무엇 하겠나. 내 손목을 덥석 잡고 눈물을 줄줄 흘리면서 '천만뜻밖에 여우 공을 만나 죽을 사람을 살렸으니 이 은혜 머리털을 베어 신을 삼아 드린들 어찌 다 갚으리오. 세상에 부처님이 영험하고 신선이 어질다지만 여우 공을 어찌 당하리오.' 하더라니까. 아닌 게 아니라 이 여우가 아니면 누가 그 아까운 보배를 낯모르는 남에게 아낌없이 내놓겠나. 내가 하늘 세상에 갔다 온 증거를 여러 이웃들에게 보여 줄 수 없게 된 것이 좀 섭섭하지만, 그래도 사람을 살렸으니 그보다 더 장한 일이 없지.

노인은 궤짝 안에서 붉은 구슬 한 알을 꺼내어 내게 주면서, '이 구슬을 삼키면 산천을 다닐 때에 몸이 변화무쌍하나니 받으시오.' 하더군. 대구 사양할 수 없어서 그 구슬을 받아 삼키고 그 길로 옥포동으로 내려왔는데 그 뒤로 내 재주가 변화무쌍해졌다네. 옛말에 '착한 일 하는 집에 경사가 넘쳐 나고 악한 짓 하는 놈에게 재앙이 미친다.' 고 하였거니와 그 말이 꼭 맞는다니까."

여우가 사설을 엮어 대는 것을 보면서 뭇짐승들은 제 나름으로 생각을 굴리고 있었다. 사슴과 토끼는 여우가 거짓말을 하고 있다는 것을 알아차렸다. 저 간사하고 입심 사나운 여우 놈을 두꺼비가 어찌 대할지 은근히 걱정스러워 두꺼비를 자꾸 건너다보았다.

두더지는 또 두더지대로 여우의 말솜씨에 기가 딱 찼다.

'아이쿠, 내가 땅을 뚜지면서 땅 밑에 웅크리고 있을 때, 저 여우는 하늘이니 지옥이니 가 보지 않은 데가 없으니 저것을 무슨 수로 당해 낸단 말인가.'

그리하여 두더지도 두꺼비 눈치만 살폈다.

뭇짐승들의 눈길이 자기에게 쏠리고 있다는 것을 알면서도 두꺼비는 눈 한 번 깜박이지 않더니, 이윽고 굳게 다물고 있던 입을 열었다.

"아하, 그러하면 내가 하늘에 올라가서 남극노인과 바둑을 둘 때 네가 거기로 왔던 게로구나. 그런 줄 몰랐으니, 그거 참 안됐구나. 사실은 내가 남극노인과 바둑을 두다가 신선들이 권하는 술에 얼근해서 난간에 기대 졸고 있는데 문밖에서 소리가 나기에 잠을 깼지. 심부름하는 아이가 들어와서 하는 말이, '대문 밖에 어떤 짐승이 보이는데 빛은 누르께하고 턱은 뾰족하고 생기기는 도둑개 같은 것이 똥밭에 들어가서 뭉개고 있나이다.' 하는 것이 아니겠나. 그래서 내가 긴 작대기로 두들겨 쫓으라고 하였는데 그때 그놈이 넨 줄 알았더라면 신선들이 술 먹고 눈 것이라도 먹여 보낼걸 그랬구면. 남들이 술 마시고 눈 것조차 얻어먹지 못하고 배를 촐촐 곯았을 것을 생각하니 불쌍하기 짝이 없구나."

말이 끝나자 와그르르 하고 웃음소리와 손뼉 소리가 쏟아졌다. 두꺼비는 둥그렇게 떴던 눈을 스르르 내리깔면서 잔조롬히 감았다.

여우는 분한 마음을 참을 수 없으나 태연한 척하는 수밖에 별 도리가 없었다. 일부러 허세를 부리면서 상 위에 있는 잔이란 잔마다 술을 가득가득 부어서 두꺼비와 뭇짐승들에게 권하고 저도 커다란 뚝배기 하나를 들어서 단숨에 쭉 들이켰다.

구미호를 아느냐

한동안 술잔들이 오가는데, 두꺼비는 여우의 나룻이 파들거리는 것을 보고 이놈이 또 무슨 간사한 짓을 꾸미고 있다는 것을 알아차렸다. 아니나 다를까 한참 만에 여우가 큰 술잔을 들고 자리를 고쳐 앉더니 말문을 다시 열었다.

"이 술을 보니 옛적에 내가 겪었던 일이 한 가지 생각나네. 내가 그 이야기를 할 터이니 한번 들어 보겠나?"

그 이야기인즉 이렇다. 여우가 젊었을 적에 누르께한 깃을 근사하게 세우고 기생방에 놀러 갔다가 술에 함뿍 취해서 큰길이 좁다 하고 갈지자걸음으로 비칠비칠 돌아오고 있었다. 그러다가 어느 못가에 이르러 소스라치게 놀라 껑충 뛰어올랐다가 궁둥방아를 털썩 찧으며 땅 위에 내려앉아 눈에 쌍초롱을 달고 앞을 살폈다. 큰 뱀 한 마리가 똬리를 틀고서 개구리를 입에 물고 있었다. 개구리는 지나가던 여우를 보자 다급하게 소리쳤다.

"여우 할아버님, 여우 할아버님, 불쌍한 이 개구리 손자를 좀 살려 주소서."

"아이고 불쌍한 녀석아, 그래 어떻게 살려 달라느냐?"

"우리 외삼촌인 두꺼비 좀 불러 주소서."

"두꺼비가 네 외삼촌이면 불러 줄 수 있으되, 그놈을 부르면 무슨 수가 난다더냐?"

"외삼촌은 본디 음흉하고 엉너리 치는 솜씨가 있어서 엉뚱한 꾀도 더러 쓰거니와 뱀을 누르는 데는 재간이 있으니 나를 살릴 수 있을 것이외다."

"네가 두꺼비 안개에 뱀이 취해서 달아난다는 소리를 듣긴 들은 모양이다마는 그게 무슨 대수겠느냐? 차라리 내가 살려 주마."

여우가 꼬리를 휘둘러 조화를 부리며 칼을 빼들고 뱀을 단칼에 두 동강이 내려는데 수풀을 와삭와삭 헤치며 총을 멘 사냥꾼들이 다가오기에 하는 수 없이 뱀을 그냥 두고 와 버렸다.

일이 싱겁게 되었으나 여우는 그때 두꺼비가 개구리 외삼촌이라는 것을 알았고 자기가 개구리한테 할아버지 소리를 들었으니, 그렇게 촌수를 따지면 두꺼비가 자기에게 조카뻘이 된다는 것이었다.

여우의 허튼 수작이 끝나자 이번에는 두꺼비가 머리를 하늘로 쳐들고 몸통에 견주어 크다고 할 수 있는 입을 한껏 벌려 껄껄껄 웃었다. 웃을 때마다 허연 배가 불룩거리는 것이 볼만했다. 한참 동안 웃고 나더니 딱하다는 얼굴로 말하였다.

"네 말이 빙충맞은 소리로다. 뱀이 개구리를 삼키려다 칼에 맞아 죽었다는 말은 들었다마는, 내가 개구리 외삼촌이라는 소리는 보리밥 먹은 놈의 헛방귀 소리로다. 너는 아마 잘 모를 터인데 내가 내력을 일러 줄 터이니 잘 듣고 새겨라.”

두꺼비는 자기 집안이 본디 곁가닥 없는 외줄기로 내려온 까닭에 가까운 친척이 없고, 다만 사촌 하나가 달나라에 가서 토끼와 이웃하며 살고 있다고 하였다.

“그러니 있지도 않은 개구리를 나한테 갖다 붙이는 건 여우 네 녀석이 어른을 욕하려고 꾸며 낸 말이 아니고 무엇이냐? 그리고 네가 사냥꾼을 만나서 그냥 왔다고 하였는데, 사실은 그냥 온 게 아니고 분명 쫓겨 온 것이로다. 그 사냥꾼인즉 여우 가죽으로 옷을 지었다는 옛적의 재상 맹상군이 틀림없도다. 그이는 여우 삼천 마리를 잡아서 겨드랑이에 붙어 있는 흰 털만 뽑아 갖옷 한 벌을 꾸몄다고 하는데, 그때 네 증조할아버지뻘 되는 여우들이 씨가 말랐다는구나. 그러니 이번에도 맹상군이 너희 종자들 가운데 혹시 살아남은 놈이라도 있으면 마저 잡아가려고 왔던 모양이다. 차라리 네가 그이한테 잡혔더라면, 뜨뜻한 갖옷을 꾸미는 데 보태질걸, 안 될 놈은 자빠져도 코가 깨진다더니 복 없는 너는 그런 호강도 차례지지 않았구나, 쯧쯧.”

두꺼비는 짐짓 아닌 보살을 하면서 새삼스러운 말투로 이야기를 이어 나갔다.

“여보게 여우, 구미호가 무엇인지 아느냐? 참 기가 막히는 이야기세.”

옛날에 달기라는 아름다운 공주가 있었는데 다른 나라 임금에게 시집을 가게 되었다. 잔치를 치르고 시집으로 가려고 길을 떠났는데 날이 어두워져 어쩔 수 없이 하룻밤을 묵어 가게 되었다. 그날 밤이 깊어서 꼬리가 아홉 개나 되는 구미호라는 여우가 새색시 방문을 살며시 열고 바람처럼 소리 없이 들어갔다. 곧 방 안에서는 여자의 가느다란 비명소리가 새어 나오더니 잠잠해졌다. 구미호는 새색시의 목을 졸라 죽이고는 시체를 마루 밑에 묻고 제가 새색시로 탈바꿈하였다. 임금의 안해가 된 구미호는 임금 마음을 어지럽혀서 죄 없는 사람들을 수없이 죽이고는 밤마다 죽은 사람의 머리뼈를 갉아 먹었다. 왕비가 하도 못되게 구니까 신하들도 참다못해서 거세게 들고일어났다. 그러니 임금도 어쩔 수가 없어 왕비를 처형하라고 하였다. 형리들이 왕비를 죽이려고 하였으나 얼굴이 참으로 고와서 손이 떨렸다. 그리하여 수건으로 여자의 낯을 싸고 목을 베니 죽은 시체가 꼬리 아홉 개를 드러냈다는 것이다.

이런 이야기를 하고 나서 두꺼비는 웃으면서 말을 이었다.

"너희 씨종자가 예부터 간악하고 요사스러운 꾀로 사람을 호리고 수없이 죽이며 나라까지 망하게 하였으니, 그 죄를 네가 아느냐, 모르느냐?"

낯빛은 부드러우나 기상은 서릿발 같았고, 말은 웃으며 하였으나 그 뜻은 칼끝같이 날카로웠다.

여우는 아무 말도 못 하고 속으로만 앙앙하면서 오도카니 앉아 있었다. 말을 걸수록 낭패만 당하고 시비가 붙을수록 망신만 돌아오니, 여우는 제정신이 아니었다.

"두껍 어르신이 그렇게 만사에 능통하시니 천문 지리와 인륜 도

덕도 잘 아시오?"

두꺼비는 하늘땅이 처음으로 갈라진 뒤에 음기와 양기가 생기고 오행인 금, 목, 수, 화, 토 다섯 가지가 서로 어우러지는 이치며, 갑자을축하고 육십갑자가 돌아가는 것을 얼음에 박 밀듯이 풀었다. 어디 그뿐이랴. 하늘에 있는 수성, 금성, 화성, 토성, 목성을 비롯한 뭇별들이 움직이고 땅에 비 내리며 풍년 들고 절기가 바뀌는 이치며, 산수 좋고 집터 좋은 곳을 잡는 방법과 인간 세상의 다섯 가지 윤리를 줄줄 내리엮었다.

뭇짐승들 가운데서 선생님 소리를 듣는 주인 노루도 그게 무슨 뜻인지 몰라 갈피 잡느라 바쁜 아리송한 소리고, 발딱 재주가 있다고 하는 토끼도 그게 어떤 문서 가락인지 알지 못하니, 글 읽기가 딱 질색인 여우에게야 한 마디도 알 소리가 아니었다. 두꺼비인들 그 속내를 다야 어찌 알고 지껄였으랴마는, 여우를 이기려고 귀동냥한 것을 이것저것 마구 섞어서 아는 것 모르는 것 가리지 않고 단숨에 주워섬겼다. 그러다가 마지막에 가서 서로 도리를 지켜야 한다는 것만은 힘을 넣어 또박또박 말하면서 말끝마다 여우를 핀잔하여 오금을 박았다.

"윤리를 모르면 어찌 착하다 할쏘냐. 나라에 충성하다가 병란이 생기면 대장군이 되어 큰 칼 비껴 차고 적장을 베어 난리를 평정한 다음 이름을 후세에 남겨야 할 것이요, 부모의 은혜를 잊지 말아야 할 것이니라. 순임금은 산밭을 갈아 부모를 즐겁게 하시고, 맹종은 눈 속에서도 죽순을 구하여 어머니를 살렸고, 왕상은 얼음에 구멍을 내 잉어를 잡아 어버이를 봉양했느니라. 이런 효성이 있어야 하거늘, 여우 너는 그렇지 못하렷다!"

여우는 두꺼비의 엄엄한 꾸짖음에 기가 눌려서 어쩔 바를 모르고 토끼의 앞발을 덥석 잡으면서 눈물을 앞세웠다.

"슬프구나, 나는 집이 가난해서 부모님께 고기 한번 못 드리고 푸성귀 반찬만 드리다가 그 몹쓸 괴질이 도는 해에 두 분 다 잃었도다. 오늘을 맞고 보니 그 일이 생각나서 목구멍이 꽉 막히누나."

"여우, 네 또 들으라. 부부간에 의가 있음은 온갖 복의 근원이라 하였거니 지아비는 화기 있고 지어미는 유순해야 하고, 장유유서라 웃어른과 아랫사람 사이에는 차례가 있어 어른을 존경함이 마땅하거니와 너희 여우 족속은 어른도 모르고 공경도 아니 하니 도무지 후레아들의 증손자 놈이 아니고 무엇이냐. 또한 붕우유신이라 하였거늘 벗들 사이에 신의가 있어야 하는 법인데 너처럼 신의가 없는 놈이 어데 있으랴."

"그러하면 육도삼략도 다 아시오?"

두꺼비는 육도와 삼략이 옛날부터 전해 오는 병서들이라는 소리를 들은 적이 있는지라, 거기에 팔진도법이라는 것까지 섞어서 한바탕 풀었다.

"두껍 어르신이 의약도 아시오?"

그 소리가 떨어지자 두꺼비는 곧 받아서 옛적에 신농씨가 백 가지나 되는 여러 풀들을 뜯어서 손수 맛보고 약을 냈다는 이야기며, 어떤 의원은 사람의 목소리를 듣거나 겉모습만 보고도 병을 알았다는 이야기를 늘어놓았다. 그러다가 문득 어렸을 때 마을 늙은이

들이 하던 이야기가 생각나서 그것을 말꼬리에 척 덧붙였다.

"옛날에 편작과 화타라는 두 명의가 있었느니라.

편작이 도읍지에 들렀더니 임금이 방금 죽었는데 무슨 병인지 까닭을 알 수 없어 하더란 말이네. 그 명의가 가 보니 식갈영〔食渴病〕이라는 보기 드문 병이 아니겠나. 옷자락을 헤치고 허리춤에서 주머니 끈을 풀어 침을 꺼내 한 대 놓고 약 한 첩 지어 달여 먹였더니 눈을 뜨더라는군. 그런데 눈을 뜬 임금이 하는 소리가 우습더라는 거야. 뭐라 하는고 하니, '그사이 하늘에 올라가서 옥황상제를 뵈오니, 상제께옵서 큰 잔에 술을 부어 주시면서 네 자손이 대대로 임금이 되겠다 하셨는데, 그 말씀에 기뻐 눈을 번쩍 떴거니와 그 목소리가 상기도 귀에 쟁쟁히 들린다.'고 했다나. 병은 의원이 고쳐 주었는데 옥황상제 은덕으로 살았다고 하니 이런 한심한 일이 어데 또 있으랴.

화타도 속병을 고치지 못해서 숱하게 고생하던 사람을 고쳐 주었는데, 어떻게 했는고 하니 약 한 첩을 먹여서 그 사람을 잠깐 죽게 만들고는 배를 갈라 창자를 꺼내어 물에 씻고 썩은 굽이를 베어 낸 다음 다른 짐승의 튼튼한 창자를 잘라서 이어 놓고 뱃가죽을 꿰맨 뒤 다시 약 한 첩을 써서 도로 살려 냈다나. 살아난 사람은 화타를 붙들고 이 은혜를 어떻게 갚겠냐고 하였다네. 우리 같은 백성들은 의원 귀한 줄을 알거든.

허나 여우 네가 섬기는 범같이 높은 자리에 있는 이들은 제 비위에 조금만 거슬려도 의원의 목숨을 파리 목숨처럼 여기더구나. 한번은 조조가 머리를 몹시 앓았지. 화타가 진맥을 하더니 '이

병은 도끼로 머리를 뼈개고 골을 꺼내어 물에 씻어 다시 담아 본
디 모양대로 도로 맞추어야 나을 수 있소이다.' 하였다네. 그런
데 조조는 '사람이 골을 깨면 어찌 도로 살 수 있으랴? 네 분명
나를 죽이려고 하는도다.' 하고는 화타를 죽여 버렸어. 화타가
죽기 전에 옥사정한테 약방문을 적어 둔 귀중한 책 한 권을 맡기
면서 '이 책은 천하에 드문 보배니 잘 전해 달라.'고 부탁하였으
나 옥사정이 겁이 나서 그 책을 불태웠으니 이 얼마나 한스러운
일인가."

두꺼비는 말을 끊고 숨을 돌린 다음 백성들 속에 도는 단방치기
묘한 약방문 자랑을 하였다. 이를테면 백성들도 명의 못지않게 약
을 잘 썼다는 것을 말하고자 해서였다.

"감기 홍역은 승마갈근산이 좋고, 토사곽란에는 곽향정기산과
당귀산을 쓰고, 해산하다가 아이 손목이 먼저 나오거든 손에 침
을 놓으면 도로 들어가 순히 나오느니라. 해산 뒤에 뒷배를 앓으
면 가물치를 고아 먹고, 이빨이 아프면 말발굽에 챈 돌을 불에 달
구어 물에 넣어서 그 물을 머금고, 안질에는 뽕나무 버러지를 대
꼬챙이로 침을 놓아 그 물을 눈에 바르며, 유종에는 둥굴레를 술
에 타서 먹고, 종기가 심한 데는 개죽말혈에 뜸을 열 장씩 뜨면
좋으니라. 더위에 막히거든 똥물을 먹이고 그래도 낫지 않거든
아이 똥을 먹이면 낫느니라."

두꺼비는 이런 말을 하는 사이에 저도 모르게 만사에 조심하는
성품에 어울리지 않게 흥이 올랐다. 그래서 흥이 도가 넘어 객쩍은
잡담이 튀어나왔다.

"부부간에 의가 없는 사람은 중굉이 고기를 먹으면 화합하고, 청상과부의 울화병은 시집살이탕 열 첩이면 알 도리가 있느니라."

여러 짐승들이 또 "와하하." 하고 배를 끌어안고 웃어 댔다. 여우도 어떤 처지인지 깜빡 잊고는 깔깔 웃다가 물었다.

"내 어려서부터 배앓이로 아주 고생하고 있는데 어떤 약을 쓰면 좋으리까?"

"네 상을 보고 내 이미 그럴 줄 알았느니라. 파두 열매 세 알을 그냥 먹으면 설사가 날 것이니 흰죽과 함께 달이다가 한 그릇 먹으면 다시 앓지 않으리라."

여우는 고맙다고 인사하려다가 아차 싶어 비꼬듯이 말했다.

"아예 관상쟁이로 나서시면 되겠구려."

"상 보는 법은 이마와 양쪽 광대뼈, 턱, 가운데 코를 오악이라 하니, 오악을 보고 기상을 살펴 금목수화토 형국을 알아야 하느니라. 이마가 수려하고 일월각이 좋으면 벼슬을 높이 하고, 귀밑이 희면 소년 급제하고, 눈빛이 좋으면 벼슬하고, 인중이 길면 오래 살고, 명치와 법령*이 두터우면 부자 되고, 하관이 너르면 늘그막에 잘살고, 눈두덩이 두터우면 자식을 많이 두고, 눈썹이 길면 형제 복이 있고, 눈썹에 사마귀가 있으면 귀양 가고, 눈썹 사이에 털이 나면 욕심이 많고, 코끝에 살이 있으면 처복이 없고, 코끝이 구부러지면 심사가 곱지 못하고, 눈웃음 치면 남자는 간사하고 여자는 난잡하고, 귓불에 살이 없으면 가난하고, 콧중방이 높으

---

* 양쪽 광대뼈와 코 사이에서 입가를 지나 내려오는 굽은 선.

면 남과 사귀지 못하고, 눈 껍질이 깊은 자는 심술이 많으니라.

무릇 남녀 물론하고 얼굴이 독하면 자식을 많이 두느니라. 내 지금 네 상을 보니 인중이 길고 옥루상*이 있으니 오래 살 것이요, 코 옆 주름이 분명하니 마음도 무던하려니와, 흠이라면 귀가 얇고 귓바퀴가 없어 홀아비 될 것이요, 또 양 광대뼈가 붉으니 뱃속에 병이 있도다."

두꺼비가 막힘이 없으니 여우는 약이 올라 정신없이 외쳤다.

"두껍 어르신의 몸뚱아리 껍질은 어째 두툴두툴하시오?"

이번에도 말이 떨어지기 바쁘게 응대할 줄 알았는데 두꺼비는 웬일인지 아무 소리가 없었다. 여우가 섬뜩한 생각이 들어서 내려다보니 두꺼비가 턱 밑을 벌떡거리며 눈알이 무섭게 툭 불거져 입을 다문 채 낯빛에 독기를 풍기고 있었다.

두꺼비는 여우란 놈이 제아무리 간사하고 못됐다 해도 이렇게까지 저를 모욕하리라고는 미처 생각지 못하였다. 생각 같아서는 당장 독한 안개를 피워 혼찌검을 내 주고 싶지만, 꾹 눌러 참았다. 모처럼 범 없이 모여 뭇짐승들이 마음껏 즐기는 자리를 망칠 수는 없었다.

두꺼비가 이러고 있을 때 지금까지 두꺼비와 여우의 입씨름을 재미나게 구경하던 뿔사슴이며 토끼, 너구리, 고슴도치, 두더지, 수달, 잔나비, 누구누구 할 것 없이 모두가 낯빛이 변하여 여우를 노려보고 있었다. 아무도 말은 하지 않으나 두꺼비가 풍채도 작고 변

---

* 옥루는 관상법에서 양쪽 귀 위에 있는 뼈로, 이 상이 있으면 부귀하고 장수한다고 한다.

변치 못하다고 깔보며 모욕하는 여우를 더욱더 괘씸히 여기고 있는 것이 분명하였다.

두꺼비는 뭇짐승들을 보고 힘을 얻어 대꾸하였다.

"네가 할애비같이 섬기는 범처럼 권세 있고 잘사는 작자들은 소년 시절부터 외입 바람에 장안의 팔십 명 간나위들을 밤낮 데리고 다니다가 병이 옮아 임질도 걸린다지만 나 같은 보통 백성이야 그럴 처지가 되느냐? 무식한 너는 꼭두각시가 하도 가난하여 도토리를 너무 주워 먹어 도토리 독이 배어 얼굴이 두툴두툴해졌다는 말도 듣지 못했을 게다. 나도 그 꼭두각시처럼 천대받고 가난해서 이 모양이 됐다."

"그건 그렇다 치고 눈은 왜 그 꼴이오?"

"네가 입에 침이 마르도록 칭송하는 우리 고을 사또 놈이 대추 찰떡과 고욤을 좋아하여 바치라는 것을 아니 바쳤더니, 내 뒤통수를 육모 방치로 때려서 이렇게 툭 불거졌다."

"등이 굽고 목덜미가 움츠러든 것은 어찌 된 까닭이오?"

"너처럼 간악한 평양 감사가 추석날 연광정에서 술놀음할 때, 기생들에게 푸른 적삼 붉은 치마 입혀 양옆에 앉히고 하인들 주런이 세워 놓고 흥청거리면서, 내가 심부름을 고분고분 안 한다고 발길로 차서 정자 밑 강물에 떨어뜨리는 통에 등을 다쳐 곱새가 되고 길던 목도 움츠러들었다. 양반 나부랭이들 때문에 이 지경된 것을 생각하면 자다가도 소스라치고 이가 갈린다."

"그럼 턱 밑은 왜 벌떡벌떡하시오?"

"에끼 이놈, 참는 것도 한도가 있다. 네놈이 어른을 몰라보고 함부로 주둥이를 놀리니 분을 참느라고 그러는 줄 네가 모르느냐? 이 죽일 놈 같으니."

두꺼비가 자리에서 벌떡 일어났다. 여우도 꼬리를 도사리면서 앞발을 뺐었다. 여러 짐승들도 한꺼번에 일어섰다. 두꺼비를 발끝 하나 다치기라도 하면 가만있지 않고 모조리 여우한테 달려들 기세였다.

여우는 계속 허세를 부릴 수도 없고 순순히 물러설 수도 없어서 등골에 식은땀만 흘리고 있었다.

오랑캐골 구렁이와 살쾡이

"할아버님, 할아버님!"

다급한 목소리가 아래쪽 옥포천 기슭에서 들려오더니, 노루 선생의 손자가 헐레벌떡 뛰어왔다.

심상치 않은 일이 벌어진 것 같아, 대마루로 치달아 오르던 두꺼비가 잠시 멈추고 소리 나는 쪽을 보니 여러 짐승들도 눈이 둥그레져서 노루 선생과 두꺼비를 번갈아 쳐다보았다.

"왜 그리 소란스러우냐?"

노루 선생이 애써 침착하게 물었다.

"할아버님, 물 건너 오랑캐골 큰 구렁이가 살쾡이를 앞세우고 이리로 옵니다."

"뭐라고?"

모두의 입에서 긴장한 소리가 한꺼번에 쏟아졌다.

"청하지도 않았는데, 그, 그 못된 것들이 무슨 낯짝으로 기어든 다더냐?"

노루 선생의 목소리는 노기를 띠고 조금 떠듬거렸다.

"글쎄 저도 못 들어간다고 막았지만 할아버님을 만나서 말을 하 겠다면서 마구잡이로 밀치고 들어오기에 혼자 힘으로 당할 수가 없어서 뛰어왔나이다."

말이 미처 끝나기도 전에 살쾡이가 먼저 대가리를 들이밀었다.

"허허, 여기서는 진수성찬 차려 놓고 놀이가 한창이구먼. 구수한 음식 냄새에 오장이 굼틀거리고 목젖이 절로 넘어가서 아니 올 수가 있어야지."

그 소리에 대꾸하여 이쪽에서 토끼가 한마디 하였다.

"밉다면서 술 받아 내란다더니 떡 줄 놈은 생각도 않는데 김칫국 부터 마시는 격이로구나."

살쾡이는 유들유들하게 실쭉 웃었다. 제 스스로는 위엄을 차리고 여유를 보이느라고 실쭉 웃어 보이나 더 얄밉고 표독한 낯이 되고 말았다.

"흥, 너희가 범 형님을 청하지도 않고 잔치한다는 것을 눈치 채 고 왔다마는 설마 토끼 네 따위가 제노라고 쫄랑댈 줄은 몰랐구 나."

"알기는 잘도 안다. 이 자리에서는 내가 아니라 저기 있는 두꺼 비님이 어른이란 말이다."

"뭐? 토끼 너보다도 쬐꼬만 조 두꺼비가? 허허허허."

살쾡이는 사납게 생긴 이빨을 드러내 놓고 한바탕 쓸까스르고 나서 제법 훈계조로 말하였다.

"다들 그러면 못쓴다. 범 형님이 좀 사납게 굴긴 해도 이 옥포동 골안의 큰 어른이신데 오늘 같은 산치에 청하지도 아니한 것이 도리에 맞느냐? 범 형님이 정 미워서 청하지 않았으면 그 대신 이 살쾡이님이라도 청했어야 옳지 않겠느냐!"

"호호, 살쾡이 네 말이 맞구나. 나는 네 생각을 했다마는 다들 반대할 것이 뻔해서 잠자코 있었다. 이제라도 같이 앉아 놀자꾸나."

궁지에 몰렸던 여우가 좋은 짝패를 만났다고 간사를 떨었다.

두꺼비는 윗자리에 앉은 제 소임을 생각하고 새로 나타난 적수들을 어떻게 물리칠까 궁리하면서 입을 다문 채 조용히 앉아 있었고, 토끼가 연거푸 말대꾸를 하였다.

"여우 너는 무슨 말을 그리하느냐? 오랑캐골에 있는 살쾡이를 어째서 우리 옥포동 잔치에 청해야 한다는 거냐?"

여우가 무안을 당하고 물러나니, 살쾡이가 입심을 뽑았다.

"토끼 너는 범 없는 골에서는 살쾡이가 범 구실을 한다는 소리도 모르느냐?"

이때야 두꺼비가 비로소 입을 열었다.

"흥, 알기는 잘도 안다. 범 없는 골에서 살쾡이 따위가 범인 체하고 못되게 군다는 소리지, 박쥐 같은 녀석."

"한입에 집어삼켜도 간에 기별조차 가지 않을 미물이 누구에게 욕을 하는 게냐?"

"네 꼴을 좀 봐라. 들에 내려가서는 도둑고양이 행세하며 병아리나 훔쳐 먹지, 산에 가서는 범인 체하며 다람쥐를 마구 잡아먹으니, 그 짓이 새 무리에 끼어서는 새로 둔갑하고 쥐 무리에 섞여서는 쥐라고 자처하는 박쥐와 다를 게 무엇이냐?"

"하하하."

"허허허."

여러 짐승들이 허리를 꼬부리고 웃었다.

두꺼비는 웃음소리가 잦아들 동안 입을 꾹 다물고 있다가 살쾡이의 표독스러운 낯판때기에다 맵짠 말을 퍼부었다.

"그뿐이냐? 네놈이 오랑캐골 큰 구렁이의 길잡이 노릇을 해서 우리 옥포동의 죄 없는 작은 짐승들이 화를 입도록 만든 것이 어디 한두 번이냐?"

말이 몰리고 못된 짓이 까밝혀진 살쾡이는 사나운 이빨을 드러내고 두꺼비에게 접어들려고 하였다.

이때 토끼가 날쌔게 깡충 뛰어서 살쾡이의 한쪽 뺨을 철썩 올려붙였다. 살쾡이가 얼떨떨해서 토끼에게 달려들려고 하자, 이번에는 두꺼비가 훌쩍 뛰어올라 살쾡이의 다른 쪽 뺨을 찰싹 쳤다. 그러자 너구리도 딱, 고슴도치도 콕, 잔나비도 짝, 이쪽에서도 툭딱, 저쪽에서도 툭딱 하고 여러 짐승들이 저마다 살쾡이를 때렸다.

허세를 부리던 살쾡이가 서둘러 뒤로 물러나며,

"구렁아!"

하고 도움을 청했다.

이때까지 구렁이는 살쾡이를 먼저 들여보내 놓고 뒤에 숨어서 노루의 환갑 잔칫상을 통째로 삼킬 흉계를 꾸미고 있다가 일이 틀어지는 것을 보고는 앞으로 나서며 독을 피웠다.

"이놈들, 용이 개천에 누웠다고 개미가 어쩐다더니, 용왕님 후손
인 나를 알아보지 못하렸다? 당장 큰 벌을 받으리라."

구렁이는 시뻘건 아가리를 벌리고 중얼중얼 주문을 외웠다. 여태
껏 맑던 하늘에 구름이 시꺼멓게 덮이더니, 하늘을 조각내듯 번개
가 치고 땅을 뒤흔들듯 천둥소리가 우르릉거렸다. 산이 몸부림치
고 강물이 자반뒤집을 하고 자갈이 윙윙 날았다.

"이놈들, 이래도 무릎 꿇고 항복하지 않을 테냐? 호호호."

하늘에서 들리는 것도 같고 땅속에서 새어 나오는 것 같기도 한
것이 왕왕 울렸다.

옥포동 짐승들은 사느냐 죽느냐 하는 고비를 맞아 새파랗게 질렸
다. 이때 두꺼비가 막고 나섰다. 두꺼비는 되알진 소리로 면박을 주
었다.

"이, 원수 놈아! 네놈이 지난 임진년에도 기어들고 신미년에도
기어들었다가 된매를 맞고 쫓겨 가더니 아직까지 정신 못 차리고
또 기어드느냐? 이번에는 용서치 않으리라!"

이 말을 내쏘고 난 두꺼비는 입에서 새파란 안개를 피웠다. 두꺼
비가 쏜 안개는 구렁이의 턱 밑으로 뻗었다.

뭇짐승들은 눈물이 글썽해서, 제 목숨 내놓고 싸우는 두꺼비를
응원했다. 독안개가 두꺼비 몸에서 다 나가면 상대도 취해서 죽거
니와 두꺼비도 기운이 다해서 숨진다는 이야기를 들어 왔던 것이
다.

그 서슬에 구렁이는 기가 질렸다. 기가 눌리자 주문이 맥을 추지

못해 번개와 우렛소리가 멎고 하늘이 도로 밝아졌다. 구렁이는 몸뚱이를 보기 흉하게 뒤틀더니 내빼기 시작하였다. 어찌나 바쁘게 달아나는지 바람 소리가 쉭쉭거렸다. 구렁이가 달아나니 살쾡이도 걸음아 날 살려라 하고 들고뛰었다.

여러 짐승들은 "후유." 하고 긴 숨을 쉬었다. 그러고는 맨 먼저 토끼가 말을 꺼냈다.

"여우야, 아까 네가 어느 못가에서 개구리 잡아먹는 구렁이를 한칼에 치려고 하였다더니, 어디 저 달아나는 구렁이라도 한번 쳐보아라."

혼자 배겨 낼 도리가 없으니 여우도 꽁지가 빳빳해서 줄행랑쳤다. 여우 등 뒤로 뭇짐승들이 통쾌하게 웃는 소리가 화살처럼 쫓아갔다.

얼씨구 좋고 절씨구 좋다

"자, 구렁이와 살쾡이도 쫓아 버렸고 보기 싫은 여우까지 달아났으니, 우리 착한 짐승들끼리 다시 앉아서 마음껏 노루 선생의 환갑잔치를 즐깁시다."

토끼가 떨기떨기 웃음꽃을 피우면서 말하였다.

"그럽시다."

옥포산 마루에서 산새들이 날아왔다. 비둘기는 구구구, 뻐꾹새는 뻐꾹, 소쩍새는 소쩍, 꾀꼴새는 꾀꼴, 봉황새는 훨훨, 학두루미는 너풀, 온갖 새가 노래하고 갖은 새들이 춤을 춘다. 그 춤판에 토끼도 뛰어들고, 두더지도 탈싹거리며 끼어들고, 누렁 노루도 나서서 곱새춤을 춘다.

얼씨구 좋고 절씨구 좋다.

범 없는 골안에 여우도 갔네.
얼씨구절씨구 좋기도 좋다.
기를 펴고 즐겁게 살아 보세.

얼씨구 좋고 절씨구 좋다.
구렁이가 쫓겨 가고 살쾡이도 달아났네.
얼씨구절씨구 좋기도 좋다.
기를 펴고 즐겁게 살아 보세.

옥포산 옥포동 뭇짐승들이 즐겁게 노닐다 보니 어느덧 해가 서산 마루에 걸렸다.

두꺼비가 입을 열었다.

"오늘 우리가 노루 선생 잔치를 맞아 마음껏 즐기고 배불리 먹었 구려. 날이 곧 저무니 이제 돌아감이 어떠오?"

노루 선생이 자리에서 일어섰다.

"변변치 못한 잔치에 오시어 이렇듯 즐거이 놀아들 주시니 고맙 기 그지없소. 앞으로도 오늘처럼 우리끼리 기쁜 일이나 힘든 일 이나 함께 겪어 나갑시다."

모두들 고개를 끄덕이며 손뼉들을 치고는 좋은 말들로 인사를 나 누었다.

어느새 옥포산 마루로 보름달이 떠올랐다. 보름달이 짐승들이 돌 아가는 산마루며 골짜기에 금가루를 곱게 뿌려 주었다.

뻐꾹뻐꾹 풍년일세.
이 강산에 풍년일세.
뻐꾹뻐꾹 풍년일세.
풍년 가을 앞당기세.

산마루로 올라가면서 뻐꾹 소리가 점점 멀리 메아리쳤다.

얼싸절싸 풍년일세.
농사 풍년 인심 풍년
얼싸절싸 화목하게
김을 매고 가을하세.

원문
토끼전
장끼전
두껍전

세 소설에 관하여

토끼전 원문

천하에 큰 바다가 넷이 있으니 동해와 서해와 남해와 북해라. 이 네 바다에는 각각 용왕이 있으되 동해에는 광연왕廣淵王이요 남해에는 광리왕廣利王이요 서해에는 광덕왕廣德王이요 북해에는 광택왕廣澤王이라.

사해용왕 중 다른 세 용왕은 무사하되 오직 남해 광리왕이 우연히 병을 얻어 백약이 무효하여 거의 사경에 이른지라, 하루는 왕이 모든 신하를 모으고 의논하여 가로되,

"가련토다. 과인의 한 몸이 죽어지면 북망산 깊은 곳에 백골이 진토塵土 되어 세상의 영화와 부귀가 다 허사로구나. 이전에 육국六國[1]을 통일하던 진시황秦始皇도 삼신산三神山[2]에 불사약을 구하려고 동남동녀 오백 인을 보내었으나 소식이 망연하고 위엄이 사해에 떨치던 한 무제漢武帝도 백량대柏梁臺를 높이 묏고 승로반承露盤[3]에 이슬을 받았으며, 여산驪山의 새벽달과 무릉茂陵의 가을바람 속절없는 일부토一抔土가 되었거든[4], 하물며 나 같은 조그만 임금이야 일러 무엇 하리. 대대로 상전相傳하던 왕가王家의 기업基業을 영결하고 죽을 일이 망연하도다. 고명한 의원이나 널리 구하여 자세히 진맥하고 약을 씀이 마땅토다."

하고, 인하여 하교하여 이르되,

"과인의 병세 이렇듯 위중하니 경 등은 충성을 다하여 명의를 광구廣求하여 과인을 살려써 군신君臣이 동락同樂케 하라."

하니, 한 신하 출반出班하여 아뢰되[5],

"신은 듣사오매 월나라 범 상국范相國이며 진나라 장 사군張使君이며 당나라 육 처사陸處士는 오나라와 초나라 지경에 사는 세 호걸이오니[6], 이 세 사람을 청하여 문의하옵시

---

1) 중국 전국 시대에 서로 다툰 일곱 개 나라 가운데서 진秦나라를 빼고 제齊, 조趙, 연燕, 초楚, 위魏, 한韓 여섯 나라.
2) 전설에서 바다 한가운데 있다는 세 산인 봉래산蓬萊山, 영주산瀛洲山, 방장산方丈山.
3) 한 무제가 장생불사약을 만들기 위해 구리로 만들어 높이 세웠다는 이른바 이슬 받는 쟁반.
4) 여산은 진시황의 무덤이 있는 산 이름이고 무릉은 한 무제가 묻힌 산 이름이다. 일부토一抔土는 한 줌 흙.
5) 임금과 신하들이 모인 자리에서 한 신하가 먼저 나서서 임금에게 말하되.

면 좋은 도리 있을까 하나이다."

하거늘, 모두 보니 선조로부터 충성이 극진하던 수천 년 묵은 잉어라.

왕이 들으시고 옳이 여기사 즉시 사신을 명하여 예단을 갖추어 삼 인을 청하라 하시니 수일 후 모두 이르렀거늘 왕이 수정궁水晶宮에 전좌殿座[7]하고 삼 인을 인견引見하실새 옥탑玉榻에 비겨[8] 삼 인에 사례하여 가로되,

"제위 선생이 과인을 위하여 천 리를 멀다 아니 하시고 누지陋地에 왕림하시니 감사함을 마지않노라."

삼 인이 공경 대답하여 가로되,

"생 등은 진세塵世의 부생浮生으로 청운青雲과 홍진紅塵을 하직하고[9] 강상 풍경을 사랑하와 오초吳楚 강산 궁벽한 땅에 임의로 왕래하며 무정한 세월을 헛되이 보내옵더니 천만의외에 대왕의 명초命招[10]하심을 듣삽고 외람히 용안龍顏을 대하오니 황공 감격하여이다."

왕이 크게 기꺼 가로되,

"과인이 신수 불길하와 우연히 병을 얻은 지 이미 수 년에 병이 골수에 잠겨 많은 약을 쓰되 일분의 효험이 없사와 살길이 망연하오니, 바라건대 선생 등은 대덕을 베푸사 죽게 된 목숨을 살리시면 하늘 같은 은덕의 만분지일이라도 갚을까 하나이다."

삼 인이 듣기를 다하고 묵연默然 양구良久[11]에 가로되,

"대저 술은 사람의 마음을 미치게 하는 광약狂藥이요 색은 사람의 수명을 줄이는 근본이어늘, 이제 대왕이 주색을 과도히 하사 이 지경에 이르심이니, 이는 스스로 지으신 죄얼罪孽[12]이라 수원수구誰怨誰咎[13]하시오리까. 혹은 이르되 사람이 연소年少한 시절에 예사라 하오나, 이렇듯 중한 병이 한번 드오면 화타華陀와 편작扁鵲이 다시 오더라도 용수用手[14]할 길이 바이없사옵고, 금강초金剛草[15] 불사약이 뫼같이 쌓였으되 특효할 수 없

---

6) 범 상국은 월나라에서 정승 벼슬을 지낸 범려范蠡, 장 사군은 진나라 때 벼슬을 그만두고 고향으로 돌아간 장한張翰, 육 처사는 당나라 때 시인 육구몽陸龜蒙으로, 이 세 사람을 '삼고三高'라 하여 높였다.

7) 왕이 정사를 볼 때 자리에 나와 앉는 것.

8) 옥좌에 비스듬히 앉아. 옥탑은 왕이 앉는 옥으로 만든 걸상.

9) 인간 세상에 덧없이 사는 인생으로 명예나 지위를 버리고.

10) 왕의 명령으로 신하를 부르는 것.

11) 한참 동안 잠자코 있는 것.

12) 저지른 죄악으로 해서 오는 재앙, 허물.

13) 누구를 원망하며 누구를 탓하랴.

14) 손을 써 병세를 돌리는 것.

사옵고, 인삼 녹용을 주야로 장복長服할지라도 아무 유익 없사옵고, 재물이 누거만累巨萬인들 대속代贖[16]할 수 없사옵고, 용력勇力이 절인絕人한들 제어할 수 없사오니, 이리저리 아무리 생각하여도 국운이 불행하고 천명天命이 궁진窮盡[17]하심인지 대왕의 병환은 평복平復[18]되시기 과연 어렵도소이다."

왕이 듣기를 마치고 크게 놀라 가로되,

"그러하면 어이할꼬. 슬프다, 과인이 한번 이 세상을 하직하고 적막강산 돌아가면 하일何日 하시何時에 다시 올꼬. 춘삼월 도리화桃梨花開[19] 사오월 녹음방초 팔구월 황국단풍黃菊丹楓 동지섣달 설중매雪中梅며 삼천 궁녀 아미분대蛾眉粉黛[20] 헌 신같이 다 버리고 황천객이 될 양이면 그 아니 슬플쏜가. 아뭏거나 제위 선생은 신통한 재주를 다하여 비록 효험이 없을지라도 약명이나 가르쳐 주옵시면 죽어도 한이 없을까 하나이다."

하며 눈물이 비 오듯 하는지라. 이때에 삼 인이 용왕의 말씀을 듣고 미미微微히 웃으며[21] 가로되,

"대왕의 병환은 심상치 아니한 증세라. 대저 온갖 병에 대증투제對症投劑[22]로 말씀하오면 상한傷寒에는 시호탕柴胡湯이요[23], 음허화동陰虛火動에는 보음익기전補陰益氣煎이요[24], 열병에는 승마갈근탕升摩葛根湯이요[25], 원기부족증에는 육미지황탕六味地黃湯이요[26], 체증에는 양위탕養胃湯이요[27], 각통脚痛에는 우슬탕牛膝湯이요[28], 안질眼疾에는 청간명목탕淸肝明目湯이요[29], 풍증風症에는 방풍통성산防風通聖散이라[30].

---

15) 금강산의 불로초. 《금벽록》이라는 책에 금강산 금란굴에는 불로초가 있다는 전설이 적혀 있다. 신선이 먹는다는 신비한 풀로 금광초金光草라고 하기도 한다.

16) 남의 죄나 고통을 대신함. 여기서는 돈을 주는 값으로 남이 병을 대신 앓게 하는 것을 말한다.

17) 마지막으로 다함.

18) 병이 나아서 본디 상태로 회복됨을 이르는 말.

19) 복숭아꽃, 배꽃이 핌.

20) 누에나비 모양의 아름다운 눈썹을 그린 화장한 미인을 이르는 말.

21) 가볍게 웃으며.

22) 병 증세에 맞게 약을 쓰는 것.

23) 추위에 상해서 생기는 병에는 시호를 넣어 끓인 약을 쓰고.

24) 음기가 부족하여 열과 식은땀이 나는 병에는 인삼, 당귀, 백출 등을 달인 약을 쓰고.

25) 열이 나는 병은 승마의 뿌리줄기와 칡뿌리를 달인 해열약을 쓰고.

26) 기운이 부족할 때는 주로 숙지황, 모란피, 소태, 복령 등 여섯 가지 약재로 달인 약을 쓰고.

27) 체한 데는 인삼, 백작약, 반하, 감초 등을 달인 약을 쓰고.

28) 다리 아픈 병에는 쇠무릎지기를 끓여서 만든 약을 쓰고.

29) 눈병에는 당귀, 천궁, 적작약, 생지황 등을 달인 약을 쓰고.

이러한 약들이 대왕의 병환에는 하나도 당치 아니하오되 신효神效한 것이 오직 한 가지 있사오니 토끼 생간이라. 그 간을 얻어 더운 김에 진어進御[31]하시면 효험을 보시리다."

　왕이 가로되,

　"토끼의 간이 어찌하여 과인의 병에 좋다 하시나이까?"

　삼 인이 대답하여 가로되,

　"토끼라 하는 것은 천지개벽 후에 음양 조화로 된 짐승이라. 병은 오행五行의 상극相剋으로도 고치고 상생相生으로도 고치는 법이라. 대왕은 수중 용신이시요 토끼는 산중 영물이라, 산은 양이요 물은 음이라. 이는 음양이 상생하는 이치올 뿐더러 그중에 간이라 하는 것은 더욱 목기木氣[32]로 된 것이온즉 만일 대왕이 토끼의 생간을 얻어 쓰실진대 음양이 서로 화합함이라. 그러하므로 신효하시리다."

하고 말을 마치며 하직하여 가로되,

　"우리는 녹수청산 벗님네와 무릉도원武陵桃源 화류차花遊次로[33] 언약이 있삽기로 무궁한 회포를 다 못 펴옵고 총총히 하직하옵나니, 바라옵건대 대왕은 옥체를 천만 보중保重하옵소서."

하고 섬돌에 내리더니 백운산을 향하여 문득 간데없더라.

　이때 용왕이 세 사람을 보내고 즉시 만조滿朝[34]를 모아 하교하여 가라사대,

　"과인의 병에는 아무러한 영약靈藥이 다 소용없되 오직 토끼의 생간이 신효하다 하니, 뉘 능히 인간에 나가 토끼를 사로잡아 올꼬?"

　문득 한 대장이 출반出班하여 아뢰되,

　"신이 비록 재주 없사오나 한번 인간에 나가 토끼를 사로잡아 오리다."

하거늘, 모두 보니 머리는 두루주머니[35] 같고 꼬리는 여덟 갈래로 갈라진 수천 년 묵은 문어라. 왕이 대희大喜하여 가로되,

　"경의 용맹은 과인이 아는 바라. 경은 충성을 다하여 급히 인간에 나가 토끼를 사로잡아 오면 그 공을 크게 갚으리라."

하고, 장차 문성장군文成將軍[36]을 봉封하려 할 즈음에 문득 한 장수 뛰어 내달으며 크게

---

30) 신경통이나 풍병에는 주로 방풍나물을 써서 만든 약을 쓴다.

31) 왕이 음식을 먹는 것.

32) 목의 기운. 오장五臟을 오행에 따라 볼 때 심장은 화, 신장은 수, 폐는 금, 비장은 토, 간장은 목이라 한다.

33) 꽃놀이하기로.

34) 조정의 모든 신하.

35) 아가리에 주름을 잡은, 배가 불룩한 주머니.

외어(외처) 문어를 꾸짖어 가로되,

　"문어야, 아무리 기골이 장대하고 위풍이 약간 있다 하나 언변이 없고 의사 부족하니 네 무슨 공을 이루겠다 하며, 또한 인간 사람들이 너를 보면 영락없이 잡아다가 요리조리 오려 내어 국화 송이 매화 송이 형형색색 아로새겨 혼인 잔치며 환갑잔치에 큰상의 어물 접시 웃기[37]로 긴요하고, 재자가인才子佳人의 놀음상과 명문거족 주물상晝物床[38]과 어린아이 거둘[39]과 남서 한량閑良 술안주에 구하느니 네 고기라 무섭고 두렵지 아니하냐. 나는 세상에 나아가면 칠종칠금七縱七擒[40]하던 제갈량諸葛亮같이 신출귀몰한 꾀로 토끼를 사로잡아 오기 여반장如反掌이라."

하거늘, 모두 보니 이는 수천 년 묵은 자라니 별호는 별주부鼈主簿[41]라.

　문어, 자라의 말을 듣고 분기충천하여 두 눈을 부릅뜨고 다리를 엉벌리고 검붉은 대가리를 설설 흔들면서 벽력같이 소리를 질러 꾸짖어 가로되,

　"요마幺麽[42]한 별주부야, 네 내 말을 들으라. 강보에 싸인 아이 감히 어른을 능멸하니 이는 이른바 범 모르는 하룻강아지로다. 네 죄를 의논하면 태산이 오히려 가볍고 하해 진실로 옅을지라. 또 네 모양을 볼작시면 괴괴망측 가소롭도다. 사면이 넓적하여 나무 접시 모양이라 저대도록 작은 속에 무슨 의사 들었으랴. 세상 사람들이 너를 보면 두 손으로 움켜다가 끓는 물에 솟구쳐 끓여 내니 자라탕이 별미로다. 세가자제勢家子弟 즐기나니 네 무슨 수로 살아올꼬."

　자라 가로되,

　"너는 우물 안 개구리라, 오직 하나만 알고 둘은 모르는도다. 서자胥子의 겸인지용兼人之勇[43]도 검광劍光에 죽어 있고, 초패왕楚霸王의 기개세氣蓋世[44]도 해하성垓下城[45]에 패하였나니, 우직한 네 용맹이 내 지혜를 당할쏘냐. 나의 재주 들어 보라. 만경창파 깊은

---

36) 문성의 문은 문어라는 말과 통하여 '문어 장군'이라는 뜻으로 쓴 말.

37) 떡이나 실과 어물 접시 위에 볼품으로 얹는 것.

38) 귀한 손님을 대접할 때 큰상을 차리기 전에 간단히 차려 내는 술상.

39) 어린아이가 놀면서 쉽게 옷고름에 달아 주는 문어 조각.

40) 제갈량이 맹획猛獲을 일곱 번 사로잡고 일곱 번 놓아주어 굴복시켰다는 데서 온 말로, 상대를 마음대로 잡았다 놓아주었다 함을 이른다.

41) '별鼈'은 자라라는 말. 주부는 낭청 벼슬의 하나. 여기서는 한약방을 차리고 있는 사람을 흔히 주부라고 부른 데서 자라를 약방 일을 보는 벼슬아치로 의인화한 것이다.

42) 작고 변변치 못한, 하찮은 것.

43) 초나라 사람 오자서伍子胥의 남보다 뛰어난 용맹. 혼자서 몇 사람을 당해 낼 만한 용맹.

44) 초나라 장수 항우項羽의 기운은 천하를 뒤엎을 듯하다는 뜻.

45) 항우가 한나라 고조 유방劉邦의 군대와 싸우다가 패한 곳.

물에 청천에 구름 뜨듯 광풍狂風에 낙엽 뜨듯 기엄둥실 떠올라서 사족을 바투 끼고 긴 목을 뒤움치고 넙죽이 엎디면은 둥글둥글 수박 같고 편편 넓적 솥뚜개(솥뚜껑)라. 나무 베는 초동樵童이며 고기 낚는 어옹漁翁들이 무엇인지 몰라보니 장구長久하기 태산泰山이요 평안하기 반석盤石이라.

남모르게 변화무궁 육지에 당도하여 토끼를 만나 보면 잡을 묘계妙計 신통하다. 광무군廣武君 이좌거李左車[46]의 초패왕을 유인하던 수단으로 간사한 저 토끼를 잡아올 이 나뿐이라. 네 어이 나의 지모智謀 묘략妙略을 따를쏘냐."

문어 그 말을 들으니 언즉시야言卽是也라. 하릴없어 뒤통수를 툭툭 치며 흔들흔들 물러나니, 용왕이 별주부의 손을 잡고 술을 부어 권하여 가로되,

"경의 지모와 언변은 진실로 놀랍도다. 경은 충성을 다하여 공을 이루어 수이 돌아오면 부귀영화를 대대로 유전遺傳하리라."

자라, 다시 아뢰어 가로되,

"소신은 용궁에 있삽고 토끼는 산중에 있사온즉 그 형상을 알 길이 없사온지라, 바라옵건대 성상은 화공畵工을 패초牌招[47]하사 토끼의 형상을 그리어 주옵소서."

용왕이 옳이 여겨 즉시 도화서圖畵署에 하교하여 토끼 화상을 그려 들이라 하니 여러 화공들이 모였는데, 인물에는 모연수毛延壽[48]와 산수에는 오도자吳道子[49]와 용 그리던 이 장군李將軍[50]과 여러 화공 둘러앉아 토끼 화상을 그리려고 문방사우文房四友 차려 놓을 제 금사추파金砂秋波 거북연[51]과 남포 청석南浦靑石 용연龍硯이며 마하연摩訶硯과 홍도연紅桃硯[52]과 한림풍월翰林風月, 부용당芙蓉堂과 수양매월首陽梅月[53] 용제묵龍劑墨[54]과

---

46) 춘추 전국 시대 조趙나라 성안군成安君의 모사謀士로, 한신이 유방의 명에 따라 조나라를 쳤을 때 임금에게 한신을 이길 방법을 간했으나 왕이 듣지 않았다. 한신이 조나라를 멸망시키고 이좌거를 극진히 대우하자, 이좌거는 한신을 도와 제나라와 연나라를 정벌하였다.

47) 승지가 왕의 명령으로 '명命'이라는 글자를 쓴 붉은 패쪽에 이름을 써서 그 신하를 부르는 것.

48) 인물 그림을 잘 그린 한漢나라 때 화가.

49) 산수화와 불상을 잘 그린 당나라 때 화가.

50) 이름은 이사훈李思訓. 당나라 때 그림을 잘 그리던 사람.

51) 거북 모양의 벼루를 말하면서 거북이가 금 모래밭 맑은 물에 논다는 말을 멋스럽게 덧붙인 것이다.

52) 남포 청석 용연은 충청도 남포에서 나는 검은 돌에 용의 모양을 새겨 만든 벼루. 마하연은 금강산 마하연에서 나는 벼루. 홍도연은 주홍빛이 나는 벼루.

53) 한림풍월, 부용당, 수양매월은 모두 해주에서 나는 먹 이름.

54) 용틀임 모양을 꾸민 먹.

황모무심黃毛無心, 양호필羊毫筆[55])과 강엄江淹의 화필畵筆[56])이며 반고班固의 사필史筆[57])
이며 인각필印刻筆, 서호필鼠毫筆[58])과 백면白綿, 설화雪花, 대장지大壯紙[59])며 전주의 죽
청지竹靑紙와 순창의 선자지扇子紙며, 청풍의 청간지淸簡紙[60])와 당주지唐周紙, 분주지粉
周紙며 화전지華牋紙, 옥판지玉版紙[61])와 설도薛濤의 채전지彩牋紙[62])를 벌여 놓고, 각색
물감 더욱 좋다. 잇다홍, 당주홍唐朱紅과 당청화唐靑華, 이청二靑이며 땅갈매, 양록楊綠이
며 취월翠月이며, 석자황石雌黃과 도황塗黃, 황단黃檀, 석간주石間硃며, 도화분桃花粉, 진
분이며 금박은박 유탄柳炭이라.[63])

여러 화공이 둘러앉아 토끼 화상을 그리는데 각기 한 가지씩 맡아 그리되, 천하 명산 승
지 간에 경개景槪 보던 눈 그리고, 두견 앵무 지저귈 제 소리 듣던 귀 그리고, 난초 지초 온
갖 향초 꽃 따 먹던 입 그리고, 동지섣달 설한풍雪寒風에 방풍防風하던 털 그리고, 만학천
봉萬壑千峰 구름 속에 펄펄 뛰던 발 그리니, 두 눈은 도리도리 앞다리는 짤막 뒷다리는 길
쭉 두 귀는 종긋하여 완연한 산토끼라.

왕이 보고 크게 기꺼 여러 화공을 금백金帛으로 상급賞給하고[64]) 그 화본畵本을 자라에

---

55) 황모무심은 족제비 털로 맨, 심을 박지 않은 붓. 양호필은 양털로 만든 붓.

56) 강엄은 중국 남조 때 그림과 글씨로 유명한 사람. 여기서는 그림붓을 멋스럽게 표현하기
위해 그림 그릴 때 강엄이 쓰던 붓이라는 뜻으로 썼다.

57) 반고는 한漢나라의 역사가. 여기서는 역사 서술에 쓰인 훌륭한 붓이라는 뜻을 멋스럽게
표현한 말.

58) 인각필은 도장 새길 때 글자를 쓰는 가는 붓. 또는 붓 자루를 뿔 장식으로 꾸민 인각필麟
角筆로도 볼 수 있다. 서호필은 쥐의 털로 맨 붓, 또는 붓 자루를 산호로 만든 산호필을
잘못 쓴 것으로도 볼 수 있다.

59) 품질 좋은 흰 종이인 백면지, 강원도 평강에서 나는 종이인 설화지, 두껍고 질긴 대장지.

60) 청간지는 두껍고 품질이 좋아 편지 쓰는 데 쓰는 백지.

61) 당주지는 중국산 두루마리 종이. 분주지는 전라도산 종이로 뜰 때 쌀가루를 뿌려서 굳힌
두루마리 종이. 화전지는 시나 편지를 쓸 때 사용하는 종이. 옥판지는 글씨나 그림 그릴
때 쓰는 두껍고 폭이 좁은 종이.

62) 설도는 당나라 기생 이름. 채전지는 시와 음률에 능하던 설도가 만들어 쓴 심홍색 종이.

63) 잇다홍은 잇꽃 같은 다홍색. 당주홍은 중국산 주홍 물감. 당청화는 중국산 푸른 물감. 이
청은 흰빛이 도는 군청색. 땅갈매는 검푸른 빛이 도는 진한 녹색. 양록은 버들잎 빛깔 같
은 녹색. 취월은 비취색. 석자황은 반질반질한 윤이 나는 투명한 등홍색 광물로, 자황에
서 홍색, 백색 물감을 뽑는다. 도황은 자황나무에서 뽑은 밝은 노란색, 황단은 황단나무
껍질에서 낸 누런색. 석간주는 주사 광석에서 뽑은 검붉은 물감. 도화분은 복사꽃 빛이
나는 연분홍 분. 진분은 물에 이긴 분. 유탄은 버드나무를 구워서 만든 숯으로 그림 그릴
때 쓴다.

게 하사下賜하고 왕이 친히 천일주千日酒[65]를 옥배玉杯에 가득 부어 거듭 삼배三盃를 권하며 가로되,

"과인이 이제 경을 원로에 보내매 군신지간에 연연한 정을 이기지 못하여 병중에 정신을 강작强作[66]하여 한 수의 글을 지어 경을 전별하노니 경은 과인의 이 뜻을 살필지어다."

하고, 한 폭 집에 어필로 그 글을 써 주니, 글에 하였으되,

이날에 그대 감을 나로 해 재촉하니
규화葵花는 작작灼灼히[67] 숲가에 피도다.
흰 구름 흐르는 물 먼먼 길에
모로매(모름지기) 청산 영약靈藥을 얻어가 오소.

자라, 황공하여 쌍수雙手로 받자와 돈수頓首하고[68] 즉시 그 운을 화답하여 또한 한 수의 글을 지어 용탑龍榻[69] 아래 올리니, 그 글에 하였으되,

붉은 글이 나는 듯 내려 사신 길을 재촉할새
누수漏水[70] 그릇에 다하고 새벽빛이 열리도다.
이 가는 외로운 신하의 그지없는 뜻은
영약을 못 가지면 돌아오지 않으리라.

용왕이 자라의 글을 받아 보고 희색喜色이 만면滿面하여 크게 칭찬하여 가로되,

"경의 붉은 충성이 시 중에 나타나 있으니 요마幺麽한 토끼를 얻어 돌아옴을 어이 근심하리오."

하고, 자라의 글을 여러 신하를 주어 보라 하니, 모든 신하 보고 책책嘖嘖히[71] 칭찬하더라.

자라, 왕께 하직하고 토끼 화상을 이리 접첨 저리 접첨 등에다 지자 하니 수침水沈하기 첩경이라. 이윽히 생각다가 오므렸던 목을 길게 늘여 한편에 접어 넣고 도로 옴츠리니 아

---

64) 황금과 비단으로 상을 내리고.
65) 한 번 마시면 천 일 동안 취한다는 좋은 술.
66) 기운을 냄.
67) 해바라기는 활짝 피어.
68) 머리를 깊이 숙여 꾸벅 절하고.
69) 용상. 왕이 앉는 걸상.
70) 물시계에서 떨어지는 물. 물이 떨어져 그릇에 차는 것으로 시간을 알린다.
71) 큰 소리로 떠들며 다투어 칭찬하는 모양.

무 염려 없는지라.

　집으로 돌아와 처자를 이별할새 그 안해 눈물짓고 당부하는 말이,

　"인간은 위태한 땅이라 부디 조심하여 큰 공을 세워 가지고 무사히 돌아와 기꺼이 상면하기를 천만 축수祝手하나이다."

　자라 대답하되,

　"수요장단壽天長短과 화복길흉이 하늘에 달렸으니 임의로 못할 바라. 다녀올 동안에 늙으신 부모와 어린 자식들을 잘 보호하여 안심하라."

당부하고, 행장行裝을 수습하여 만경창파 깊은 물에 허위둥실 떠올라서 바람 부는 대로 물결치는 대로 지향 없이 흐르다가 기엄기엄 기어올라 벽계산간碧溪山間 들어가니 이때는 춘삼월 호시절好時節이라. 초목 군생草木群生들이 저마다 즐기는데 작작한 두견화는 향기를 띠어 있고 쌍쌍한 범나비는 춘흥春興을 못 이기어 이리저리 날아들고 하늘하늘한 버들가지는 시냇가에 휘늘어지고 황금 같은 꾀꼬리는 고운 소리 벗을 불러 구십춘광九十春光[72]을 희롱하고 꽃 사이 잠든 학은 자취 소리에 자로 날고 가지 위에 두견새는 불여귀不如歸[73]를 화답하니 별유천지비인간別有天地非人間이라.

　소상강 기러기는 가노라 하직하고 강남서 나온 제비는 왔노라 현신現身하고, 조팝남에 피죽새 울고 함박꽃에 뒤웅벌(뗑벌)이요, 방울새 떨렁, 물레새 짜꺽, 접동새 접동, 뻐꾹새 뻐꾹, 까마귀 골각, 비둘기 꾹꾹 슬피 우니 근들 아니 경개일쏘냐.

　천산만학千山萬壑에 홍장紅帳[74]이 찬란하고 앞 시내와 뒤 시내에 흰 깁을 펼쳤는 듯 푸른 대 푸른 솔은 천고의 절개이요 복숭아꽃 살구꽃은 순식간에 봄이로다. 기이한 바윗돌은 좌우에 층층한데 절벽 사이 폭포수는 이 골물 저 골물 합수하여 와당탕퉁탕 흘러가니 경개景概 무진無盡 좋을시고.

　자라, 산촌의 무한경無限景을 사랑하고 벽계碧溪를 따라 올라가며 토끼 자취를 살피더니 한 곳을 바라보니 온갖 짐승 내려온다. 발발 떠는 다람쥐며, 노루, 사슴, 이리, 승냥이, 곰, 도야지, 너구리, 고슴도치, 범, 주지[75], 원숭이, 코끼리, 여우, 담비 좌우로 오는 중에 토끼 자취 없어 옴친 목을 길게 늘여 이리저리 살피더니 후면으로 한 짐승이 내려오는데 화본畵本과 방불한지라, 짐승 보고 그림 보니 영락없는 네로구나.

　자라, 혼자 마음에 기쁨을 못 이기어 그 진가眞假를 알려 할 제 저 짐승 거동 보소. 혹 풀잎도 뒤적이며 싸리 순도 뜯어 보고 층암절벽 사이에 이리저리 뛰며 뱅뱅 돌며 할금할금 강동강동 뛰놀거늘, 자라 음성을 가다듬어 점잖이 불러 가로되,

---

72) 봄 석 달이라는 뜻. 여기서는 봄빛이라는 뜻.

73) 두견이의 울음소리를 이르는 말. '고향에 돌아감만 못하여라'의 뜻을 담고 있다고 한다.

74) 붉은색 휘장. 꽃이 만발하여 붉은색 휘장을 두른 것 같다는 말.

75) 사자의 옛말.

"고봉준령高峰峻嶺에 신수身手도 좋다, 저 친구, 그대가 토선생이 아니신가. 나는 본시 수중 호걸이러니 양계陽界[76]의 좋은 벗을 얻고자 광구廣求터니 오늘이야 산중호걸 만났도다. 기쁜 마음 그지없어 청하노니 선생은 아뭏거나 허락함을 아끼지 마소서."

하니, 토끼 저를 대접하여 청함을 듣고 가장 점잖은 체하며 대답하되,

"그 뉘라서 날 찾는고? 산이 높고 골이 깊어 경개 좋은 이 강산에 날 찾는 이 그 뉘신고? 수양산首陽山 백이숙제伯夷叔齊 고사리 캐자 날 찾는가, 소부巢父 허유許由[77] 영천수潁川水에 귀 씻자고 날 찾는가, 부춘산富春山 엄자릉嚴子陵[78]이 밭 갈자고 날 찾는가, 면산緜山에 불탄 잔디 개자추介子推[79]가 날 찾는가, 한 천자의 스승 장자방子房[80]이 퉁소 불자 날 찾는가, 상산사호商山四皓[81] 벗님네가 바둑 두자 날 찾는가, 굴원屈原[82]이 물에 빠져 건져 달라 날 찾는가, 시중 천자詩中天子 이태백李太白[83]이 글 짓자고 날 찾는가, 주덕송酒德頌 유령劉伶[84]이 술 먹자고 날 찾는가, 염낙관민濂洛關閩[85] 현인들이 풍월 짓자 날 찾는가, 석가여래 아미타불 설법하자 날 찾는가, 안기생安期生, 적송자赤松子[86]가 약 캐자고 날 찾는가, 남양 초당南陽草堂 제갈 선생諸葛先生[87] 해몽하자 날 찾는가, 한漢 종실漢宗室 유 황숙劉皇叔[88]이 모사謀士 없어 날 찾는가, 적벽강赤壁江 소동파蘇

---

76) 이승. 여기서는 육지 세계를 이른다.

77) 요임금 때 숨어 산 선비들. 벼슬하기를 권하자 허유는 욕된 말을 들었다고 하여 영천수에 귀를 씻었고, 소부는 허유가 귀 씻은 물을 소에게 먹일 수 없다며 떠났다고 한다.

78) 후한 때 사람 엄광嚴光. 왕이 벼슬을 주었으나 마다하고 부춘산에 들어가 밭을 갈며 농사를 지었다.

79) 춘추 시대 사람으로 왕이 벼슬을 주겠다고 해도 마다하고 숨어 살기 때문에 산에서 나오라고 불을 질렀으나 끝내 나오지 않고 불타 죽었다.

80) 한漢나라 사람 장량張良. 항우와 싸울 때 전쟁터에서 옥퉁소를 구슬프게 불어 항우의 병사들이 고향 생각에 젖어 싸울 뜻을 잃게 했다는 사람.

81) 옛날에 난리를 피하여 상산에 숨어 살았다는 동원공東園公, 기리계綺里季, 하황공夏黃公, 녹리선생用里先生을 말한다.

82) 초나라 사람으로 이름은 굴평屈平. 억울하게 귀양살이 가게 되자 멱라수汨羅水라는 물에 빠져 죽었다.

83) 당나라 시인 이백. 시에서는 단연 으뜸이라는 뜻.

84) 진晉나라 문인으로 술을 즐겨 술을 칭송하는 시 '주덕송'을 지었다.

85) 송나라 도학자들인 주돈이周敦頤, 정호程顥, 장재張載, 주희朱熹를 말한다.

86) 안기생은 진秦나라 사람으로 신선이 됐다고 하며, 적송자는 전설에 나오는 신선의 이름.

87) 남양의 초가집에서 살던 제갈량.

88) 한나라 왕족인 유비劉備. 유비가 한 헌제漢獻帝의 아저씨뻘이 된다 하여 황숙이라 일컬었다.

東坡[89]가 선유船遊하자 날 찾는가, 취옹정醉翁亭 구양수歐陽脩[90]가 잔치하자 날 찾는가? 그 뉘시오?"

두 귀를 쫑그리고 사족을 자로 놀려 가만히 와서 보니 둥글넓적 거무 편편하거늘 괴이히 여겨 주저할 즈음에 자라 연하여 가까이 오라 부르거늘 아무거나 그리하라 대답하고 곁에 가서 서로 절하고 좌정坐定 후에 대객待客[91]한 초인사로 당수복唐壽福 백통白銅 대[92]와 양초洋草, 일초日草, 금강초金剛草[93]와 금패 밀화錦貝蜜花[94] 옥물부리는 다 던져두고 도토리통 싸리 순이 제격이라.

자라 먼저 말을 내되,

"토 공의 성화聲華[95]는 들은 지 오랜지라 평생에 한 번 보기를 원하였더니 오늘에야 호걸을 상봉하니 어찌 서로 봄이 이다지 늦느뇨?"

한대, 토끼 대답하되,

"내 세상에 나서 사해를 편답遍踏하며 인물 구경도 많이 하였으되 그대 같은 박색은 보던바 처음이로다. 담 구멍을 뚫다가 학치뼈[96]가 빠졌는지 발은 어이 뭉뚝하며, 양반 보고 욕하다가 상투를 잡혔던지 목은 어이 기다라며, 기생방에 다니다가 한량패에 밟혔던가 등은 어이 넓적한가? 사면으로 돌아보니 나무 접시 모양이라. 그러나 성함은 뉘댁이라 하시오? 아까 한 말은 다 농담이니 노여 듣지 마시오."

자라, 그 말을 듣고 마음에 불쾌하기 그지없으나 마음을 눅쳐 참고 대답하여 가로되,

"내 성은 별이요, 호는 주부로다. 등이 넓기는 물에 떠다녀도 가라앉지 않음이요, 발이 짧은 것은 육지에 걸어도 넘어지지 않음이요, 목이 긴 것은 먼 데를 살펴봄이요, 몸이 둥근 것은 행세를 둥글게 함이라. 그러하므로 수중의 영웅이요 수족水族의 어른이라, 세상에 문무겸전은 아마도 나뿐인가 하노라."

토끼 가로되,

"내 세상에 나서 만고풍상을 다 겪었으되 그대 같은 호걸은 이제 처음 보는도다."

자라 가로되,

"그대 연세가 얼마나 되관데 그다지 경력이 많다 하느뇨?"

---

89) 송나라 시인 소식蘇軾. 그가 쓴 '적벽부赤壁賦'가 유명하다.

90) 송나라 문인으로 호가 취옹이고 취옹정은 그가 지은 정자.

91) 손님을 마주 대함. 손님을 대접함.

92) 백통으로 물부리와 통을 만들고 '수복壽福'이라는 글자를 새긴 담뱃대.

93) 양초, 일초, 금강초는 모두 담배 이름.

94) 금패와 밀화는 모두 누른빛이 나고 속이 말갛게 보이는 호박.

95) 훌륭한 이름. 명성.

96) 정강이뼈.

토끼 대답하되,

"내 연기年紀[97][98]를 알 양이면 육갑六甲[98]이 몇 번이 지났는지 모를 터이오. 소년 시절에 월궁月宮에 가 계수나무 밑에서 약방아 찧다가 유궁후예有窮后羿[99]의 부인이 불로초를 얻으러 왔기로 내 얻어 주었으니, 이로 보면 삼천갑자三千甲子 동방삭東方朔이 나에게 시생侍生[100]이요, 팽조彭祖[101]의 많은 나이 나에게 대면 구상유취口尙乳臭[102]라. 이리한 즉 내 그대에 대면 진실로 부집존장父執尊長[103]이 아니신가."

자라 가로되,

"그대의 말이 차此 소위 자칭천자自稱天子로다. 아뭏거나 나의 왕사往事를 대강 이를 것이니 들어 보라. 모르면 모르거니와 아마 놀라기 십상팔구 될 것이라.

반고씨盤固氏 생신날에 산곽産藿 진상進上[104] 내가 하고, 천황씨天皇氏[105] 등극할 제 술안주 어물 진상 내가 하고, 지황씨地皇氏 화덕왕火德王[106]과 인황씨人皇氏[107] 구주九州를 마련하던 그 사적을 어제같이 기억하며, 유소씨有巢氏[108] 나무 얽어 깃들임과 수인씨燧人氏[109] 불을 내어 음식 익혀 먹는 일을 나와 함께 지내었고, 복희씨伏羲氏[110]의 그은 팔괘로 용마龍馬 등에 하도수河圖數[111]를 나와 함께 풀어내고, 공공씨共公氏[112] 싸우

---

97) 나이.

98) 육십갑자. 육십 년을 한 주기로 하는 옛날 계산법.

99) 옛날 중국 유궁나라의 왕 예. 예의 부인인 항아가 불사약을 훔쳐 먹고 월궁으로 달아났다고 한다.

100) 웃어른에게 대하여 자기를 이르는 말. 또는 웃어른을 섬기고 시중드는 사람.

101) 중국 상고 때 나이가 칠백예순일곱이 되도록 오래 살았다는 사람.

102) 아직 입에서 젖내가 남.

103) 아버지와 나이가 비슷한 어른.

104) 태고 시절에 처음으로 사람으로 태어나 세상을 다스렸다는 반고씨 태어난 날에 해산미역을 바침.

105) 전설에 나오는 고대 삼황, 곧 천황, 지황地皇, 인황人皇의 하나로 일만 팔천 살을 살았다 한다.

106) 지황씨 화덕왕은 '지地', 곧 땅은 오행설에서 '화火'인 까닭에 땅의 덕으로 왕이 된 임금이라는 뜻.

107) 형제 아홉이 구주九州를 나누어 맡아서 성곽을 짓고 백성을 다스렸다 한다.

108) 처음으로 나무 위에 가지를 얽어 거처를 마련하는 방법을 냈다는 임금.

109) 처음으로 불을 만든 임금.

110) 처음으로 팔괘를 그었으며 고기잡이와 가축을 기르게 한 임금.

111) 복희씨 때 용마가 팔괘를 등에 지고 나왔는데 이것을 하도河圖라 하며, 복희씨가 그 뜻을 풀었다 한다.

다가 하늘이 무너져서 여와씨女媧氏[113] 오색 돌로 하늘을 기울 적에 석수, 편수 내가 하고, 신농씨神農氏[114] 장기 내고 온갖 풀을 맛보아서 의약을 마련할 제 내가 역시 참견하고, 헌원씨軒轅氏[115] 배 지을 제 목방木房 패장牌將[116] 내가 하고, 탁록涿鹿 들에 치우蚩尤와 싸울 적에 돌기突騎[117]를 내가 천거하여 치우를 잡게 하고, 금천씨金天氏 봉조서鳳鳥瑞[118]와 전욱씨顓頊氏[119] 제신制神하던 술법을 내가 훈수하고, 고신씨高辛氏 자언기명自言其名[120]하던 것을 내 귀로 들어 있고, 요堯임금의 강구康衢 노래[121] 지금까지 흥락興樂하고, 순舜임금의 남풍가南風歌[122]는 어제 본 듯 즐거워라. 우禹임금 구년九年 홍수 다스릴 제 그 공덕을 내가 칭송하고, 탕湯임금 상림 들에 비 빌던 일[123]이며, 주나라 문왕文王, 무왕武王과 주공周公[124]의 찬란하던 예악 문물이 다 눈에 역력하고, 서해 바다 유람 갔다 굴원屈原이 멱라수에 빠질 적에 구하지 못한 것이 지금까지 유한遺恨이라. 이로 헤아려 보면 나는 그대에게 몇백 갑절 왕존장王尊長이 아니신가? 그러나저러나 재담은 그만두고 세상 재미나 서로 이야기하여 보세."

토끼 가로되,

"인간재미를 말할진대 그대 재미가 나서 오줌을 줄줄 쌀 것이니, 저 둥글넓적한 몸이 오줌에 빠져서 선유船遊하느라고 헤어나지 못할 것이니 그 아니 불쌍한가."

---

112) 요임금 때 물을 다스리던 관리.

113) 복희씨의 누이로 돌바늘을 만들어 찢어진 하늘을 꿰맸다고 한다.

114) 농사법을 만든 고대 중국의 황제.

115) 처음으로 수레를 만들어 내고 육서六書, 율려律呂, 산수 등을 만들고 의상, 궁실, 기명器皿의 제도를 정하였다는 중국 고대 임금.

116) 목방은 대목, 목수들이 일하는 곳. 패장은 인부를 거느린 사람, 곧 인부들의 우두머리.

117) 돌격 기병.

118) 금천씨는 고대 중국 황제黃帝의 아들. 금천씨가 왕위에 오를 때 봉새가 날아왔으므로, 봉새가 그에게 즐겁고 좋은 일이 있을 기운을 알려 주었다는 뜻이다.

119) 고대 중국 황제의 손자. 전욱이 황제가 되었을 때 규율이 문란한 것을 바로잡기 위해 하늘에 제사 지내고 왕족을 통제케 한 것을 가리켜 '제신' 하였다고 한다.

120) 고대 중국의 왕이고 황제의 증손자인 고신씨가 태어날 때부터 총명하여 태어나자마자 자기 이름을 말하였다.

121) 큰 길거리에서 울리는 백성들의 노래. 요임금은 정사를 돌보면서 백성들의 사정을 알려고 길거리에서 백성들이 부르는 노래를 들었다 한다.

122) 순임금이 지어 부른 노래. 태평한 백성들을 노래한 것이라고 한다.

123) 탕임금이 사람을 희생시켜 하늘에 제사 지내는 것을 버리고 제 머리털과 손톱을 대신 놓고 상림 벌에서 비가 오게 해 달라고 제사 지낸 것을 말한다.

124) 주周나라 성왕成王의 삼촌. 어린 조카를 잘 도와 정사를 보았다고 한다.

자라 가로되,

"헛된 자랑만 말고 아뭏거나 대강 말하라."

토끼 가로되,

"삼산三山 풍경 좋은 곳에 산봉우리는 칼날같이 하늘에 꽂혔는데 배산임수背山臨水하여 앞에는 춘수만사택春水滿四澤이요, 뒤에는 하운夏雲이 다기봉多奇峯이라[125]. 명당明堂에 터를 닦고 초당 한 칸 지어 내니 반 칸은 청풍淸風이요 반 칸은 명월明月이라. 흙섬돌에 대사립이 정쇄精灑하기[126] 다시없고 학은 울고 봉은 나는도다. 뒷뫼에 약을 캐고 앞내에 고기 낚아 입에 맞고 배부르니 이 아니 즐거운가. 청천에 밝은 달이 조용한데 만학천봉에 홀로 문을 닫았도다. 한가한 구름이 그림자를 희롱하니 별유천지비인간別有天地非人間이라. 몸이 구름과 같아 세상 시비 없고 보니 내 종적을 그 뉘 알랴.

추위가 지나가고 더위가 돌아오니 사시四時를 짐작하고 날이 가고 달이 오니 광음光陰을 내 몰라라. 녹수청산綠水靑山 깊은 곳에 만화방초萬花芳草 우거지고 난봉鸞鳳과 공작새 서로 불러 화답하니 이 봉 저 봉 풍악風樂이요, 앵무 두견 꾀꼬리가 고이 울어 지저귀니 이 골 저 골 노래로다.

석양에 취한 흥을 반쯤 띠고 강산 풍경 구경하며 곤륜산 상상봉에 흰 구름을 쓸어 치고 지세를 굽어보니 태산泰山은 청룡이요 화산華山은 백호로다. 항산恒山은 현무玄武 되고 형산衡山은 주작朱雀이라. 소상강瀟湘江과 팽려택彭蠡澤으로 못을 삼고 황하수와 양자강으로 띠를 삼아 적벽강의 무한경無限景을 풍월風月로 수작하고, 아미산峨眉山 반달 빛을 취중에 희롱하며 삼신산 불로초를 임의로 뜯어 먹고 동정호에 목욕타가 산중으로 돌아드니, 층암層巖은 집이 되고 낙화落花는 자리 삼아 한가히 누웠으니 수풀 사이 밝은 달은 은근한 친구 같고 소나무에 바람 소리 은한 거문고라. 돌베개를 도두 베고 취흥에 잠이 드니 어디서 학의 소리 잠든 나를 깨울세라.

이윽고 일어나 한산寒山 석경石徑[127] 비낀 길에 청려장靑黎杖[128]을 의지하고 이리저리 배회하니 흰 구름은 천리만리 피어 있고 밝은 달은 앞내 뒷내 인印쳤더라[129].

산이 첩첩하니 삼산은 청천 밖에 떨어지고 물이 잔잔하니 이수二水는 백로주白鷺洲에 갈리로다. 도도陶陶한[130] 이내 몸을 산수 간에 두었으니 무한한 경개는 정승 주어 바꿀

---

125) 봄물이 못마다 넘쳐 나고 여름철 구름이 기이한 봉우리를 이룬다. 도잠陶潛의 '사시四時'에 나오는 구절.

126) 정갈하기.

127) 차가운 산 돌길.

128) 명아줏대로 만든 지팡이.

129) 비쳤더라. 여기서는 시냇물에 둥근달이 비친 것을 둥근 도장을 찍은 것 같다고 비유한 말.

130) 아무런 근심과 걱정 없이 화락한.

쏘냐. 동편 둔덕에 올라 휘파람 부니 한가하기 그지없고 앞 시내를 굽어보아 글 지으니 흥미가 무궁하다. 오동 밝은 달을 가슴에 비추이고 양류楊柳 맑은 바람 얼굴에 비쳐 있다. 청풍명월이 그 아니 내 벗인가. 병 없는 이내 몸이 희황세계羲皇世界[131]에 한가한 백성 되었으니 이 짐짓 평지의 신선이라. 강산 풍경을 임의로 희롱한들 그 뉘라서 시비하랴.

이화 도화梨花桃花 만발하고 푸른 버들 드리운대 동서남북 미인들은 시냇가에 늘어앉아 섬섬옥수 넌짓 들어 한가로이 빨래할 제 물 한 줌 덤벅 쥐어다가 연적 같은 젖통이를 슬근슬쩍 씻는 양은 요지연瑤池宴[132]과 방불하고, 오월이라 단오일에 녹음방초 우거진대 녹의홍상 미인들이 버들가지 그네 매고 짝을 지어 추천鞦韆 하는 양은 광한루廣寒樓가 완연하다. 풍류 호걸 이내 몸이 저러한 절대가인을 구경하니 아마도 세상 재미는 나뿐인가 하노라."

자라 이르되,

"허허, 우습도다. 그대의 말은 모두 다 헛된 과장이라 뉘 곧이들으리오. 내 그대 신세를 생각건대 여덟 가지 어려움이 있으니 두 귀를 기울여 자세히 들으라.

동지섣달 엄동절에 백설은 흩날리고 층암절벽 빙판 되어 만학천봉 막혔으니 어데 가 접족接足[133]할까, 이것이 첫째로 어려움이요, 북풍이 늠렬凜烈한데 돌구멍 찬 자리에 먹을 것 전혀 없어 콧구멍을 핥을 적에 일신에 한전寒戰 나고 사지가 곧아져서 팔자타령 절로 나니 이것이 둘째로 어려움이요, 춘풍이 화창한데 여간 꽃송이 풀잎새나 뜯어 먹자 산간으로 들어가니 무심중 저 독수리 두 쭉지를 옆에 끼고 살대같이 달려들어 두 눈에 불이 나고 작은 몸이 송구라져 바위틈으로 기어들 제 혼비백산 가련하다. 이것이 셋째로 어려움이요, 오뉴월 삼복중 산과 들에 불이 나고 시냇물이 끓을 적에 살에서는 기름 나고 털끝마다 누린내라, 짜른 혀를 길게 빼고 급한 숨을 헐떡이며 샘가로 달려가니 그 경상景狀[134]이 오죽하리. 이것이 넷째로 어려움이요, 단풍이 붉어지고 산국이 만발한데 과실 개나 얻어먹자 조용한 곳 찾아가니 매 받은 수할치[135]는 고봉高峰에 높이 앉고 근력 좋은 몰이꾼과 내 잘 맡는 사냥개는 그대 자취 밟아올 제 발톱이 뭉그러지며 진땀이 바짝 나서 천방지축 달아나니, 이것이 다섯째로 어려움이요, 천행으로 목숨을 도망하여 죽을 고비를 벗어나니 총 잘 놓는 사냥 포수 일자총[136]을 둘러메고 이 목 저 목 질러앉아 잔

---

131) 백성이 평안하고 한가한 세상을 이르는 말.
132) 전설에 서왕모西王母가 요지 못가에서 차린 잔치. 여기서는 그런 곳에서 즐기는 신선놀음 같다는 뜻.
133) 발을 붙임.
134) 좋지 못한 몰골.
135) 매를 팔에 얹은 매 사냥꾼.

철탄환鐵彈丸 재약하여[137] 염통 줄기 겨냥하고 방아쇠를 그릴 적에 꼬리를 샅에 끼고 간장이 말라지며 간신히 도망하여 숨을 곳을 찾아가니 죽을 뻔 댄 그 아닌가. 이것이 여섯째로 어려움이요, 알뜰히 고생하고 산림으로 달아드니 얼숭덜숭 천 근斤 대호大虎 철사 같은 모진 수염 위엄 있게 거사리고 웅그리고 가는 거동 에그 참말 무섭도다. 소리는 우레 같고 대가리는 왕산덩이만 하며 허리는 반달 같고 터럭은 불빛이라. 칼 같은 꼬리를 이리저리 두르면서 주홍 같은 입을 열고 써레 같은 이빨을 딱딱이며 번개같이 날랜 몸을 동서남북 번득이며 좌우로 충돌하여 이골저골 편답遍踏하며 돌로 툭툭 받아 보며 나무도 뚝뚝 꺾어 보니 위풍이 늠름하고 풍채도 씩씩하여 당당한 산군山君이라. 제 용맹을 버럭 써서 횃불 같은 두 눈깔을 번개같이 휘두르며 톱날 같은 앞발톱을 엉벌리고 숨을 한 번 씩하고 쉬면 수목이 왔다 갔다, 소리를 한 번 웅하고 지르면 산악이 움즉움즉할 제 천지가 캄캄하고 정신이 아뜩하다. 이것이 일곱째로 어려움이요, 죽을 것을 겨우 면코 잔명을 보존하여 평원광야 내달으니 나무 베는 초동이며 소 먹이는 아이들이 창과 몽치 들어 메고 제잡담除雜談 달려드니 콧구멍에 단내 나고 목구멍에 침이 말라 지향 없이 도망하니 이것이 여덟째로 어려움이다.

그대 이렇듯 곤궁할 제 무슨 경황에 경개를 구경하며 어느 여가에 삼산에 불로초를 먹고 동정호에 목욕할꼬. 그나마(그밖에) 다른 고생도 그지없음을 내 짐작하되 그대 듣기 싫은 말을 구태여 다 하지 아니하노라."

토끼 듣기를 다 한 후에 할 말이 없어 하는 말이,

"소진蘇秦, 장의張儀 구변口辯인지 말씀도 잘도 하고 소 강절邵康節의 추수推數[138]인지 알기도 영검하다. 남의 단처短處 너무 이르지 마소. 듣는 이도 소견 있네. 만고 대성萬古大聖 공부자孔夫子도 진채지액陳蔡之厄 만나시고[139], 천하장사 초패왕楚霸王도 대택大澤 중에 빠졌으니, 화복이 하늘에 매여 있고 궁달窮達이 명수命數에 달렸나니 힘과 지혜로 못할지라, 일러 무익하거니와 그대의 수궁 재미는 과연 어떠한가 한번 듣고자 하노라."

자라 청을 가다듬어 이르되,

"우리 수궁 이야기를 들어 보소. 오색구름 깊은 곳에 주궁패궐珠宮貝闕 높은 집이 반공 중에 솟았는데 백옥으로 층계 하고 호박으로 주초柱礎 하며, 산호 기둥 대모玳瑁 난간 황금으로 기와 하고 유리창과 수정렴水晶簾에 야광주夜光珠 등롱燈籠이며 칠보로 방방

---

136) 단방으로 맞추는 좋은 총.
137) 잘디잔 철탄환을 재어 넣어.
138) 소 강절은 송나라 때 학자 소옹邵雍. 점을 잘 쳤다고 한다. 추수推數는 닥처올 운수를 미리 헤아려 아는 것.
139) 만고의 큰 성인이라는 공자도 진나라와 채나라 사이에서 재난을 겪었고.

이 깔았으니, 광채 날빛을 가리고 서기 공중에 서렸는지라, 날마다 잔치하고 잔치마다 풍류로다. 부용 같은 미녀들이 쌍쌍이 춤을 추며, 포도주와 벽농주碧濃酒와 천일주千日酒를 노자작鸕鶿爵 앵무배鸚鵡盃[140]에 가득이 부어 있고, 호박반琥珀盤 유리상琉璃床에 금강초 옥찬지玉餐芝 불사약을 소복이 담아다가 앞앞이 권할 적에 정신이 쇄락灑落하고 심신이 황홀하다.

아미산 반륜월半輪月과 적벽강 무한 경개, 방장, 봉래, 영주산을 역력히 구경하고 선유船遊하며 돌아올 제 채석강, 소상강, 동정호, 팽려택을 임의로 왕래하니, 흰 이슬은 강 위에 비껴 있고 물빛은 하늘을 접하였도다. 지는 노을은 따오기와 함께 날고 가을 물은 긴 하늘과 한 빛인 제 오나라와 초나라는 동남으로 터져 있고 하늘과 땅은 밤낮으로 떠 있구나. 평사平沙에 기러기 내려앉고 흰 갈매기 잠들 때라. 구슬픈 통소 소리 '어부사漁父詞'를 화답하니 깊은 굴헝(구렁)에 잠긴 교룡蛟龍[141] 춤을 추고 외로운 배에 있는 과부 울음을 우는도다. 달이 밝고 별은 드문드문한데 까막까치 남쪽으로 날아간다.

이적에 순임금의 두 안해 아황娥皇, 여영女英의 비파 소리는 울적함을 소창消暢하고[142] 강 건너 장사하는 간나위 부르는 '후정화後庭花'[143]는 이내 회포 자아낸다. 야반夜半에 은은한 쇠북 소리 한산절이 어드메뇨. 바람결에 역력한 방망이 소리는 강촌이 저기로다. 초강에 고기 잡는 어부들은 '애내곡欸乃曲'[144]을 화답하고 금못〔金池〕과 옥수玉漱[145]에서 연 캐는 계집들은 상사곡相思曲을 노래하니 그 흥미 어떠하리. 아마도 별건곤別乾坤은 수궁뿐이로다."

토끼 적이 의혹하여 가로되,

"그대는 진실로 다복多福한 친구로다. 나는 본래 팔자 기박하여 산림처사山林處士로 산간에 부쳐 있나니 부질없이 남의 호강을 부러 할 바 아니로다."

자라 가로되,

"나는 친구를 위하여 좋은 도리를 권하려 함이니 그대는 조금이라도 어찌 생각지 말라. 옛글에 하였으되, '위태한 방위에 들지 말고 어지러운 나라에 처치 말라.' 하였나니, 그대는 어찌하여 이처럼 분요紛擾[146]한 세상에 처하느뇨? 이제 나를 만남은 이 또한 우연

---

140) 노자작은 가마우지 모양의 술구기. 앵무배는 조개로 만든 앵무새 부리 모양의 술잔.

141) 상상의 동물. 모양은 뱀 같고 네 발이 넙적하고 가슴은 붉고 등에는 푸른 무늬가 있으며 옆구리와 배는 비단과 같다고 한다.

142) 울적한 마음을 풀어 시원히 하고.

143) 옛 노래 이름.

144) 뱃사공이 부르는 노래.

145) 빛을 받아 금빛으로 번득이는 못과 옥 같은 물이 흐르는 아름다운 개울가.

146) 떠들썩하고 소란함.

함이 아니로다. 그대 만일 이 풍진風塵을 하직하고 나를 따라 수궁에 들어갈진대 선경仙境에 놀아 천도 반도天桃蟠桃[147], 불사약과 천일주千日酒, 감홍로甘紅露[148]를 매일 장취長醉할 것이요, 구중궁궐 높은 집에 무산선녀巫山仙女 벗이 되어 순임금의 오현금五絃琴[149]과 왕대욱의 옥통소와 '춘면곡春眠曲', '양양가襄陽歌'[150]를 시시로 화답하며 악양루岳陽樓 경개도 구경하고 등왕각藤王閣에 잔치하며 황학루黃鶴樓에 글을 짓고 봉황대鳳凰臺에 술도 먹어 태평太平 건곤乾坤[151] 노닐 적에 세상 고락 꿈속에 부쳐 두고 조금이나 생각할까."

토끼 그 말을 듣고 수상히 여겨 고개를 흔들면서 가로되,

"그대의 말은 비록 좋으나 아마도 위태하다. 속담에 이르기를 '노루를 피하여 범을 만나다.' 하고 '팔자 도망은 독 안에 들어도 못한다.' 하였으니, 육지에 살던 자 공연히 수궁에 들어가리오. 수궁 고생이 육지 고생보다 더하지 말라는 데 어데 있으며, 첫째 호흡을 통치 못할 터이니 세상 만물이 숨 못 쉬고 어이 살며, 또 사지는 멀쩡하여도 헤엄칠 줄 모르거니 만경창파 깊은 물을 무슨 수로 건너갈꼬. 팔자에 없는 남의 호강 부질없이 욕심내어 이 세상을 하직하고 그대 따라 수궁에 들어가다가는 필연코 칠성구멍[152]에 물이 들어 할 수 없이 죽을 것이니, 이내 목숨 속절없이 고깃배에 장사하면 임자 없는 내 혼백이 창파滄波 중에 고혼孤魂 되어 어하魚鰕[153]로 벗을 삼고 굴 삼려屈三閭[154]로 짝을 지어 속절없이 되게 되면 일가친척 자손 중에 그 뉘라서 날 찾을까. 천만 가지로 생각하여도 십에 팔구분은 위태하도다. 콩으로 메주를 쑤고 소금으로 장을 담는다 하여도 도무지 곧이들리지 아니하니 그따위 허튼 말은 다시 권치 말라."

자라 웃으며 가로되,

"그대가 고루하기 심하도다. 한 가지만 알고 두 가지는 알지 못하는도다. 옛글에 하였으되, '긴 강을 한낱 갈대로 건너다.' 하였으니, 이러하므로 조주潮州 사인士人 여선문餘善文[155]은 광묘궁廣廟宮[156]에 들어가서 상량문 지어 주고, 천하 문장 이태백은 고래 타

---

147) 하늘 세계의 복숭아인 반도. 반도는 신선이 먹는다는 복숭아인데, 삼천 년에 한 번씩 꽃 피고 삼천 년에 한 번씩 열매가 맺는다고 한다.

148) 좋은 술이름. 고로膏露, 천주天酒라고도 한다.

149) 순임금이 만들었다는 다섯 줄 거문고.

150) 춘면곡은 봄의 흥취를 노래한 곡이고, 양양가는 이백이 양양의 아름다운 경치를 노래한 악부에서 비롯된 곡이다.

151) 태평한 세상.

152) 사람 몸에 있는 일곱 개의 구멍, 곧 두 눈과 두 귀와 두 콧구멍과 입.

153) 물고기와 새우

154) 초나라 사람 굴원屈原으로 멱라수에 빠져 죽었다.

고 달 건지러 들어가고, 삼장 법사三藏法師[157]는 약수弱水[158] 삼천 리를 건너가서 대장경을 내어 오고, 한나라 사신 장건張騫이는 떼를 타고 은하수에 올라가서 직녀의 지기석支機石[159]을 주워 오고, 서방 세계 아난존자阿難尊者[160]는 연잎에 거북 타고 만경창파 임의로 헤엄쳤으니, 저의 목숨이 하늘에 달렸거든 공연히 죽을쏜가. 대장부로 태어나서 이대도록 잔약할까.

대저 군자는 사람을 몹쓸 곳에 천거하지 아니하나니 어찌 그대를 몹쓸 곳에 지시하리오. 맹자 가라사대 '군자君子는 가기이방可欺以方이라.'[161] 하고 또 '어지러운 나라에 있지 않을 것이라.' 하였으니, 점잖은 체모에 부모의 혈육을 가지고 반점이나 턱없는 거짓말을 이를까 보냐. 천금 상賞에 만호후萬戶侯[162]를 봉하고 밥 위에 떡을 얹어 준달지라도 아니 하려든 하물며 아무 이해 없는 일에 억하심정으로 친구를 위태한 지경에 넣으리오."

자라 또 말을 이어 가로되,

"내 그대의 상을 보니 모색毛色이 누릇누릇 희뜩희뜩하여 금빛을 띠었으니 이른바 금생어수金生於水[163]라, 물과 상생되어 조금도 염려 없고, 목이 길게 빼어났으나 고향을 바라보고 타향살이할 기상이요, 하관下頷[164]이 뾰족하니 위로 구하면 역리逆理[165]가 되어 매사가 극난極難하되 아래로 구하면 순리順理가 되어 만사가 크게 길할 것이요, 두 귀가 희고 준수하니 남의 말을 잘 들어 부귀를 할 것이요, 미간이 탁 틔어 화려하니 용문龍門[166]에 올라 이름을 빛낼 것이요, 음성이 화평하니 평생에 험한 일이 없을 것이라.

그대의 상격相格이 이와 같이 가지가지 구격具格하니 일후에 영화부귀가 무궁하여 향

---

155) 송나라 문인으로 상량문을 잘 썼다고 한다.

156) 수궁 남해왕의 사당이란 뜻.

157) 당나라 승려로 인도에 가서 불경을 가져다가 중국에 전했다고 한다.

158) 전설에 신선이 산다는 강으로, 부력이 약해서 어떤 물체도 가라앉기 때문에 건너지 못한다고 한다.

159) 베틀을 고인 돌.

160) 석가모니의 제자로, 이십오 년 동안 석가모니에게서 배워 일체 불법을 터득했다고 한다.

161) 군자는 그럴듯한 방법으로는 속일 수 있다는 뜻으로, 도가 아닌 것으로는 속일 수 없다는 말과 함께 쓰이던 말.

162) 일만 가호의 백성이 사는 지역을 다스리는 제후라는 말로, 세력이 큰 제후.

163) 오행상생설에서 말하는 금에서 물이 생긴다는 말.

164) 아래턱.

165) 이치에 어긋나는 것.

166) 사람이 영달하는 것을 용문에 오른다고 한다.

락으로는 당 명황唐明皇[167]의 양귀비楊貴妃며 한 무제漢武帝의 승로반承露盤이요, 팔자로는 백자천손百子千孫 곽자의郭子儀[168]요, 부자로는 석숭石崇[169]이요, 풍악으로는 우임금의 대황곡大風曲과 순임금의 봉조곡鳳鳥曲과 장자방의 옥퉁소가 자재自在하고, 유시有時로 사마상여司馬相如[170] 거문고에 탁문군卓文君이 담을 넘어올 것이요, 또는 농락 수단으로 말하고 보면 언변에는 육국 종횡하던 소진 장의에게 양두讓頭[171]할 것 전혀 없고, 경륜經綸에는 팔진도八陣圖[172]로 지휘하던 제갈량이 바로 적수에 지나지 못할 것이니, 이러한 기골 풍채와 경영 배포가 천고에 제일이요, 당시에 독보獨步할 경천위지經天緯地[173]의 영웅호걸이나, 그대가 마치 팔팔 뛰는 버릇이 있으므로 본토에만 묻혀 있어서는 이 위의 여러 가지 복록을 결단코 한 가지도 누리지 못하고 도리어 전일과 같이 곤란한 재앙만 올 것이요, 본토를 떠나 외처外處로 뛰어가야만 분명코 만사여의萬事如意할 것이니, 내 말을 일호一毫라도 의심치 말고 좋은 계제階梯에 나와 한가지 수궁으로 들어가기를 한 말에 결단하라. 때가 두 번 오지 아니하는 것이요, 하늘이 주는 복을 받지 아니하면 도리어 재앙을 받느니라."

토끼 가로되,

"나의 기상도 출중하거니와 그대의 관상법도 신통하도다. 그러나 수요 궁달은 반드시 상설相說[174]대로만 되는 일이 없나니, 치부할 상이라고 삼각산 상상봉 백운대에 누웠어도 석숭의 재물이 절로 와서 부자 되며, 장수의 상이라고 걸주桀紂[175]의 포락炮烙[176]하는 형벌을 당하여도 살아날 수 있겠는가. 뉘든지 제 상만 믿고 행신行身하다가는 패가망신이 십상팔구 되느니라."

자라 가로되,

"그대는 종시 무식한 말만 하는도다. 뉘든지 기상대로 되는 것이 확실한 징험이 있나니, 융준용안隆準龍顏 한고조漢高祖는 사수 정장泗水亭長으로 창업주創業主가 되오시고[177], 용자일표龍姿逸飄[178] 당 태종은 서생으로 나라를 얻어 있고, 방면대이方面大耳[179] 송 태

---

167) 당나라 현종.

168) 당나라 때 재상으로 안녹산의 난을 평정하여 분양왕에 봉해졌는데, 자손이 많았다고 한다.

169) 진晉나라의 큰 부자.

170) 한漢나라 때 사람으로 탁문군을 거문고로 유혹하여 아내로 삼았다고 한다.

171) 첫자리를 양보함.

172) 제갈량이 만든 천天, 지地, 풍風, 운雲, 용龍, 호虎, 조鳥, 사蛇의 여덟 가지 진 치는 법.

173) 천하를 다스릴 포부를 가지고 큰일을 하는 것.

174) 관상법에서 예부터 전해 오는 말.

175) 걸은 중국 하夏나라의 폭군, 주는 은殷나라의 포악한 왕.

176) 주왕이 구리 기둥에 기름을 발라 숯불 위에 세워 놓고 죄인을 그 기둥에 오르게 했다고 한다.

조宋太祖는 필부匹夫로서 천자 되고, 금관대金冠帶 채택蔡澤[180]이는 범저范雎[181]를 대신하여 정승이 되어 있고, 기외其外에 여러 영웅호걸들이 무비無非 다 상대로 되었으니 왕후와 장상이 어찌 씨가 있을쏘냐.

옛말에 일렀으되, '범의 굴에 들지 않으면 어찌 범의 새끼를 얻으리오.' 하였으니, 대장부 세상에 나서 일신 사업을 경륜할진대 마땅히 두 말에 결단할 바이어늘 어찌 조그마한 의심을 품어 뜻을 정하지 못하고 초야에 묻혀 초목으로 더불어 썩기를 즐기느뇨.

그대는 졸장부로다. 자고로 유예미결猶豫未決[182]하는 자는 매사불성每事不成하였나니, 옛날에 한신韓信이가 괴철蒯徹의 말을 듣지 않다가 팽구烹狗의 화를 당하였고[183], 대부大夫 종種이 범려의 말을 들었던들 사검賜劍의 환患이 없었으리라[184]. 어찌 전의 일을 징험하여 후의 일을 도모치 않으리오. 그대도 이제 내 말을 듣지 아니타가 뒤에 후회하나 밎지 못하리라."

토끼 이 말을 들으매 든든하기 반석 같은지라 마음이 솔깃하여 웃음을 쌩긋 웃고 가로되,

"내 그대를 보매 시속 사람은 아니로다. 도량이 넓고 선심이 거룩하여 위인이 관후寬厚하니 평생에 남을 속일쏜가. 나 같은 부생浮生을 좋은 곳에 천거하니 감격하기 측량없으

---

177) 코가 우뚝한 한나라의 첫 임금 유방劉邦은 사수 땅에서 도적 잡는 벼슬인 정장亭長을 하다가 황제가 되었고.

178) 용자龍姿는 왕의 얼굴을 말하고 일표逸飄는 뛰어나다는 뜻으로, 여기서는 잘생긴 얼굴을 말한다.

179) 넓적하게 네모진 얼굴과 큰 귀. 관상법에서 부귀할 상이라고 한다.

180) 전국시대 때 말 잘하던 사람으로, 모습이 어깨는 넓고 이마는 튀어나오고 콧마루는 주저앉고 코는 납작하며 다리는 휘었는데, 성인聖人의 관상이었다고 한다. 성인의 관상은 앞날을 점칠 수 없는 상이라고 한다.

181) 전국시대 때 위魏나라의 말재간 좋던 사람.

182) 주저하고 망설이는 것.

183) 한신이 괴철의 도움으로 제나라를 평정하자, 항우가 한신에게 자기와 연합하자고 했다. 이때 괴철도 그게 좋다고 했으나 한신은 듣지 않았다. 나중에 한고조의 황후에게 죽임을 당했는데, 죽을 때 "내가 괴철의 말을 듣지 않다가 여자의 손에 죽는구나." 하였다 한다. '팽구의 화'는 사냥이 끝나면 이번엔 토끼 잡던 사냥개를 물에 삶아 죽인다는 말로 그 사냥개가 당한 재앙, 버림받는 화라는 뜻.

184) 종種은 월나라의 대부 벼슬을 한 문종文種. 월나라가 오나라에 패했을 때 월왕의 지시로 정사를 맡았는데 범려가 "월왕은 고생은 같이할 인물이나 영광을 같이 누릴 사람이 못 되니 벼슬을 내놓으라."고 권했는데, 문종이 듣지 않다가 월왕이 준 칼로 죽었다. '사검의 환'은 왕이 준 칼로 당하는 화라는 뜻.

나, 내 수궁에 들어가 벼슬이야 쉬울쏘냐."

자라, 이 말을 듣고 웃으며 속으로 헤오되,

'요놈, 이제는 내 수중에 들었도다.'

하고, 흔연히 대답하여 가로되,

"그대가 오히려 경력이 적은 말이로다. 역산歷山에 밭 가시던 순임금도 당요唐堯의 천자 위位를 받으시고, 위수渭水에 고기 낚던 강태공姜太公도 주 문왕周文王의 스승 되고, 신야辛野에 밭 갈던 이윤伊尹이도 탕임금의 아형阿衡[185] 되고, 부암傅巖에 담 쌓던 부열傅說이도 은 고종殷高宗의 양필良弼[186] 되고, 소 먹이던 백리해百里奚도 진 목공晉穆公의 정승 되고, 표모漂母[187]에게 밥 빌던 한신韓信이도 한 태조의 대장이 되었으니, 수부水府나 인간이나 발천發闡[188]하기는 일반이라.

이런 고로 밝은 임금은 신하를 가리고 어진 신하는 임금을 가리나니, 우리 대왕께서는 언무수문偃武修文[189]하사 어진 선비를 광구廣求하시므로 한 가지 능함과 한 가지 재주가 있는 자라도 모두 높이 쓰시는지라. 이러하기로 나 같은 재주 없는 인물로도 벼슬이 외람히 주부에 이르렀거든 하물며 그대같이 고명한 자질과 뛰어난 문필이야 가기만 곧 가면 공명을 구하지 않을지라도 부귀 스스로 이를지라.

지금 수부에서 사기史記를 닦지 못하여 태사관太史官 될 인재를 구하되 합당한 인물이 없어 근심한 지 오래니 그대의 문필이 이 소임에 십분 적당한지라, 그대 만일 중서군中書君[190]의 옛 붓대를 잡아 동호董狐[191]의 의리를 밝힌즉 비단 우리 수부의 다행뿐 아니라 그대의 높은 이름이 사해에 진동하리니 어찌 아름답지 않으리오. 내 그대와 들어가면 곧 우리 대왕께 단망單望[192]으로 천거하리라."

토끼 웃으며 가로되,

"그대의 말이 방불하나 어젯밤의 내 몽사夢事 불길하기로 마음에 적이 꺼림하노라."

자라 가로되,

"내 젊어서 약간 해몽법을 배웠으니 아뭏거나 그대의 몽사를 듣고자 하노라."

---

185) 상나라의 관직 이름인데, 뒤에는 재상을 가리키는 말로 썼다.

186) 정사를 잘하는 신하.

187) 빨래하는 늙은 여자.

188) 앞길을 열어서 세상에 나섬.

189) 난리를 평정하여 세상이 태평하고 학문을 닦음.

190) 중서中書는 임금의 조칙이나 문서를 맡아보는 관직.

191) 진晉나라의 역사를 기록하던 사관으로 권력에 굽히지 않고 바른대로 역사를 서술하였다고 한다.

192) 관원을 추천할 때는 본디 후보로 세 사람을 올리는데, 한 사람만 올려서 뽑게 하는 것.

토끼 가로되,

"칼을 빼서 배에 대고 몸에 피 칠하여 보이니 아마도 좋지 못한 경사驚事[193]를 당할까 염려하노라."

자라 책망하여 가로되,

"너무 길한 몽사를 가지고 공연히 사념思念하는도다. 배에 칼을 대었으니 칼은 금이라 금띠를 띨 것이요, 몸에 피 칠을 하였으니 홍포紅袍[194]를 입을 징조로다. 물망物望[195]이 일국에 무거우며 명성이 팔방八方에 떨칠지니, 이 어찌 공명한 길몽이 아니며 부귀할 대몽이 아니리오. 공자의 주공周公을 봄은 성인의 꿈이요[196], 장주莊周의 나비 된 꿈은 달관達觀의 꿈이요[197], 공명孔明의 초당草堂 꿈은 선각先覺의 꿈이요[198], 그 외 누구누구의 여간 꿈이란 것은 무비無非 관몽慣夢이요 개시허몽皆是虛夢이로되[199] 오직 그대의 꿈은 몽사 중 제일갈 꿈이니 그대 수부에 들어가면 만인 위에 거할지라, 그 아니 좋을쏜가."

토끼 점점 곧이듣고 조곰조곰 달아들며 장상將相의 인끈을 지금 당장 차는 듯이 희색이 만면하여 가로되,

"그대의 해몽하는 법은 진짓[200] 귀신이요 사람은 아니로다. 소 강절邵康節, 이순풍李淳風[201]이 다시 살아온들 이에서 더할쏜가. 아름다운 몽조가 이미 나타났으니 내 부귀는 갈데없거니와 그러나 만경창파를 어찌 득달하리오."

자라 대희하여 가로되,

"그대는 조금도 염려 말라. 내 등에만 오르면 아무러한 풍랑이라도 파선될 염려 없고 순식간에 득달할 터이니 무엇을 근심하리오."

---

193) 놀랄 일. 큰 변.

194) 삼품 이상 벼슬아치가 입는 붉은색 예복.

195) 여러 사람이 우러러보는 명망.

196) 공자가, 어린 조카를 도와 나라를 잘 다스렸다는 주周나라 주공을 흠모하여 자주 꿈에서 보았다는 말.

197) 장주가 나비가 된 꿈을 꾸고 나서 나비가 자기인지 자기가 나비로 변했는지 몰랐다는 이야기로, 사소한 것에 얽매이지 않고 세속을 벗어난 활달한 식견을 가진 사람의 꿈이라는 말.

198) 제갈량이 아직 벼슬하지 않고 남양의 초가집에서 살고 있을 때, "큰 꿈을 누가 먼저 깨달을꼬." 하는 시를 지었다고 한다.

199) 모두 예사 꿈이요, 헛된 꿈이 아닌 것이 없으되.

200) 참말로. 정말.

201) 둘 다 옛날에 점을 잘 쳤다는 사람들.

토끼 심중에 기꺼하여 거짓 체모를 차려 가로되,

"그대 친구를 위하여 이렇듯 수고를 아끼지 않으려 하니 이는 친구를 사귀는 도리에 마땅하나 내 그대의 등에 오름이 어찌 마음에 미안치 않으리오."

자라 크게 웃어 가로되,

"그대 오히려 졸직拙直[202]하도다. 위수渭水에 고기 낚던 여상呂尙이는 주 문왕과 수레를 한가지로 탔고, 이문夷門에 문 지키던 후영侯嬴[203]이는 신릉군信陵君 상좌에 앉았으며, 부춘산富春山에 밭 갈던 엄자릉嚴子陵은 한 광무漢光武와 한 베개에 누웠으니 지기知己를 위하는 자리에 존비와 귀천이 무슨 아랑곳가. 우리 이제 한가지로 들어가면 일생영욕榮辱과 백년 고락을 한가지로 할 것이니 무슨 미안함이 있으리오."

토끼 크게 기꺼 가로되,

"그대의 높은 은혜 진실로 백골난망白骨難忘이로다. 내 이 세상에 살매 못 당할 일 한두가지 아닌 중 저 몹쓸 사람들이 일자총一字銃을 둘러메고 암상스러이 보챌 적에 송편으로 목을 따고 접시 물에 빠져 죽고 싶은 적이 한두 번 아니었나니, 나의 큰아들 놈은 나무 베는 아이에게 무죄히 잡혀가서 구메밥[204]을 먹어 가며 갇힌 지 이미 칠팔 년에 놓일 가망 바이없고, 둘째 아들놈은 사냥개에 물려 가서 까막까치 밥이 된 지 지금 수년이라. 그 일을 생각하면 절치부심切齒腐心하여 어찌하면 이 원수의 세상을 떠날까 주사야탁晝思夜度[205]하던 차에 천만의외로 그대 같은 군자를 만나 밝은 세상 보게 되니 이는 하늘이 지시하고 귀신이 도우심이라.

성인이라야 능히 성인을 안다 하니 나 같은 영웅을 그대 같은 영웅이 아니면 그 뉘라서 능히 알리오. 하늘에서 내신 영웅이 그대곧 아니런들 헛되이 산중에서 늙을 뻔하였구나. 네곧 아니런들 수중 백성들이 어진 관원을 만나지 못할 뻔하였도다."

하고, 의기양양하여 자라 등에 오르려 할 즈음에 문득 바위 밑으로 한 짐승이 내달아 토끼를 불러 가로되,

"내 너희들의 수작을 처음부터 대강 들었거니와, 이 우매한 토끼야, 내 말을 자세히 들어라. 대저 부귀공명이란 본디 뜬구름과 같은 것이요 또 명수命數가 있는 바이어늘 네 이제 허탄虛誕한 자라의 말을 듣고 죽을 땅에 가려 하니 그 아니 가련한가. 그리고 속담에 이르기를, '고향을 떠나면 천하다.' 하였으니, 내 설혹 수궁에 들어간들 무슨 부귀를 일조一朝에 얻을쏘냐. 너는 허욕도 내지 말고 망상도 내지 말고 나의 충고를 들을지어다."

---

202) 주변이 없고 고지식함.

203) 전국 시대 때 위魏나라 사람. 이문夷門의 문지기를 할 때 신릉군이 청하여 잔치의 윗자리에 앉혔다고 한다.

204) 옥에 갇힌 죄수에게 구멍으로 몰래 넣어 주는 밥.

205) 밤낮으로 생각함.

하거늘, 토끼 그 말을 듣고 두 귀를 쫑긋하며 발을 멈추고 자저越趄하는 빛이 외면에 나타나는지라. 그 말하는 짐승을 바라보니 너구리라.

자라 크게 분을 내어 생각하되,

'내 이놈을 천방백계千方百計206)로 달래어서 거의 가게 되었거늘 저 원수 놈이 무슨 일로 이렇듯 저해하노. 그러나 내 만일 사색을 조금이라도 드러내면 간사한 토끼 놈이 의심을 낼 것이니 내 먼저 저놈의 말을 타박하여 토끼로 하여금 스스로 깨닫게 하리라.'

하고, 이어 웃으며 너구리를 가리켜 가로되,

"그대는 누구인지 모르거니와 어이 그리 무식한고. 조주潮州 사인士人 여선문餘善文은 일개 한사寒士로서 우리 수궁에 들어와서 영덕전 상량문을 지었기로 우리 대왕께서 야광주 열 개와 통천서각通天犀角207) 한 쌍으로 윤필지자潤筆之資208) 삼았나니, 이 소문이 세상에 전파되어 모르는 사람이 없거늘 그대는 귀가 있어도 듣지 못하였는가. 더구나 태사관은 국가의 소중한 벼슬이라 내 토선생의 문장과 필법을 아껴 함께 가자 함이어늘 그대 무단히 남을 의심하여 마치 친구를 죽을 땅에 인도하는 것 같이 여기니 무슨 도리 이러하뇨. 내 남의 의심을 입어 가며 구태여 토선생과 동행을 원하는 바 아니로다."

하고, 다시 토끼를 돌아보며 가로되,

"내 그대로 더불어 왕일往日에 아무 혐의가 없는 터이라 어찌 그대에게 일호一毫라도 해될 일을 권할쏘냐. 그대는 나와 불과 하루아침의 교분交分이 있을 뿐인즉 어찌 옛 친구의 충고를 저버릴 수 있으리오. 나는 본디 우리 대왕의 명을 받자와 동해에 사신 갔다 오는 길이라 오래 지체 못 할지니 이에 고별하노라. 그대는 길이 보중하라."

하고, 인하여 소매를 떨치고 수변水邊으로 내려가니, 너구리는 무안하여 얼굴이 붉어 다시 한마디도 말을 못 하고 한편으로 서는지라. 토끼, 자라가 너구리를 꾸짖고 냉락冷落하게209) 떨쳐 돌아감을 보고 크게 노하여 너구리를 꾸짖어 가로되,

"네 무슨 일로 남의 전정前程을 저해하는다?"

하여 너구리를 꾸짖으며 일변으로 급히 자라를 쫓아가며 크게 소리하여 가로되,

"별주부 그대는 거기 잠깐 머물러 나의 말을 듣고 가라."

하니, 자라 짐짓 두어 걸음을 더 가다가 비로소 돌아보며 가로되,

"그대는 무슨 일로 나를 쫓아오느뇨?"

토끼 가로되,

"그대는 어이 그다지 용물容物210)하는 도량이 넓지 못하뇨? 내 아무리 우매하나 어찌 무

---

206) 천 가지 방법과 백 가지 계교.

207) 위아래로 기운이 통하고 물을 헤치고 나갈 수 있다는 무소의 뿔.

208) 글을 쓰거나 그림 그린 데 대한 보수.

209) 쌀쌀하게.

식한 자의 부질없는 말을 곧이들으며 또 그대의 나를 사랑하는 정을 깊이 알지 못하리오. 그대는 나의 잠깐 주저함을 혐의치 말고 바삐 가사이다."

하거늘, 자라 심중에 크게 기뻐 이에 토끼를 데리고 수변으로 나아가 토끼를 등에 업고 창파에 뛰어들어 남해를 바라보며 돌아오니, 대저 자라의 충성이 지극함을 신명神明이 굽어 살피사 저 간사한 토끼를 주심이니 어찌 기이한 일이 아니리오.

이때에 토끼, 자라 등에 높이 앉아 사면을 돌아보니 소상강 깊은 물은 눈앞에 고요하고 동정호 너른 빛은 그 가를 모를레라. 심중에 헤아리되,

'내 천우신조天佑神助로 자라를 만나 세상 풍진과 산중 고초를 다 벗어 버리고 수궁에 들어가 부귀를 누릴지니 어찌 즐겁지 않으리오.'

하며 의기양양하여 이에 한 곡조 노래를 부르니, 하였으되,

홍진을 하직하고 길이 떠남이여
물나라 청산보다 크도다.
자라 등에 올라 가고 또 감이여
흰 구름의 오고 감을 웃는도다.
내 장차 사기의 붓대를 잡음이여
삼천 수족이 무릎을 꿇리로다.
부귀의 맑고 한가함을 겸함이여
백 년의 편안함을 기약하리로다.

토끼 노래를 마치고 크게 웃거늘, 자라 일변 웃으며 생각하되,

'이놈이 너무도 교만한 놈이로다.'

하고 또한 노래로 화답하니, 하였으되,

한 조각 붉은 마음을 품음이여
얼마나 분주히 청산에 다녔던고.
이 몸이 수고를 아끼지 않음이여
창랑滄浪을 박차고 갔다 돌아오도다.
간사한 토끼를 얻어 공을 이룸이여
한갓 용안의 기쁜 빛을 뵈오리로다.
우리 대왕의 병환이 쾌차하심이여
종묘사직의 편안함을 하례賀禮하리로다.

---

210) 사물을 포용함.

토끼, 자라의 노래를 듣고 심중에 크게 의혹하여 자라더러 물어 가로되,

"그대의 노래 속에 무슨 깊은 뜻이 있는 것 같으니 그 어인 곡절고?"

자라 가로되,

"내 우연히 부름이니 무슨 뜻이 있으리오."

토끼 그래도 의혹이 아니 풀려 가로되,

"간사한 토끼를 얻어 공을 이루었다 함과 우리 대왕의 병환이 쾌차하다 함은 무슨 말이뇨?"

자라, 토끼의 말을 듣고 심중에 헤아리되,

'네 이미 여기에 이르렀으니 비록 나를 의심할지라도 무익하리라.'

하고, 이에 그 말을 대답지 아니하고 바삐 향하여 순식간에 남해 수궁에 득달하여 토끼를 내려놓으며 가로되,

"그대는 부질없이 나를 의심치 말고 빨리 객관客館으로 가사이다."

하거늘, 토끼 눈을 들어 살펴보니 천지 광활하고 일월이 명랑한데 주궁패궐이 반공에 솟아 있고 문과 창에 서기瑞氣 어리었는지라. 토끼 일변 기꺼운 마음이 다시 동하여 자라를 따라 객관에 이르니, 자라 토끼더러 가로되,

"그대는 여기 잠깐 머물라. 내 입궐하여 우리 대왕께 그대와 같이 옴을 아뢰리라."

하고 총총히 나가거늘, 토끼 그 거동을 보고 심중에 다시 의심하되,

'제 나를 우선 제집으로 인도하여 멀리 온 터에 술 한잔도 대접치 아니코 황망히 궁중으로 들어가니 그 어인 일고?'

또다시 생각하되,

'아마 나의 높은 이름을 수국 군신이 다 들었으매 제가 먼저 들어가 저의 임금에게 말씀하여 급히 홍문관 대제학을 제수除授하여 불일내로 여러 해 두었던 사기를 닦으려 하기에 골똘하여 사소한 접대는 미처 생각지 못함이로다.'

하고 무료히 앉았더라.

이때 자라 급히 궁중으로 들어가니, 궁중에 근시近侍하였던 신하들이 자라를 보고 일변 반기며 일변으로 용왕께 고하니, 왕이 바삐 자라를 입시入侍하여 용상 아래 가까이 앉으라 하며 무사히 다녀옴을 반기며 토끼의 소식을 물은대, 머리를 조아리어 가로되,

"신이 왕명을 받자와 오호와 삼강을 무사히 지나 동해 가에 득달하여 중산重山[211]에 들어가 늙은 토끼 하나를 백 가지로 꾀오며 천 가지로 달래어 간신히 업고 지금에야 돌아와 토끼를 객관에 머물리고 신이 급히 들어왔사오나, 이사이 옥체 미령靡寧하심이 어떠하옵신지 하정下情[212]에 황송하여이다."

---

211) 깊은 산.

212) 윗사람에 대하여 제 생각이나 뜻을 낮추어 이르는 말. 아랫사람의 사정도 하정이라고 한다.

하고, 인하여 토끼 달래던 말씀을 일일이 아뢰었더니, 용왕이 듣기를 다 하고 크게 기꺼 무릎을 치며 칭찬하여 가로되,

"경의 충성과 구변은 가히 남해 일국에 하나이니, 하늘이 과인을 도우사 경 같은 신하를 내심이로다."

하고 이에 백관에게 하교하니, 하였으되,

"과인이 상제의 명을 받자와 삼천 수족水族의 어른이 되어 수국을 다스리되 덕화德化가 만물에 미치지 못하매 항상 두려운 생각이 맑지 않더니, 일조에 병이 들어 치료할 방법이 망연하던 중 세 호걸의 가르침을 힘입고 별주부의 지극한 충성으로 인간에 나아가 토끼를 얻어오니 이제 장차 그 간을 시험하면 과인의 병이 족히 나을지니, 이는 일국의 막대한 경사라. 이러하므로 특별히 하교하노니 제신은 영덕전에 대령할지어다. 별주부는 특별히 벼슬을 돋워 자헌대부資憲大夫 약방제조藥房提調 겸 충훈부 당상忠勳府堂上을 하이노라. 남해국 수덕 만세 육십사년 유월 초일일."

이라 하였더라.

이때에 여러 신하들이 이 하교를 보고 모두 즐거워하여 서로 치하하며 일제히 궁중으로 들어가니 백관들의 좌석 차례는 이러하더라.

영의정 겸 약방 도제조, 종묘서 도제조에 거북이요, 좌의정 겸 훈련도감 도제조에 고래요, 우의정에 악어요, 이조 판서 잉어요, 호조 판서에 민어요, 예조 판서에 가자미요, 병조 판서에 농어요, 형조 판서에 준치요, 공조 판서에 방어요, 한성판윤에 위어요, 규장각 대제학 겸 홍문관 대제학 예문관 대제학에 붕어요, 부제학에 문어요, 직제학에 넙치요, 승정원 도승지에 조기요, 성균관 대사성에 가물치요, 규장각 직각에 도미요, 규장각 대교에 청어요, 홍문관 교리에 은어요, 예문관 검열에 숭어요, 주서에 오징어요, 사헌부 대사헌에 병어요, 사간원 대사간에 자가사리요, 정언에 모래무지요, 상의원 도제조에 상어요, 훈련대장에 대구요, 금위대장에 홍어요, 어영대장에 미어기(메기)요, 총융사에 장어요, 금군별장에 고등어요, 포도대장에 칼치요, 별군직에 삼치요, 선전관에 전어요, 사복내승에 남생이요, 금부도사에 명태요, 원접사에 인어요, 그 외에 금군에 조개요, 오영문 군졸에 새우, 송사리라.

이러한 차례로 모두 모였는데 만세를 불러 하례를 마친 후 왕이 하교하여 토끼를 바삐 잡아들이라 하니, 금부도사 명태가 나졸을 거느려 객관에 이르니, 이때 토끼 홀로 앉아 자라의 돌아오기를 기다리더니 불의에 금부도사가 이르러 어명을 전하고 나졸이 좌우로 달아들어 결박하여 풍우같이 몰아다가 영덕전 섬돌 아래 꿇리거늘, 토끼 겨우 정신을 수습하여 전상을 우러러보니 용왕이 머리에 통천관通天冠[213]을 쓰고 몸에 강사포絳紗袍[214]를 입

---

213) 왕이 정사를 보거나 조서를 내릴 때 쓰던 관. 검은 깁으로 만들었는데, 앞뒤 열두 주름을 잡고 채옥 열두 개를 달고 옥잠과 붉은 끈을 달았다.
214) 왕이 입는 정복으로, 붉은 비단으로 만든 도포.

고 손에 백옥홀白玉笏[215]을 쥐었으며 만조백관이 좌우에 옹위擁衛하였으니 그 거동이 엄숙하고 위의가 놀랍더라.

용왕이 선전관 전어로 하여금 토끼에게 하교하여 가로되,

"과인은 수국의 천승千乘 임금[216]이요 너는 산중에 조그마한 짐승이라. 과인이 우연히 병을 얻어 신음한 지 오랜지라, 네 간이 약이 된다 함을 듣고 특별히 별주부를 보내어 너를 데려왔노니, 너는 죽음을 한치 말라. 너 죽은 후에 너를 비단으로 몸을 싸고 백옥과 호박으로 관곽棺槨을 만들어 명당 대지에 장사할 것이요, 만일 과인의 병이 하린즉[217] 마땅히 사당을 세워 네 공을 표하리니, 네 산중에 있다가 호표의 밥이 되거나 사냥꾼에 잡히어 죽느니보다 어찌 영화롭지 않으리오. 과인이 결단코 거짓말을 아니 하리니 너는 죽은 혼이라도 조금도 과인을 원망치 말지어다."

하고, 말을 마치자 좌우를 호령하여 빨리 토끼의 배를 가르고 간을 가져오라 하니, 이때에 뜰아래 섰던 군사들이 일시에 달려들어 서리 같은 칼을 번득이며 토끼의 배를 찌르려 하니, 토끼 무단히 허욕을 내어 자라를 좇아왔다가 수국 원혼이 되겠구나. 이는 모두 자취自取한 화라 누구를 원망하며 누구를 한하리오. 세상에 턱없이 명리名利를 탐하는 자는 가히 이것을 보아 경계할지로다.

이때에 토끼 이 말을 들으매 청천벽력이 머리를 깨치는 듯 정신이 아득하여 아무런 줄 모르다가 겨우 놀란 마음을 진정하여 생각하되,

'내 부질없이 영화부귀를 탐내어 고향을 버리고 오매 어찌 의외의 변이 없을쏘냐. 이제 나래가 있어도 능히 위로 날지 못할 것이요 또 축지하는 술법이 있을지라도 능히 이 땅을 벗어나지 못하리니 어찌하리오.'

또 생각하되,

'옛말에 이르기를 죽을 땅에 빠진 후에 산다 하였으니, 어찌 죽기만 생각하고 살아날 방책을 헤아리지 않으리오.'

하더니, 문득 한 꾀를 생각하고 이에 얼굴빛을 조금도 변치 아니하고 머리를 들어 전상을 우러러보며 가로되,

"소토小兎 비록 죽을지라도 한 말씀을 아뢰리다. 대왕은 천승의 임금이시요, 소토는 산중의 조그마한 짐승이라. 만일 소토의 간으로 대왕의 환후 십분 하리실진대 소토 어찌 감히 사양하오며 또 소토 죽은 후에 후장厚葬[218]하오며 심지어 사당까지 세워 주리라 하

---

215) 흰 옥으로 만든 홀. 홀은 정복을 입을 때 오른손에 쥐는 비망기를 적던 패로 나중에는 치레거리로 들었다. 일품에서 사품까지는 상아, 오품 이하는 나무로 만들었다.

216) 일승은 수레 한 대, 말 네 필, 갑사甲士 세 명, 보병步兵 칠십이 명, 거사車士 이십오 명을 말한다. 천승 제후는 십만 군졸을 거느리고 사방 백 리의 땅을 다스렸다.

217) 나은즉.

옵시니 이 은혜는 하늘과 같이 크신지라, 소토 죽어도 한이 없사오나, 다만 애달픈 바는 소토는 비록 짐승이나 심상한 짐승과 다르와 본디 방성房星 정기精氣[219]를 타고 세상에 내려와 날마다 아침이면 옥 같은 이슬을 받아 마시며 주야로 기화요초를 뜯어 먹으매 그 간이 진실로 영약이 되는지라. 이러하므로 세상 사람이 모두 알고 매양 소토를 만난 즉 간을 달라 하와 보챔이 심하옵기로 그 괴로움을 견디지 못하와 염통과 함께 꺼내어 청산녹수 맑은 물에 여러 번 씻사와 고봉준령 깊은 곳에 감추어 두옵고 다니옵다가 우연히 자라를 만나 왔사오니, 만일 대왕의 환후 이러하온 줄 알았던들 어찌 가져오지 아니하였으리꼬."

하며, 또 자라를 꾸짖어 가로되,

"네 임금을 위하는 정성이 있을진대 어이 이러한 사정을 일언반사一言半辭[220]도 나더러 하지 아니하였느뇨?"

하거늘, 용왕이 이 말을 듣고 크게 노하여 꾸짖어 가로되,

"네 진실로 간사한 놈이로다. 천지간에 온갖 짐승이 어이 간을 출입할 이치가 있으리오. 네 얕은꾀로 과인을 속여 살기를 도모하나 과인이 어이 근리近理치 않은 말에 속으리오. 네 과인을 기망欺罔한 죄 더욱 큰지라, 빨리 너의 간을 내어 일변 과인의 병을 고치며 일변 과인을 속이는 죄를 다스리리라."

토끼, 이 말을 듣고 또한 어이없고 정신이 산란하며 간장이 녹는 듯하고 땀이 흐르며, 사지에 맥이 없고 가슴이 막히어 심중에 생각하되 속절없이 죽으리로다 하다가 다시 웃으며 가로되,

"대왕은 소토의 말씀을 다시 자세히 들으시고 굽어 살피옵소서. 이제 만일 소토의 배를 갈라 간이 없사오면 대왕의 환후도 고치지 못하옵고 소토만 부질없이 죽을 따름이니 다시 누구에게 간을 구하오려 하시나이까? 그제는 후회막급하실 터이오니, 바라건대 대왕은 세 번 생각하옵소서."

용왕이 토끼의 말을 듣고 또 그 기색이 태연함을 보고 심중에 심히 의아하여 가로되,

"네 말과 같을진대 무슨 간을 출입하는 표적이 있는다?"

토끼 이 말을 듣고 크게 기꺼 생각하되,

'이제는 내 살아날 도리 쾌히 있도다.'

하고 여쭈오되,

"세상의 날짐승 길짐승 가운데 소토는 홀로 하체에 궁기(구멍이) 셋이 있사오니 하나는

---

218) 장사를 후하게 지냄.

219) 방성房星의 기운. 방성은 이십팔수 중 넷째 별 이름. '토끼 묘' 자는 십이지 중에서 네 번째 글자이므로 방성을 끌어 온 것이다.

220) 한마디 말.

대변을 통하옵고 하나는 소변을 통하옵고 하나는 특별히 간을 출입하는 곳이오니이다."

왕이 그 말을 듣고 더욱 노하여 꾸짖어 가로되,

"네 말이 더욱 간사한 말이로다. 날짐승 길짐승을 물론하고 어이 하체에 궁기 셋 되는 것이 있으리오?"

토끼 다시 여쭈오되,

"소토의 궁기 셋이 있는 내력을 말씀하오리니, 대저 하늘이 자시子時[221]에 열려 하늘이 되옵고, 땅이 축시丑時[222]에 열려 땅이 되옵고, 사람이 인시人時[223]에 생겨 사람이 나옵고, 만물이 묘시卯時[224]에 나와 짐승이 되었사오니, 묘卯라 하는 글자는 곧 소토의 별명이니 날짐승 길짐승의 근본을 궁구窮究하오면 소토는 곧 금수의 으뜸이 되나니, 생초生草[225]를 밟지 아니하는 저 기린도 소토의 아래옵고 주리되 좁쌀을 먹지 아니하는 저 봉황도 소토만 못 하옵기로 특별히 품부稟賦하와[226] 일월성신 삼광三光[227]을 응하와 하체에 세 궁기 있사오니, 대왕이 만일 이 말씀을 믿으시지 아니하실진대 마시려니와 그렇지 아니하오시면 소토의 하체를 적간摘奸[228]하옵소서."

용왕이 이 말을 듣고 이상히 여겨 나졸을 명하여 자세히 보라 하니 과연 세 궁기 분명한지라, 용왕이 아직 의혹하여 가로되,

"네 말이 네 간을 궁기로 능히 낸다 하니 도로 넣을 제도 그리로 넣는다?"

토끼 속으로 헤오되,

'이제는 내 계교가 거의 맞아 간다.'

하고 여쭈오되,

"소토는 다른 짐승과 특별히 같지 아니하온 일이 많사오니 만일 잉태하려면 보름달을 바라보아 수태하오며 새끼를 낳을 때는 입으로 낳으옵나니 옛글을 보아도 가히 알 것이오. 이러하므로 간을 넣을 때에도 입으로 넣나이다."

용왕이 더욱 의심하여 가로되,

"네 이미 간을 출입한다 하니 네 혹 잊음이 있어 네 뱃속에 간이 있는지 깨닫지 못할 듯하니 급히 내어 나의 병을 고침이 어떠하뇨?"

---

221) 밤 열한 시에서 한 시 사이.

222) 새벽 한 시에서 세 시 사이.

223) 새벽 세 시에서 다섯 시 사이.

224) 새벽 다섯 시에서 일곱 시 사이.

225) 살아 있는 풀.

226) 날 때부터 타고나서.

227) 해와 달과 별.

228) 죄의 사실 여부를 조사함.

토끼 다시 여쭈오되,

"소토 비록 간을 능히 출입하오나 또한 정한 때가 있사오니, 달마다 초일일부터 십오일까지는 뱃속에 넣어 일월 정기 호흡하여 음양지기를 온전히 받사옵고, 십육일부터 삼십일까지는 줄기 아울러 꺼내어 옥계청류玉溪淸流에 정히 씻어 창송녹죽蒼松綠竹 우거진 정한 바위틈에 아무도 알지 못하게 감추어 두는 고로 세상 사람이 영약이라 하는지라. 금일은 하유월夏六月 초순이오니 자라를 만날 때는 곧 오월 하순이라. 만일 자라 대왕의 병세 이러하심을 말하였던들 수일 지체하여 가져왔을지니 이는 다 자라의 무상無狀[229] 함이로소이다."

대저 용왕은 본성이 충후衷厚한지라 토끼의 말을 듣고 묵묵히 말이 없으며 속으로 헤아리되,

'만일 제 말 같을진대 공연한 배만 갈라 간이 없으면 저만 죽을 따름이요 다시 누구더러 물으리오. 차라리 저를 달래어 간을 가져오게 함이 옳도다.'

하고, 이에 좌우를 명하여 토끼의 맨 것을 끄르고 맞아 전상에 오르라 하니, 토끼 여러 번 사양하다가 전상에 올라 황공함을 이기지 못하거늘, 용왕이 가로되,

"토 처사는 나의 아까 함부로 함을 허물치 말라."

하고, 이에 백옥배白玉杯에 천일주를 가득 부어 권하며 놀람을 진정하라 재삼 위로하니, 토끼 공손히 받들어 마신 후 황송함을 말씀하더니, 홀연 한 신하 나아와 아뢰어 가로되,

"신이 듣사오니 토끼는 본디 간사한 종류요 또 옛말에 일렀으되 '군자는 가기이방可欺以方이라.' 하였사오니, 바라옵건대 전하는 그 말을 곧이듣지 마시고 바삐 그 간을 내어 옥체를 보중하옵소서."

모두 보니, 이는 대사간 자가사리라.

왕이 기꺼하지 않아 가로되,

"토 처사는 산중 은사라 어찌 거짓말로 과인을 속이리오. 경은 물러 있으라."

하니, 자가사리 분함을 못 이기나 하릴없이 물러나니, 용왕이 이에 크게 잔치를 베풀고 토끼를 대접할새 금강초 불로초는 백옥반白玉盤에 벌여 있고 옥액경장玉液瓊漿[230]은 잔마다 가득하고 선악仙樂을 아뢰며 미녀 수십 인이 쌍쌍이 춤추며 능파사凌波詞를 노래하니, 이때 토끼 술이 반취하여 속으로 헤오되,

'내 간을 줄지라도 죽지 아니할 것 같으면 이곳에서 늙으리라.'

하더라.

용왕이 이에 토끼더러 가로되,

"과인은 수국에 처하고 그대는 산중에 있어 수륙이 격원隔遠하더니 오늘 상봉함은 이 또

---

229) 사리에 밝지 못함.

230) 전설에서 신선이 마신다는 좋은 술.

한 천재千載에 기이한 인연이니, 그대는 과인을 위하여 간을 가져오면 어찌 그대의 두터운 은혜를 저버리리오. 비단 후히 갚을 뿐 아니라 마땅히 부귀를 같이 누릴지니 그대는 깊이 생각할지어다."

토끼 웃음을 참지 못하나 조금도 사색을 드러내지 아니코 흔연히 대답하여 가로되,

"대왕은 너무 염려치 마소서. 소토 외람히 대왕의 너그러우신 덕을 입사와 잔명殘命을 살리시니 그 은혜를 어찌 만분지일이나 갚사옴을 생각지 아니하오며 하물며 소토는 간이 없을지라도 사생에는 관계치 아니하오니 어찌 이것을 아끼리꼬."

하니, 용왕이 크게 기꺼하더라.

잔치를 파한 후에 용왕이 근시近侍를 명하여 토끼를 인도하여 별전別殿에서 쉬게 하니, 토끼 근시를 따라 한 곳에 이른즉 그림과 단청이 찬란한 집에 창호에 수를 놓았으니 광채 영롱하고 운모 병풍과 진주 발을 사면에 드리웠는데, 석반夕飯을 올리거늘 살펴보니 진수성찬이 모두 인간에서 보지 못한 바라.

그러나 토끼는 마치 바늘방석에 앉은 듯하매 생각하되,

'내 비록 일시 속임수로 용왕을 달래었으나 이 땅에 가히 오래 머물지 못하리라.'

하고, 밤이 새도록 잠을 이루지 못하고 이튿날 다시 용왕을 보아 가로되,

"대왕의 병세 미령하오신 지 이미 오랜지라, 소토 빨리 산중에 가 간을 가져오고자 하오니 바라옵건대 소토의 작은 정성을 살피옵소서."

용왕이 크게 기꺼 즉시 자라를 불러 이르되,

"경은 수고를 아끼지 말고 다시 토 처사와 함께 인간에 나가라."

하니, 자라 머리를 조아 명을 받드는지라. 용왕이 다시 토끼를 대하여 당부하여 가로되,

"그대는 속히 돌아오라."

하고, 진주 이백 개를 주어 가로되,

"이것이 비록 사소하나 우선 과인의 정을 표하노라."

하니, 토끼 공손히 받은 후 용왕께 하직하고 궐문 밖에 나오매 백관이 다 나와 전별하며 수이 간을 가져 돌아옴을 부탁하되 홀로 자가사리 오지 아니하였더라.

이때 토끼, 자라 등에 다시 올라 만경창파를 건너 바닷가에 이르러, 자라 토끼를 내려놓으니, 토끼 기꺼움을 못 이겨 스스로 생각하되,

'이는 진실로 그물을 벗어난 새요 함정에서 뛰어 난 범이로다. 만일 나의 지혜 아니면 어찌 고향 산천을 다시 보리오.'

하고, 사면으로 뛰노는지라. 자라, 토끼의 모양을 보고 가로되,

"우리의 길이 총망悤忙하니 그대는 속히 돌아감을 생각하라."

토끼 크게 웃어 가로되,

"이 미련한 자라야, 대저 오장육부에 붙은 간을 어이 출납하리오. 이는 잠시 내 기특한 꾀로 너의 수국 군신을 속임이라. 또 너의 용왕의 병이 나와 무슨 관계있느뇨? 진소위眞所謂 풍마우 불상급風馬牛不相及[231]이로다. 또 네 무단히 산중에 한가로이 지내는 나를

유인하여 네 공을 나타내려 하니 내 수국에 들어가 놀라던 일을 생각하면 모골毛骨이 송연悚然한지라, 너를 곧 없이하여 분을 풀 것이로되 네 나를 업고 만리창파에 왕래하던 수고를 생각지 아니치 못하여 잔명을 살려 보내나니 빨리 돌아가 저 늙은 용왕더러 이르되 사생이 다 명이 있으니 다시는 부질없이 망령된 생각을 내지 말라 하여라."

또 크게 웃어 가로되,

"너의 일국 군신이 모두 나의 묘계에 속으니 가위可謂 국중이 허무타 하리로다."

하고, 인하여 깊은 송림 사이로 들어가 자취가 사라지는지라. 자라, 토끼의 가는 모양을 하염없이 바라보고 길이 탄식하여 가로되,

"내 충성이 부족하여 토끼에 속은 바 되었으니 이를 장차 어찌하리오."

또 탄식하여 가로되,

"우리 수국 신민이 복이 없어 용이 장차 날리로다.[232] 내 토끼의 간을 얻지 못하고 무슨 면목으로 돌아가 우리 임금과 만조 동료를 대하리오. 차라리 이 땅에서 죽음만 같지 못하도다."

하고, 머리를 들어 바윗돌을 향하여 부딪치려 하더니, 홀연 누가 크게 불러 가로되,

"별주부는 노부의 말을 들으라."

하거늘, 자라 놀라 머리를 돌이켜 보니 한 노인이 머리에 절각건折角巾을 쓰고 몸에 자하의紫霞衣를 입고 표연히 자라 앞에 와 웃어 가로되,

"네 정성이 지극하기로 내 천명을 받자와 한 개의 선단仙丹을 주노니 너는 빨리 돌아가 용왕의 병을 고치게 하라."

하고 말을 마치더니 소매 안으로 약을 내어 주거늘, 자라 크게 기꺼 두 번 절하고 받아 보니 크기 산사山査[233]만 하고 광채 휘황하며 향취 진동하는지라. 다시 절하고 하례하여 가로되,

"선생의 큰 은혜는 우리 일국 군신이 감격하려니와 감히 묻잡나니 선생의 존성대명尊姓大名을 알고자 하나이다."

도인이 가로되,

"나는 패국 사람 화타로다."

하고, 표연히 가더라.

---

231) 참으로 아무 관계가 없다는 뜻. 본디 뜻은 놓아먹이는 말과 소들이 봄이 되어 암컷과 수컷이 서로 그리워하지만 너무 멀리 떨어져 있기 때문에 미치지 못하여 어찌할 도리가 없다는 말.

232) 왕이 죽는 것.

233) 아가위, 찔광이.

장끼전 원문

건곤乾坤이 부판剖判[1]할 제, 만물이 번성하여 귀할손 인생이요, 친할손 짐승이라. 날짐 승도 삼 백이요 길짐승도 삼 백이라.

꿩의 화상 볼작시면 의관衣冠은 오색이요 별호는 화충華蟲[2]이라. 산금야수山禽野獸 천 성天性으로 사람을 멀리하여 운림벽계상雲林碧溪上에 낙락장송 정자 삼고, 상하 평전[3] 들 가운데 퍼진 곡식 주워 먹어 임자 없이 생긴 몸이 관포수官砲手와 사냥개에 걸핏하면 잡혀 가서 삼태육경三台六卿, 수령, 방백, 다방골 제갈동지[4] 싫도록 장복長服하고 좋은 깃 골라 내어 사령기司令旗[5]의 살대[6] 치레와 전방廛房의 먼지채며 온 가지로 두루 쓰니 공덕인들 적을쏘냐.

평생 숨은 자취 좋은 경치 보랴 하고 백운 상상봉에 허위허위 올라가니 몸 가벼운 보라 매는 예서 떨렁 제서 떨렁, 뭉치 든 몰이꾼은 예서 위여 제서 위여, 냄새 잘 맡는 사냥개는 이리 꿀꿀 저리 꿀꿀, 억새 포기 떡갈잎을 뒤적뒤적 찾아드니 살아날 길 바이없네. 사잇길 로 가자 하니 부지기수 포수들이 총을 메고 둘러섰네. 엄동설한 주린 몸이 어디로 가잔 말 가. 종일 청산 더운 볕에 상상上上 평전 너른 들에 콩 낱 혹시 있겠으니 주우러 가자세라.

이때 장끼 치장 볼작시면 당홍 대단唐紅大緞[7] 곁마기에 초록 궁초宮綃[8] 깃을 달아 백룡 白綾 동정[9] 시쳐 입고, 주먹 벼슬[10] 옥관자에 열두 장목[11] 만신滿身 풍채風彩[12] 장부 기상

---

1) 갈라짐. 여기서는 처음으로 생김.
2) 꿩의 다른 이름. 꿩의 색깔이 화려한 데서 생긴 말이다. 장끼는 시냇물이나 거울에 비친 제 모습의 아름다움을 보고는 춤을 춘다는 전설이 있다.
3) 평지에 있는 위 뙈기, 아래 뙈기 다 좋은 밭. 또는 높은 곳에 있는 평평한 아래위 뙈기밭.
4) 다방골은 옛날 서울의 한 마을 이름. 중인들이 살았으며 상인들의 거래가 많고 부자가 많 았다. 제갈동지는 나이가 있고 돈냥은 있으나 지체가 낮은 사람을 농조로 이르던 말.
5) 각 감영의 대장, 유수, 순찰사, 절도사, 통제사 들이 군대를 지휘할 때 쓰던 기.
6) 깃발을 매다는 대.
7) 자줏빛 나는 중국 비단으로 만든 웃옷.
8) 엷고 무늬가 둥글고 큰 푸른 비단.
9) 어른어른하는 무늬가 있는 하얀 비단인 백룽으로 깃 위에 조붓하게 덧댄 동정.

좋을시고.

　까투리 치장 볼작시면 잔누비 속저고리 폭폭이 잘게 누벼 상하 의복 갖추 입고 아홉 아들 열두 딸을 앞세우고 뒤세우고 어서 가자 바삐 가자, 평원광야 너른 들에 줄줄이 퍼져 가며 널랑 저 골 줍고 우릴랑 이 골 줍자. 알알이 두태豆太[13]를 주울세면 사람의 공양供養은 부뤄 무엇 하리.

　천생만물天生萬物 제마다 녹祿이 있으니 일포식一飽食[14]도 재수라고 점점 주워 들어갈 제 난데없는 붉은 콩 한 낱 덩그렇게 놓였거늘, 장끼란 놈 하는 말이,

　"어화, 그 콩 소담하다. 하늘이 주신 복을 내 어이 마다하리. 내 복이니 먹어 보자."

　까투리 하는 말이,

　"아직 그 콩 먹지 마소. 설상雪上에 사람 자취 있으니 수상도 하여지라. 다시금 살펴보니 입으로 훌훌 불고 비로 싹싹 쓴 자취 심히 괴이하매 제발 덕분 그 콩 먹지 마소."

　장끼란 놈 하는 말이,

　"네 말이 미련하다. 이때를 의론議論컨대 동지섣달 설한雪寒이라. 첩첩이 쌓인 눈이 곳곳에 덮였으니 '천산千山에 나는 새 그쳐 있고 만경萬逕에 발길이 막혔거늘'[15] 사람 자취 있을쏘냐."

　까투리 하는 말이,

　"사기事機[16]는 그러할 듯하나 간밤에 꿈을 꾸니 대불길大不吉하온지라, 자량처사自量處事[17] 하시오."

　장끼란 놈 하는 말이,

　"내 간밤에 일몽一夢을 얻으니 황학黃鶴을 비껴 타고 하늘에 올라가 옥황玉皇께 문안하니 나를 산림처사山林處士 봉封하시고 만석고萬石庫[18]의 콩 한 섬을 상급賞給하셨으니 오늘 이 콩 하나 그 아니 반가울까. 옛글에 이르기를 '주린 자 달게 먹고 목마른 자 쉬이 마신다.' 하였으니, 주린 양을 채워 보자."

　까투리 이른 말이,

---

10) 주먹 같은 볏.

11) 꿩의 꽁지깃.

12) 온몸의 모양새. 여기서는 잘 차린 치장을 이른다.

13) 콩.

14) 한번 양껏 배부르게 먹는 것.

15) 온 산에 나는 새 그치고 모든 길에 사람들의 발자취가 없어졌거늘.

16) 일이 되어 가는 형편.

17) 스스로 헤아려서 일을 처리하는 것.

18) 많은 곡식을 넣어 두는 곳간.

"자네 꿈 그러하나 이내 꿈 해몽하면 무비無非[19] 다 흉몽凶夢이라. 어젯밤 이경二更[20] 초에 첫잠 들어 꿈을 꾸니 북망산北邙山[21] 음지쪽에 궂은비 흩뿌리며 청천靑天에 쌍무지개 홀지忽地에 칼이 되어 자네 머리 뎅겅 베어 내리치니 자네 죽을 흉몽이라. 제발 그 콩 먹지 마소."

장끼란 놈 하는 말이,

"그 꿈 염려 마라. 춘당대春塘臺 알성과謁聖科[22]에 문과文科 장원 참예하여 어사화御賜花 두 가지를 머리 위에 숙여 꽂고 장안長安 대로大路 상에 왕래할 꿈이로다. 과거나 힘써 보세."

까투리 또 하는 말이,

"삼경야三更夜[23]에 꿈을 꾸니 천 근들이 무쇠 가마 자네 머리 흠뻑 쓰고 만경창파 깊은 물에 아주 풍덩 빠졌거늘 나 혼자 그 물가에서 대성통곡하여 뵈니 자네 죽을 흉몽이라. 부디 그 콩 먹지 마소."

장끼란 놈 이른 말이,

"그 꿈은 더욱 좋다. 대명大明[24]이 중흥中興할 제 구원병救援兵 청하거든 이내 몸이 대장 되어 머리 위에 투구 쓰고 압록강 건너가서 중원中原을 평정平定하고 승전대장勝戰大將 돼 올 꿈이로다."

까투리 하는 말이,

"그는 그렇다 하려니와 사경四更[25]에 꿈을 꾸니, 노인 당상堂上하고[26] 소년이 잔치할 제 스물두 폭 구름차일 받쳤던 서 발 장대 우지끈 뚝딱 부러지며 우리 둘의 머리에 아주 흠뻑 덮여 보이니 답답한 일 볼 꿈이요, 오경五更[27] 초에 꿈을 꾸니 낙락장송 만정滿庭한데 삼태성三台星 태을성太乙星[28]이 은하수를 둘렀는데 그중에 일점一點 성星이 뚝 떨어져

---

19) 그러하지 않은 것이 없이 모두 다.

20) 밤 아홉 시에서 열한 시 사이.

21) 사람이 죽어서 파묻히는 곳을 이르는 말.

22) 임금이 공자를 모신 문묘文廟에 제례를 올릴 때 춘당대에서 친히 유생들에게 보이는 과거 시험. 춘당대는 창경궁 안에 있는 누대 이름.

23) 밤 열한 시에서 새벽 한 시 사이.

24) 명나라.

25) 새벽 한 시에서 세 시 사이.

26) 부모나 조부모 같은 노인이 대청 위에 앉아 있고.

27) 새벽 세 시에서 다섯 시 사이.

28) 삼태성은 큰곰자리에 있는 자미성紫微星을 지키는 별. 태을성은 옥황상제를 섬긴다는 별로 삼일성, 태일성이라고도 한다.

자네 앞에 내려져 뵈니 자네 장성將星²⁹⁾ 그리된 듯, 삼국 적 제갈 무후諸葛武侯³⁰⁾ 오장원
五丈原에 운명할 제 장성이 떨어졌다 하더이다."

장끼란 놈 하는 말이,

"그 꿈 염려 마라. 차일 덮여 보인 것은 일모청산日暮靑山³¹⁾ 오늘 밤에 화초 병풍, 잔디
장판, 등걸로 베개 삼고 칡잎으로 요를 깔고 갈잎으로 이불 삼아 너와 나와 추켜 덮고 이
리저리 궁굴 꿈이요, 별 떨어져 보인 것은 옛날 헌원씨軒轅氏³²⁾ 대부인大夫人이 북두칠
성 정기 타서 제일 생남生男 하여 있고, 견우직녀성은 칠월 칠석 상봉이라, 네 몸에 태기
있어 귀자貴子 낳을 꿈이로다. 그런 꿈만 많이 꾸어라."

하니, 까투리 하는 말이,

"계명시鷄鳴時³³⁾에 꿈을 꾸니 색저고리 색치마를 이내 몸에 단장하고 청산녹수靑山綠
水 노닐다가 난데없는 청삽사리 입술을 악물고 와락 뛰어 달려들어 발톱으로 허위치니
(허비니) 경황실색驚惶失色 갈데없어 삼밭으로 달아날 제 긴 삼대 쓰러지고 굵은 삼대
춤을 추며 짜른 허리 가는 몸에 휘휘친친 감겨 뵈니, 이내 몸 과부되어 상복喪服 입을 꿈
이오니 제발 덕분 먹지 마소. 부디 그 콩 먹지 마소."

장끼란 놈 대로하여 두 발로 이리 차고 저리 차며 하는 말이,

"화용월태花容月態 저 간나위년 기둥서방 마다하고 타인 남자 즐기다가 참바, 올바, 주
황사朱黃絲³⁴⁾로 뒷죽지 결박하여 이 거리 저 거리 종로 네거리로 북치며 조리돌리고 삼
모장과 치도곤으로 난장亂杖 맞을³⁵⁾ 꿈이로다. 그런 꿈 말 다시 마라, 앞정강이 꺾어 놓
리."

까투리 하는 말이,

"기러기 수국水國에 울어 옐 제 갈대를 물어 날면 장부의 조심이요, 봉鳳이 천 길을 떠오
르되 좁쌀을 찍어 먹지 아니함은 군자의 염치로다. 자네 비록 미물이나 군자의 본을 받

---

29) 사람들에게 제가끔 맺어져 있다는 별.

30) 제갈량諸葛亮. 섬서성에 있는 오장원에서 위나라와 싸우다 병으로 죽었는데 그때 장성이
  떨어졌다 한다.

31) 푸른 산에 해가 짐.

32) 중국 고대의 임금인 황제黃帝. 땅을 주관하는 토덕土德 왕으로서 땅의 색이 누런색이므
  로 '황제黃帝'라는 이름이 붙었다고 한다.

33) 닭 울 때.

34) 죄인을 묶던 주황색 포승.

35) 삼모장은 죄인을 치는 세모진 방망이. 치도곤은 죄인을 치던 나무 형구 가운데서 그중 길
  고 넓고 두꺼운 곤장. 난장은 형벌의 한 가지로, 죄인을 칠 때 몇 대 친다는 규정 없이 함
  부로 치는 매.

아 염치를 알 것이니, 백이숙제伯夷叔齊 충절忠節 염치 주속周粟[36]을 아니 먹고, 장자방張子房의 지혜 염치 사병벽곡謝病辟穀 하였으니[37], 자네도 이런 것을 본을 받아 조심을 하려 하면 부디 그 콩 먹지 마소."

장끼란 놈 이른 말이,

"네 말이 무식하다. 예절을 모르거든 염치를 내 알쏘냐. 안자顔子[38]님 도학道學 염치로도 삼십밖에 더 못 살고, 백이숙제의 충절 염치로도 수양산에 굶어 죽어 있고, 장량張良의 사병벽곡으로도 적송자赤松子[39]를 따라갔으니 염치도 부질없고 먹는 것이 으뜸이라. 호타하滹沱河 보리밥을 문숙文叔[40]이 달게 먹고 중흥 천자 되어 있고, 표모漂母의 식은 밥을 한신韓信이 달게 먹고[41] 한국 대장漢國大將 되었으니, 나도 이 콩 먹고 크게 될 줄 뉘 알쏘냐."

까투리 하는 말이,

"그 콩 먹고 잘된단 말은 내 먼저 말하리라. 잔디찰방 수망首望으로 황천부사黃泉府使 제수除授하여[42] 청산을 영이별 하오리니 내 원망은 부디 마소. 고서古書를 볼 양이면 고집불통 과하다가 패가망신 몇몇인고. 천고 진시황秦始皇의 몹쓸 고집 부소扶蘇[43]의 말 듣지 않고 민심 소동 사십 년에 이세二世 때에 실국失國하고, 초패왕楚霸王의 어린 고집 범증范增의 말 듣지 않다가 팔천 제자 다 죽이고 무면 도강동無面渡江東하여 자문이사自刎而死하여 있고[44], 굴 삼려屈三閭[45]의 옳은 말도 고집불청固執不聽 과하다가 진 무

---

36) 은殷나라 사람인 백이와 숙제는 형제인데 주周나라 무왕武王이 은나라를 치자 무왕에게 벼슬하기를 거절하고 수양산에 들어가서 고사리를 뜯어 먹으며 지내다가 굶어 죽었다. 주속周粟은 주나라 곡식.

37) 한漢나라 재상인 장량張良은 한고조가 한신韓信을 죽이는 것을 보고 벼슬을 오래 하면 화를 입으리라 생각하고 병을 핑계하여 벼슬에서 물러나 밥을 먹지 않고 사는 이른바 신선술을 배웠다고 한다. 장자방은 장량.

38) 공자의 제자인 안회顔回.

39) 전설에 서왕모西王母라는 여자 신선의 석실石室에 살았다는 신선.

40) 후한 광무제光武帝 유수劉秀.

41) 한漢나라 재상 한신은 어려서 집이 가난하여 빨래하는 여인네에게서 식은 밥을 얻어먹고 자랐다고 한다. 표모漂母는 빨래하는 나이 지긋한 여자.

42) 무덤의 잔디를 지킬 사람에 맨먼저 이름이 올라 저승에 임명되어. 잔디찰방은 무덤의 잔디를 지킨다는 뜻으로 죽음을 달리 말한 것이고, 수망首望은 벼슬아치를 뽑을 때 세 사람을 추천하는데, 그중 첫째 후보자. 황천부사는 저승인 황천을 한 고을에 비유하여 그곳을 다스리는 원이라는 뜻.

43) 진시황의 맏아들. 아버지에게 폭정을 하지 말라고 했다가 멀리 변방으로 쫓겨났다.

관秦武關에 군이 갇혀 가련可憐 공산空山 삼혼三魂[46] 되어 강상江上에 우는 새 어복 충혼魚腹忠魂[47] 부끄럽다. 자네 고집 과하다가 오신명誤身命[48]하오리다."

장끼란 놈 하는 말이,

"콩 먹고 다 죽을까. 고서를 볼작시면 '콩 태 자' 든 이마다 오래 살고 귀히 되나니라. 태곳적 천황씨天皇氏는 일만 팔천 세를 살아 있고, 태호 복희씨太昊伏羲氏는 풍風 성이 상승相承하여[49] 십오 대를 전해 있고, 한 태조, 당 태종은 풍진세계風塵世界 창업지주創業之主 되었으니 오곡 백곡 잡곡 중에 콩 태 자가 제일이라. 궁팔십窮八十 강태공姜太公은 달팔십達八十 살아 있고[50], 시중천자詩中天子 이태백李太白은 기경상천騎鯨上天[51] 하여 있고, 북방의 태을성太乙星은 별 중의 으뜸이라. 나도 이 콩 달게 먹고 태공같이 오래 살고 태백같이 상천上天하여 태을선관太乙仙官[52] 되오리라."

까투리 홀로 경황없이 물러서니, 장끼란 놈 거동 보소. 콩 먹으러 들어갈 제 열두 장목 펼쳐 들고 꾸벅꾸벅 고개 조아 조츰조츰 들어가서 반달 같은 혀뿌리로 들입다 꽉 찍으니 두 고패 둥그러지며 머리 위에 치는 소리 박랑사博浪沙 중에[53] 저격狙擊 시황始皇하다가 버금 수레[54] 맞히는 듯 와지끈 뚝딱 푸드득 푸드득 변통 없이 치였구나.

---

44) 초나라의 임금인 항우項羽는 고집이 세어, 범증이 한고조 유방을 먼저 치자고 했으나 유방의 책략에 넘어가 범증의 말을 듣지 않았다. 결국 항우는 해하의 싸움에서 패하고 유방에게 쫓겨 강동으로 가던 도중 오강烏江에 이르러, 돌아가면 병사의 부모들을 볼 낯이 없다는 생각으로 스스로 목을 찔러 죽었다.

45) 초나라의 삼려대부를 지낸 굴평屈平. 굴원屈原이라고도 한다. 초 회왕楚懷王이 진秦나라의 초청을 받아 가려고 할 때 굴원이 말렸으나 회왕은 그 말을 듣지 않았다. 회왕이 진나라의 국경 무관武關에 이르렀을 때 진나라 군사에게 잡혀 죽었다.

46) 가련하게도 적막한 산중에서 죽은 넋이 되어. 삼혼三魂은 도교에서 사람의 영혼을 이르는 말.

47) 고기 배 속의 충성스러운 넋. 굴평이 멱라수에 몸을 던져 죽었는데 그의 혼이 고기 배 속에 있다는 말이다.

48) 몸을 그르침.

49) 태호 복희씨의 후손이 대대로 계승하여. 태호 복희씨의 성이 풍이라고 한다.

50) 주周나라 사람 여상呂尙. 백육십 살을 살았는데 첫 팔십 살 까지는 궁했고 뒤에 팔십 년 동안은 영달하였다고 한다.

51) 고래 타고 하늘에 오름. 이태백이 채석강에서 물에 비친 달을 건지려다가 빠져 죽었는데 그것을 고래를 타고 하늘에 올라간 것으로 표현한 말.

52) 하늘에 산다는 신선 벼슬아치.

53) 박랑의 모래터 가운데. 장량張良이 형가荊軻를 시켜서 진시황을 습격하게 한 곳이다.

까투리 하는 말이,

"저런 광경 당할 줄 몰랐던가. 남자 되어 여자의 말 잘 들어도 패가敗家하고 계집의 말 안 들어도 망신亡身하네."

까투리 거동 볼작시면 상하 평전 자갈밭에 자라 머리[55] 풀어 놓고 당글당글 궁글면서 가슴 치고 일어 앉아 잔디풀을 쥐어뜯어 애통하며 두 발로 땅땅 구르면서 붕성지통崩城之痛[56] 극진하니, 아홉 아들 열두 딸과 친구 벗님네도 불쌍타 의론하며 조문弔問 애곡哀哭하니 가련 공산空山 낙목천落木天[57]에 울음소리뿐이로다.

까투리 슬픈 중에 하는 말이,

"공산 야월空山夜月 두견성杜鵑聲[58]은 슬픈 회포 더욱 섧다. 《통감通鑑》[59]에 이르기를, '독한 약이 입에는 쓰나 병에는 이利하고 옳은 말이 귀에는 거슬려도 행실에는 이하다.' 하였으니, 자네도 내 말 들었으면 저런 변 당할쏜가. 답답하고 불쌍하다. 우리 양주兩主 좋은 금슬 뉘더러 말할쏘냐. 슬피 서서 통곡하니 눈물은 못이 되고 한숨은 풍우 된다. 가슴에 불이 붙네. 이내 평생 어이할꼬."

장끼 거동 볼작시면 차위 밑에 엎디어서,

"에라, 이년 요란하다. 호환虎患을 미리 알면 산에 갈 이 뉘 있으리. 선미련 후실기[60]라, 죽는 놈이 탈 없이 죽으랴. 사람도 죽기 살기를 맥으로 안다 하니, 나도 죽지 않겠나 맥이나 짚어 보소."

까투리 대답하고 이른 말이,

"비위맥이 끊어지고 간맥은 서늘하고 태충太衝맥[61]은 걷어 가고 명맥命脈은 끊쳐 가네. 애고, 이게 웬일이오? 원수로다, 원수로다, 고집불통 원수로다."

장끼란 놈 하는 말이,

"맥은 그러하나 눈청을 살펴보소. 동자부처[62] 온전한가."

까투리 한숨 쉬고 살펴보며 이른 말이,

"인제는 속절없네. 저편 눈의 동자부처 첫새벽에 떠나가고, 이편 눈의 동자부처 지금 떠

---

54) 임금이 거둥할 때 임금이 탄 수레를 모르게 하려고 예비로 두는 수레.

55) 채 길지 않은 짧은 머리.

56) 남편을 여읜 슬픔.

57) 나뭇잎이 다 지고 쓸쓸한 때.

58) 적막하고 쓸쓸한 산중 달밤에 우는 두견이 소리.

59) 《자치통감》. 북송北宋의 사마광司馬光이 편찬한 역사책.

60) 미련한 짓이 앞서면 그것을 바로잡자고 하여도 때를 잃고 만다는 뜻.

61) 엄지발가락 위에서 짚는 맥.

62) 눈부처. 눈동자에 비쳐 나타난 사람의 형상.

나가려고 파랑 보에 봇짐 싸고 곰방대 붙여 물고 길목버선 감발하네. 애고애고, 이내 팔자 이다지 기박한가. 상부喪夫[63]도 자주 한다. 첫째 낭군 얻었다가 보라매게 채여 가고, 둘째 낭군 얻었다가 사냥개에 물려 가고, 셋째 낭군 얻었다가 살림도 채 못 하고 포수에게 맞아 죽고, 이번 낭군 얻어서는 금슬도 좋거니와 아홉 아들 열두 딸을 낳아 놓고 남혼여가男婚女嫁[64] 채 못 하여 구복口腹[65]이 원수로 콩 하나 먹으려다 저 차위에 덜컥 치였으니 속절없이 영이별하겠구나.

도화살을 가졌는가, 상부살喪夫煞을 가졌는가. 이내 팔자 험악하다. 불쌍토다, 우리 낭군. 나이 많아 죽었는가, 병이 들어 죽었는가. 망신살을 가졌던가, 고집살을 가졌던가. 어찌하면 살려 낼꼬.

앞뒤에 섰는 자녀 뉘라서 혼취婚娶하며 복중腹中에 든 유복자는 해산구완 뉘라 할까. 운림초당雲林草堂 너른 뜰에 백년초를 심어 두고 백년해로 하자더니 단 삼 년이 못 지나서 영결종천永訣終天[66] 이별초가 되었구나. 저렇듯이 좋은 풍신 언제 다시 만나 볼까. 명사십리 해당화야 꽃 진다 한을 마라. 너는 명년 봄이 되면 또다시 피련마는 우리 낭군 이번 가면 다시 오기 어려워라. 미망未亡[67]일세, 미망일세. 이 몸이 미망일세."
한참 통곡하니, 장끼란 놈 반눈 뜨고,
"자네 너무 설워 마소. 상부喪夫 잦은 네 가문에 장가가기 내 실수라. 이 말 저 말 잔말 마라. 사자死者는 불가부생不可復生이라[68], 다시 보기 어려우리니 나를 굳이 보려거든 명일 조반 일찍 먹고 차위 임자 따라가면 김제장에 걸렸거나 진주장에 걸렸거나 청주장에 걸렸거나 그렇지 아니하면 감영또나 병영또나 수령또의 관청고官廳庫[69]에 걸렸든지 봉결封物 짐에 얹혔든지 사또 밥상 오르든지, 그렇지 아니하면 혼인집 폐백 건치乾雉[70] 되리로다. 내 얼굴 못 보아 설워 말고 자네 몸 수절하여 정렬부인貞烈夫人 되옵시오.

불쌍하다, 불쌍하다. 이내 신세 불쌍하다. 울지 마라, 울지 마라. 내 까투리, 울지 마라. 장부 간장 다 녹는다. 네 아무리 설워하나 죽는 나만 불쌍하다."
장끼란 놈 기를 쓴다. 아래 고패 벋디디고 뒤 고패 당기면서 버럭버럭 기를 쓰나 살길이

---

63) 남편의 죽음을 당함.
64) 아들 장가들이고 딸 시집보내는 것.
65) 입과 배. 여기서는 먹고사는 것을 말한다.
66) 죽어서 영원히 이별함.
67) 남편은 죽었는데 안해는 죽지 않고 살아 있다는 뜻. 과부가 된 것을 이른다.
68) 죽은 자는 다시 살아날 수 없다.
69) 감영 사또(관찰사), 병마 사또(병마절도사), 고을 사또의 관아 곳간.
70) 예를 갖추어 보내는 말린 꿩고기. 흔히 새색시가 처음으로 시부모를 뵐 때에 시어머니에게 건치를 폐백으로 드렸다.

전혀 없고 털만 쑥쑥 다 빠지네.

이때 차위 임자 탁 첨지는 망보다가 만선두리 서피鼠皮 휘양[71] 우그려 쓰고 지팡막대 걸어 짚고 허위허위 달려들어 장끼를 빼어 들고 희희낙락 춤을 추며,

"지화자 좋을시고. 안 남산 벽계수에 물 먹으러 네 왔더냐, 밖 남산 작작 도화灼灼桃花 꽃놀이에 네 왔더냐. 탐식몰신貪食歿身[72] 모르고서 식욕이 과하기로 콩 하나 먹으려다가 녹수청산 놀던 너를 내 손으로 잡았구나. 산신께 치성하여 네 구족九族[73]을 다 잡으리라."

장끼의 빗문 혀를 빼내어 바위 위에 얹어 놓고 두 손으로 합장하여 비는 말이,

"아까 놓은 저 차위에 까투리마저 치이옵소서. 나무아미타불 관세음보살."

꾸벅꾸벅 절하고 탁 첨지 내려간다.

까투리 뒤미처 밟아 가서 바위에 얹힌 털을 울며불며 찾다가 칡잎으로 소렴小斂하고 댕댕이로 대렴大斂하고 원추리로 명정銘旌 써서 애송목에 걸어 놓고[74], 밭머리 사태 난 데 금정金井 없이 산역山役하여 하관下官하고[75] 산신제山神祭와 불신제佛神祭 지내고 제물祭物을 차릴 적에, 가랑잎에 이슬 받아 제주祭酒 굴밤 딱지로 접시 삼고 도토리 잔 삼아 담아 놓고, 속새 대로 수저 삼아 칭가유무稱家有無[76] 형세대로 그렁저렁 차려 놓고, 호상護喪 소임所任[77]으로 집사를 분정分定하니 누구누구 들었던고.

의관 좋은 두루미는 초헌관初獻官이 되어 있고 몸 가벼운 날랜 제비는 접빈객接賓客 되어 있고 말 잘하는 앵무새는 진설陳設을 맡았구나.[78] 따오기 꿇어앉아 축문祝文을 읽으니,

---

71) 만선두리는 벼슬아치가 겨울에 예복을 입을 때 머리에 쓰는 방한구. 서피 휘양은 검은담비의 털가죽으로 만든 것으로, 남바위 비슷하고 뒤가 길며 목덜미와 뺨도 싸게 되어 있다.

72) 음식을 탐내다 죽음.

73) 보통 고조부, 증조부, 할아버지, 아버지, 본인, 아들, 손자, 증손자, 현손자를 말한다.

74) 소렴은 송장에게 새로 지은 옷을 입히고 이불로 싸는 것, 대렴은 소렴을 치른 다음 날 다시 송장에 옷을 더 포개어 놓고 이불도 싸서 베로 묶는 의식. 명정은 다홍색 천에 흰 글자로 죽은 사람의 벼슬, 성씨 따위를 쓰고 장대에 깃발처럼 달아 상여 앞에 들고 묘지에 가서 널 위에 펴고 묻는 것.

75) 대충 구덩이를 파서 관을 묻고 뫼를 만들고. 금정金井은 금정틀로, 무덤을 만들 때 구덩이의 너비와 길이를 재는 틀.

76) 집의 형편에 따라 알맞게 함.

77) 초상 치르는 데 온갖 일을 주장하며 보살피는 책임을 맡은 것.

78) 초헌관은 제사 지낼 때 세 번에 걸쳐 술잔을 치는 데서 맨 먼저 술잔을 드리는 사람. 접빈객은 제사 지내려고 온 손님들을 맞이하는 것. 진설은 제사나 잔치 때 제물과 음식 들을 상에 차리는 것.

그 축문에 하였으되,

　"유세차維歲次 모년某年 모월某月 모일某日 미망未亡 까투리 감소고우 현벽敢昭告于顯
　辟 장끼 학생 부군學生府君 혼귀둔석魂歸窀穸 신반실당神返室堂 신주기성神主旣成 복
　유존령伏維尊靈 사구종신捨舊從新 시빙시의是憑是依."[79]

하였더라.

　이때 철상撤床[80]할 듯 말 듯 주저할 제 소리개 하나 떠오다가 주린 중에 굽어보고,

　"어느 놈이 만상제냐. 내 한 놈 데려가리라."

하고, 우루룩 달려들어 두 발로 꿩 새끼 하나 툭 차 가지고 공중에 높이 떠서 층암절벽 상상
봉에 너울 덤벅 올라앉아 이리 뒤적 저리 뒤적 하는 말이,

　"감기로 불평不平하여 연 십 일 주리기로 구미가 떨어졌더니 오늘이야 인간 제일미를 얻
　었구나. 문어 전복 해삼탕은 재상宰相의 제일미요, 전초 자반〔煎炒佐飯〕[81] 송엽주松葉
　酒는 수라 중의 제일미요, 십 년 일결一結 해궁도海宮桃[82]는 서왕모西王母의 제일미요,
　일년장춘一年長春[83] 약산주藥山酒는 상산사호商山四皓[84] 제일미요, 절로 죽은 강아지
　와 꽁지 안 난 병아리는 연鳶장군[85]의 제일미라. 굵으나 자나 꿩의 새끼 하나 생겼으니
　주린 김에 먹어 보자."

하며, 너울너울 춤추다가 아차 하고 돌아보니 바위 아래 떨어져서 자취 없이 숨었구나. 속
절없이 물러앉아 허희탄식歔欷歎息[86] 하는 말이,

　"삼국 명장 관운장關雲長도 화용도華容道 좁은 길에 잡은 조조曹操 놓았으니[87] 이는 대

---

79) "아무 해 아무 달 아무 날에 과부인 까투리는 감히 아룁니다. 세상을 떠난 남편인 장끼님
　　의 혼백은 무덤 속으로 돌아가고 신령은 집으로 돌아오소서. 신주는 이미 만들었으니 엎
　　드려 바라옵건대 신령께서는 옛것을 버리고 새것에 의지하소서."

80) 제사를 끝내고 상을 물리는 것.

81) 졸이고 볶은 반찬.

82) 십 년에 한 번 열린다는 신선의 복숭아. 전설에는 동해 바다 속에 있는 도색산度索山에서
　　난다고 한다.

83) 한 번 마시면 한 해 동안 취해 있다는 뜻.

84) 진秦나라 말년에 난리를 피하여 상산에 숨어서 바둑을 두며 살았다는 네 노인 동원공東園
　　公, 기리계綺里季, 하황공夏黃公, 녹리선생甪里先生. 모두 수염과 눈썹이 희어서 사호라
　　고 불렸다.

85) 소리개를 장수에 비유해서 이르는 말.

86) 한숨지으며 탄식함.

87) 조조가 적병강 싸움에서 패하고 화용도로 달아날 때 길목을 지키던 관운장에게 잡혔는데
　　그 전날 자기가 관운장을 잡았을 때 후대하여 놓아주지 않았느냐고 하자 관운장이 조조를

의大義를 생각함이요, 첨악尖惡한[88] 연장군도 꿩의 새끼 놓았으니 그도 또한 선심善心이라 자손 창성昌盛하리로다."

이때 태백산 갈까마귀 북악을 구경하고 노중路中에 허기 만나 요기차로 까투리께 조상하고 과실 노나 먹은 후에 탄식하여 이른 말이,

"그 친구 풍신 좋고 심덕 좋아 장수할 줄 알았더니 붉은 콩 하나 못 참아서 비명횡사 하단 말가. 가련하고 불쌍하다. 우리야 그런 콩 보기로 먹을쏘냐. 어보 까투리 마누라님, 들어 보소. 오늘 이 말씀이 체면은 틀리나 고담古談에 이르기를, '장사 나면 용마 나고 문장 나면 명필 난다.' 하였으니, 그대 상부喪夫하자 내 오늘 여기 와서 삼물 조합三物調合[89] 맞았으니, 꽃 본 나비 불을 헤아리며, 물 본 기러기 어옹漁翁을 두려할까. 그 성세聲勢[90]와 가문 내 알고 내 형세와 가문 그대 알 터이니, 우리 둘이 자수성가自手成家 할 셈 잡고 백년동락 어떠한가."

하니, 까투리 한숨짓고 하는 말이,

"아무리 미물인들 삼년상도 못 마치고 개가改嫁하여 가는 법은 뉘 예문禮文에 보았는가. 고담에 이른 말이 '운종룡雲從龍하고 풍종호風從虎라.'[91] 하며 '여필종부女必從夫라.' 하였으니 님마다 따를쏘냐."

까마귀 대로하여 왈,

"네 말이 가소롭다. 《시전詩傳》 '개풍凱風' 장에 이르기를, '유자칠인有子七人호되 막위모심莫違母心이라.'[92] 하였으니 사람도 일곱 아들 두고 개가하여 갈 제 탄식한 말이라 하니, 하물며 너 같은 미물이 수절이 당한 말가. 자고로 까투리 열녀 정문 못 보았네."

이때 부엉이 들어와 조문 후에 까마귀를 돌아보고 이른 말이,

"몸뚱이도 검거니와 부리도 괴이하다. 어른이 올작시면 기거起居[93]도 아니하고 언연偃然히[94] 앉았느냐?"

까마귀 노하여 왈,

"완만頑慢한[95] 부엉아, 눈은 우묵하고 귀가 쫑긋하면 어른이냐? 내 몸 검다 웃지 마라. 거

놓아주었다고 한다.

88) 성질이 송곳 같고 사나운.
89) 세 가지가 들어맞는다는 뜻.
90) 명성과 위세. 또는 형세形勢에서 온 말로 집안 살림 형편.
91) 용 가는 데 구름 가고, 범 가는 데 바람이 따라간다는 말.
92) 자식이 일곱이나 되어도 어머니의 마음을 위로하지 못한다는 뜻.
93) 앉았다가 들어오는 손님을 맞기 위하여 일어섬.
94) 틀을 차려 거만스럽게.
95) 거만한.

죽은 검으려니와 속조차 검을쏘냐. 우연 비과산음飛過山陰[96]타가 이내 몸 검었노라. 나의 부리 웃지 마라. 월왕越王 구천句踐이도 내 입과 방불하나[97] 십 년을 칼 갈아 부악을 돌아들어 제후 왕 되었세라. 옛글을 몰랐으니 어른은 무슨 어른이냐? 저놈을 그저는 못두리라. 명일 식후에 통문通文 놓아 대동회大同會 벌 붙이고 양안에 제명除名하리라[98]."

하며, 한참 이리 다툴 적에 청천에 외기러기 운간雲間에 떠올라가 우연히 내려와서 목을 길게 늘이고서 좌우를 대책大責하여 왈,

"네 무슨 어른이뇨? 한나라 소자경蘇子卿[99]이 북해상北海上에 십구 년을 갇혔을 때 고국 소식 모르기로 일장 서간書簡 맡아다가 한 천자께 내 손으로 바쳤으니 이런 일을 볼 양이면 내가 먼저 어른이라. 네 무슨 어른이냐?"

앞 연당蓮塘 물오리란 놈 일곱 번 상처喪妻하고 남녀간 혈육 없어 후처를 구하더니, 까투리 상부喪夫한 소식을 듣고 통혼通婚도 아니 하고 혼인 길을 차릴 적에, 옹옹雖雖 명안鳴雁[100] 기러기로 안부장雁夫丈[101]을 삼아 두고 관관關關 저구雎鳩 징경이[102]로 함진아비 삼아 두고 귀왈 좋은[103] 황새로 후행後行을 삼아 두고 소리 큰 왜가리로 길잡이를 삼아 두고 맵시 있는 호반새[104]로 전갈하인 삼았구나.

이날 호반새 들어와서 이른 말이,

"까투리 신부 계신가? 오리 신랑 들어가네."

까투리 울다 하는 말이,

"아무리 과부가 만만한들 궁합도 아니 보고 억혼抑婚을 하려 하오?"

오리 하는 말이,

"과부 홀아비 만나는데 예절 보고 사주 볼까? 신부 신랑 둘이 자면 궁합 절로 되느니라.

---

96) 성삼문의 시 "우연히 산음 벌을 날아 지나다 그만 옛 명필의 벼루 썼던 못에 떨어지도다."라는, 까마귀가 검은 것을 표현한 구절에서 따온 말.

97) 월나라 임금 구천은 목이 길고 입이 뾰족하였다고 한다.

98) 대동회에서 벌을 주기로 의논에 붙이고 명부에서 이름을 뺄 것이다.

99) 한漢나라 소무蘇武. 흉노에 사신으로 갔다가 십구 년 동안 갇혀 있었다. 기러기가 편지를 전해 주었다는 이야기가 있다.

100) 화락하게 우는 기러기.

101) 기러기아비. 잔치에서 신랑이 신부 집에 기러기를 가지고 가서 상 위에 놓고 절하는 예인 전안례奠雁禮를 할 때에 기러기를 들고 신랑 앞에 서서 가는 사람.

102) 끼룩끼룩 우는 물수리 징경이. 징경이는 물수리.《시경》맨 처음 나오는 시 첫 구절이다.

103) 기운 좋은.

104) 등은 적갈색 도는 자줏빛이며 뒤쪽은 희고 배 쪽은 누른 갈색 나는 새. 부리는 크고 붉으며 다리도 붉다.

택일이나 하여 보자. 일상생기一上生氣 이중천의二中天宜 삼하절체三下絶體 사중유혼四中遊魂 오상화해五上禍害 육중복덕六中福德日이요[105], 천덕天德 일덕日德[106]이 합하였으니 오늘밤이 으뜸이라. 이성지합二姓之合은 백복지원百福之源[107]이니 잔말 말고 지금 자세."

까투리 웃고 대답하되,

"자네는 남자라고 음흉한 말 제법 하네."

오리란 놈 하는 말이,

"이내 호강 들어 보소. 영주瀛洲, 봉래蓬萊 청강수淸江水에 모든 신선 배를 타고 완월장취玩月長醉[108]하는 양을 역력히 구경하고, 소상瀟湘, 동정洞庭 너른 물에 홍료 백빈紅蓼白蘋[109] 집을 삼아 오락가락 노닐면서 은린옥척銀鱗玉尺[110] 좋은 생선 식량대로 장복長服하니 천지간에 좋은 생애 물 밖에 또 있는가?"

까투리 하는 말이,

"물 생애 좋다 한들 육지 생애 같을쏘냐. 우리 생애 들어 보소. 평원광야 너른 들에 오락가락 노닐다가 층암절벽 높은 봉에 허위허위 올라가서 사해팔방 구경하고, 춘삼월 늦은 봄 객사청청 유색신客舍靑靑柳色新할 제 황금 같은 꾀꼬리는 양류간楊柳間에 왕래하고[111] 춘풍도리 화개야春風桃李花開夜[112]에 초혼조招魂鳥 슬피 울어 불여귀不如歸 하는 소리[113] 초목금수草木禽獸라도 심회心懷 산란하니, 그도 또한 경景이로다. 추팔월 황국黃菊 시절 만산萬山 실과 주워다가 앞뒤로 노적하고 치장군雉將軍[114]의 좋은 복색服

---

105) 날의 간지와 사람의 나이를 팔괘의 수에 배정하여 상, 중, 하 세 효의 변화로 그날의 운수를 보는 것을 생기법生氣法이라 하는데, 이 생기법에 의하여 고른 길한 날들에 생기일, 천의일, 절체일, 유혼일, 화해일, 복덕일 등이 들어 있다.

106) 만물을 생성하는 하늘과 해의 '덕' 이라는 뜻. 또는 그 덕이 베풀어지는 '길일', '길방' 을 이르는 말.

107) 성이 다른 남녀의 결혼은 백 가지 복의 근원.

108) 달구경하며 함뿍 술에 취해 있음.

109) 붉은빛을 띤 여뀌와 흰 꽃이 피는 마름. 여기서는 여뀌가 무성한 강기슭과 마름이 돋은 모래톱이라는 뜻.

110) 비늘이 은빛으로 반짝이는 큰 물고기.

111) 객사에 푸릇푸릇 버들이 새로울 제 황금 같은 꾀꼬리는 버드나무 사이를 오락가락하고.

112) 봄바람 산들산들, 복숭아꽃 오얏꽃 방실 핀 밤.

113) 두견이는 슬피 울어 고향에 돌아감만 못하여라 하는 소리. 초혼조는 두견새로 죽은 사람의 넋을 부르는 새라는 뜻. 촉蜀나라 임금 두우杜宇가 임금 자리를 신하에게 빼앗기고 죽어 두견이가 되었는데, '불여귀 불여귀' 하며 울었다는 이야기가 있다.

色 춘치자명春雉自鳴[115] 우는 소리 고금에 무쌍이라, 수궁 생애 좋다 한들 육지 생애 당할쏘냐."

하니, 오리 묵묵히 앉았으니 그 곁에 조상 왔던 장끼란 놈 썩 나서며 하는 말이,

"이내 몸 환거鰥居[116]한 지 삼 년이 되었으되 마땅한 혼처 없더니 오늘 그대 과부 되자 내 또한 조상 와서 천정배필天定配匹 천우신조天佑神助하였으니, 우리 둘이 짝을 지어 유자생녀有子生女하고 남혼여가男婚女嫁 시키어 백년해로하리로다."

까투리 하는 말이,

"죽은 낭군 생각하면 개가하기 박절하나 내 나이를 꼽아 보면 불로불소不老不少 중늙은이라, 숫맛 알고 살림 살 나이로다. 오늘 그대 풍신 보니 수절 마음 전혀 없고 음란지심淫亂之心 발동하네. 허다한 홀아비가 에서 제서 통혼하나 왕손만王孫滿이 각지却之러니[117], 옛말에 이르기를 유유상종類類相從이라 하였으니, 까투리가 장끼 신랑 따라감이 의당 당당當當한 상사常事로다. 아뭏거나 살아 보세."

장끼란 놈 꺽꺽 푸드득하더니 벌써 이성지합 되었으니 통혼하던 까마귀, 부엉이, 물오리 무안에 취하여 훨훨 날아갈 제 각색 소임 다 날아간다. 감장새 후루룩, 호반새 주루룩, 방울새 딸랑, 앵무, 공작, 기러기, 왜가리, 황새, 뱁새 다 돌아가느라.

이때 까투리 새 낭군 앞세우고 아홉 아들 열두 딸 뒤세우고 백설풍白雪風 무릅쓰고 운림벽계雲林碧溪로 돌아가서 명년 삼월 봄이 되매 남혼여가 다 여의고 자웅雌雄이 쌍을 지어 명산대천 노닐다가 시월이라 십오일에 내외 자웅 가시버시 큰물에 들어가 조개 되었으니, '치입대수위합雉入大水爲蛤'[118]이라 세상 사람들이 이르느니라.

---

114) 꿩. 알락달락한 모양이 장수가 갑옷을 입은 것 같다는 것.

115) 봄 꿩이 저절로 운다는 뜻으로, 철이 되면 절로 운다는 말.

116) 홀아비로 삶.

117) 왕손만王孫滿은 주 목왕周穆王 때 대신으로, 초나라의 분에 넘치는 요구를 거절한 일이 있다고 한다.

118) 꿩이 큰물 속에 들어가서 조개가 되다.

두껍전 원문

　명나라 가정嘉靖[1] 연간에 천하 태평하고 사방이 무사하매 청명淸明 가절佳節을 당하여 이때 기주冀州 땅에 부평[2]한 뫼 있으되 이름은 옥포산玉浦山이라. 그 산이 높기가 하늘에 닿은 듯하고 만첩천봉萬疊千峰은 겹겹이 둘러 있고 층암절벽은 반공半空에 솟아 있는데 풍진風塵 요해처要害處[3]로 세상 사람 보지 못하던 곳이라.

　그중에 한 짐승이 있으되 빛은 뽀얗고 주둥이 뾰족하고 두 귀 볼쪽하고 허리는 길고 네 발은 쪽발이라. 일어서면 고개를 숫그리고(곤두세우고) 뛰기를 잘하니 세상 사람이 이른바 노루라 하는지라. 가장 엄숙하고 또한 부귀를 겸하며 오복五福이 가득한 고로 제 아비를 추존推尊하여 선생이라 하고 성은 장獐[4]이라 하며, 칭호 왈 '장 선생'이라 하더니, 숭록대부崇祿大夫 가자加資[5]를 하였다 하고 춘삼월 호시절에 잔치를 배설排設할새 장 선생 맏손자가 여쭙되,

　"우리 집 경연慶宴을 배설하오매 각처 손님을 청하려니와 만일 백호 산군白虎山君을 청치 아니하오면 후일에 필경 환환患患이 될 듯하오니 어찌하오리까?"

　장 선생이 눈을 감고 오래 생각을 하다가 이르되,

　"백호 산군은 힘만 믿고 사나워 친구를 모르고, 연전에 네 형을 해하려고 급히 쫓아오니 네 형이 뛰기를 잘못하였던들 하마 죽을 뻔하였나니 그러므로 내 집에 혐의嫌疑 있고 또한 산군이 좌석에 참례參禮하면 각처 손님이 필경 황겁惶怯하여 잘 놀지 못할 것이니 청치 않음이 당當하도다."

　이때 이화梨花 도화桃花 만발하고 왜철쭉 두견화가 새로이 피어 있고 각색 방초芳草는 드리웠으니 만학천봉萬壑千峰에 춘흥春興이 가득하여 경개景槪 절승絶勝한지라.

　주인 장 선생이 연석宴席을 배설할새 구름으로 차일 삼고 산세山勢로 병풍 삼고 잔디로

---

1) 명나라 세종 황제의 연호.
2) 넓고 평퍼짐함.
3) 어지러운 세상을 피해 살 만한 이상향.
4) 궁노루.
5) 숭록대부는 종일품 품계, 가자는 품계를 올려 주는 것.

포진鋪陳[6] 삼고 장 선생은 갈건야복葛巾野服[7]으로 손님을 기다리더니 동서남북 짐승 손님이 들어올 제 뿔 긴 사슴이며 요망한 토끼며 엷없는 승냥이며 방정맞은 잔나비며 요괴로운 여우며 어룽더룽 두꺼비며 꺼칠한 고슴도치며 빛 좋은 오소리며 만사에 미련한 두더지며 어이없는 수달피 등물等物이 앞서며 뒤서며 펄펄 뛰어 문이 메게 들어오니 주인은 동계東階에 읍揖하고[8] 객은 서계西階에 올라 상좌上座를 다투어 좌차座次[9]를 결단치 못하여 분분 난잡紛紛亂雜하니, 주인이 아무리 할 줄을 모르고, 두꺼비는 본디 위엄이 없는지라 분요분擾[10] 중에 아무 말도 못 하고 산몍[11]을 벌떡이며 엉금 기어 한 모퉁이에 엎드려 거동만 보니, 그중에 토끼란 놈이 깡청 뛰어 내달아 눈을 깜작이며 말하되,

"모든 손님은 훤화喧譁[12]치 말고 내 말을 잠간 들어 보소."

노루 대답하되,

"무슨 말씀이오니이까?"

토끼 왈,

"오늘 우리 모꼬지에 조용히 좌座를 정하여 예법을 정할 것이어늘 한갓 요란만 하고 무례하니 아무리 우리 모꼬진들 해연駭然[13]치 아니하랴."

노루란 놈이 턱을 끄떡이며 웃어 왈,

"말씀이 가장 유리有理[14]하니 원컨대 선생은 좋은 도리를 가르쳐 좌정座定케 하소서."

토끼는 모든 손님을 돌아보아 가로되,

"내 일찍 들으니 '조정朝廷은 막여작莫如爵이요 향당鄕黨은 막여치莫如齒라.' [15] 하오니 부질없이 다투지 말고 연치年齒를 차려 좌座를 정하소서."

노루가 허리를 수그리고 펄쩍 뛰어 내달아 왈,

"내가 나이 많아 허리가 굽었노라. 상좌에 처함이 마땅하다."

하고 암탉의 걸음으로 앙금앙금 기어 상좌에 앉으니, 여우란 놈이 생각하되,

---

6) 자리를 폄. 또는 그 자리.

7) 칡베로 만든 두건과 베로 만든 옷. 속세를 피하여 산속에서 숨어 사는 선비의 수수한 차림새를 이르는 말.

8) 동쪽 섬돌에 서서 두 손을 맞잡아 머리 위로 올리며 예를 표하고.

9) 앉는 자리의 차례.

10) 떠들썩하고 소란함.

11) 턱 아래쪽의 목.

12) 시끄럽게 떠듦.

13) 매우 놀라움.

14) 이치에 맞는 점이 있음.

15) 조정에서는 벼슬 높은 사람이 첫째이고 마을에서는 나이 많은 사람이 첫째라.

'저놈이 한갓 허리 굽은 것으로 나 많은 체하고 상좌에 앉으니 낸들 어찌 무슨 간계奸計로 나 많은 체 못 하리오.'

하고 나룻을 쓰다듬으며 내달아 왈,

"내 나이 많아서 나룻이 세었노라."

한대, 노루 답 왈,

"네 나이 많다 하니 어느 갑자甲子[16]에 났는다? 호패號牌를 올리라."

하니, 여우 답 왈,

"소년 시절에 호협豪俠하기를 좋아하여 주사청루酒肆靑樓[17]에 다닐 적에 술이 대취大醉하여 오다가 대신大臣 가시는 길 건넜다 하고 호패를 떼어 이때까지 찾지 못하였거니와 천지개벽한 후 처음에 황하수黃河水 치던 시절[18]에 나더러 힘세다 하고 가랫장부 되었으니 내 나이 많지 아니하리오. 나는 이러하거니와 너는 어느 갑자에 낳는다?"

노루 답 왈,

"천지개벽하고 하늘에 별 박을 때에 나더러 궁통窮通[19]하다 하여 별자리를 분간分揀하여 도수度數를 정하였으니 내 나이 많지 아니하리오."

하고 둘이 상좌를 다투거늘, 두꺼비 곁에 엎드렸다가 생각하되,

'저놈들이 서로 거짓말로 나 많은 체하니 낸들 거짓말 못 하리오.'

하고 공연히 건넛산을 바라보고 슬피 눈물을 흘리거늘, 여우 꾸짖어 왈,

"저 흉간凶奸한 놈은 무슨 시름이 있관데 남의 경연慶宴에 참례參禮하여 상상치 못한 형상을 뵈느냐?"

두꺼비 답 왈,

"저 건너 고양나무를 보니 자연 비창悲愴하여 그리하노라."

여우 왈,

"고양나무 빈틈으로 네 고조할아비가 나오던 구녕이냐? 어찌 슬퍼하느냐?"

두꺼비 정색 대對 왈,

"네 주둥이만 살아 어른을 모르고 함부로 하거니와 네 귀가 있거든 내 슬퍼하는 바를 들어 보라. 내 소년 때에 저 나무 세 주를 심었더니 한 주는 맏아들이 별 박는 방망이로 버히고 한 주는 둘째 아들이 황하수 칠 때에 준천부사濬川浮沙[20]하여 가랫장부 하랴 하고 버렸더니, 그 나무 버힌 동티로 두 아들이 다 죽고 다만 저 나무 한 주와 내 목숨만 살았

---

16) 육십갑자의 준말. 어느 해에 낳느냐는 뜻.

17) 술집과 기생집.

18) 순임금이 우禹에게 황하가 넘치는 것을 막게 했던 시절.

19) 속이 깊고 트임.

20) 강바닥을 파내고 모래를 퍼 내려 보냄.

으니, 내 그때에 죽고만 싶되 천명天命인 고로 이때까지 살아 있다가 오늘날 저 낡을 다시 보니 자연 비감悲感하도다."

여우 왈,

"진실로 그러하시면 우리 중에는 나이 제일 높단 말가?"

두꺼비 답 왈,

"네 아무리 미련한 짐승인들 그중에도 소견이 있을 것이니 생각하여 보면 네 고고 존장高高尊長[21]이 넘으리라."

토끼 이 말을 듣고 꿇어 여쭙되,

"그러하시면 두껍 존장이 상좌에 앉으소서."

두꺼비 사양하고 왈,

"그렇지 아니하다. 나 많은 이 있으면 상좌를 할 것이니 좌중에 물어 보라."

한대, 좌객座客이 다 가로되,

"우리는 하늘에 별 박고 황하수 친단 말도 듣지 못하였으니 다시 물을 바 없다."

하거늘, 그제야 두꺼비 펄쩍 뛰어 상좌하고 여우는 서편에 수좌首座하고[22] 차차 좌를 정한 후에 여우 두꺼비께 상좌를 빼앗기고 분기憤氣 앙앙怏怏하여 두껍에게 기롱譏弄[23]하여 왈,

"존장이 춘추 많을진대 분명 구경을 많이 하여 계실 것이오니 어디 어디를 보아 계시니이까?"

두꺼비 왈,

"내 구경한 바는 이루 측량치 못하거니와 너는 구경을 얼마나 하였는다? 먼저 아뢰라."

한대, 여우 비창한 말로 대답하되,

"내 구경하온 바는 천하 구주九州를 편답遍踏[24]하여 동으로 태산泰山이며 서로 화산華山이며 남으로 형산衡山이며 북으로 항산恒山이며 중앙으로 숭산崇山이며 춘풍화류春風花柳와 추월단풍秋月丹楓에 곳곳마다 구경하니, 족히 청춘소년의 흥을 돋우매 '고소성외한산사姑蘇城外寒山寺에 야반종성夜半鍾聲이 도객선到客船'[25]이라. 악양루岳陽樓, 봉황대鳳凰臺를 곳곳이 올라 보고 동정호洞庭湖 칠백 리와 무협巫峽 십이봉十二峯[26]을 완연히 굽어보니 오吳나라 촉蜀나라 장사하는 사람이 구름 같은 돛을 달고 고

---

21) 여기서는 고조할아버지의 고조할아버지뻘 되는 웃어른이라는 뜻.

22) 맨 윗자리.

23) 업신여기며 희롱함.

24) 온 세상을 두루 구경했을 것이니. 편답은 두루 밟았다는 뜻.

25) 고소성 밖 한산사에서 울리는 쇠북 소리, 한밤중 나그네의 배에 들려오누나. 당나라 시인 장계張繼의 시 '풍교야박楓橋夜泊'의 한 구절.

기 잡는 소리를 월하月下에 화답하니 또한 대장부의 심사 상쾌하고, 채석강采石江 적벽
강赤壁江[27]과 동정호洞庭湖 소상강瀟湘江에 오초吳楚 동남東南을 돌아들어 잠깐 구경
하니 처처處處마다 채색彩色이 영롱한 가운데 고기 잡는 어부 무수히 왕래하니 슬픈 사
람은 더욱 슬프고 즐거운 사람은 더욱 즐거우니 짐짓 제일강산일러라.

　동남을 다 본 후에 중원中原[28]을 바라보니 슬프다, 아방궁阿房宮[29]은 연천煙天[30]에 붙
어 있고 동작대銅雀臺[31] 높은 집은 티끌이 되었으며 양류楊柳에 진경녹수秦京綠樹[32]는
광풍狂風에 높이 날리니 천고흥망千古興亡이 다 일장춘몽一場春夢이라. 탁록涿鹿[33]의
너른 들과 거록鉅鹿[34]의 높은 언덕은 옛사람의 전장戰場이어라. 임자 없는 외로운 혼백
이 겹겹이 쌓였으니 그 아니 한심한가. 그중에 비감한 정회는 창오산蒼梧山 저문 날에
황혼이 되어 있고 소상반죽瀟湘斑竹은 눈물 뿌려 지은 대〔竹〕라[35].

　금릉金陵을 구경하고 상강湘江을 건너 무릉도원武陵桃源을 들어가니 천봉千峰은 높
아 있고 만학萬壑은 깊었으며 도화桃花는 만발하여 시냇물에 떠 있으니 그도 또한 선경
仙境이라 어찌 아니 거룩하리오.

　도원을 다 구경하고 위수渭水[36]를 향하여 삼주를 지나가 금각金閣을 올라가니 촉산蜀
山 천봉이 하늘에 닿았으니 천부금성天府金城[37]이요 옥야천리沃野千里로다.

　사해 팔방을 역력히 다 본 후에 삼상三湘[38]을 건너와 요동遼東을 지나 조선을 바라보

---

26) 무협은 중국 사천성에 있는 매우 험준하고 아름다운 봉우리 이름. 무협의 열두 봉우리에
　　신선이 산다는 전설이 있다.
27) 채석강은 이백이 달을 잡으러 들어갔다가 빠져 죽었다는 강이고, 적벽강은 삼국 시대 때
　　유비의 군대가 조조의 군대를 크게 무찌른 적벽대전으로 유명한 강.
28) 여기서는 중국의 가운데.
29) 진시황이 위수 남쪽에 세운 궁궐로 매우 화려하고 커서 만 명이 들어갈 수 있다고 한다.
30) 선천先天의 오기인 듯. 이미 지나간 세상이라는 말.
31) 위나라 조조가 세운 대 이름. 하남성에 있다.
32) 진나라 서울의 푸른 나무란 뜻으로 송지문宋之問의 시 '조발소주早發韶州'에서 따왔다.
33) 황제 헌원씨가 치우를 쳐 물리친 곳.
34) 항우가 진秦나라 군대를 크게 물리친 곳.
35) 순임금이 창오산에서 죽자 그의 두 아내 아황娥皇과 여영女英이 슬피 울며 뿌린 피눈물이
　　소상강의 대를 얼룩지게 하였다는 옛 이야기가 있다.
36) 강태공이 낚시를 드리우고 때를 기다리다가 주나라 문왕을 만났다는 강.
37) 하늘이 낸 튼튼한 성새.
38) 중국 호남성의 상향湘鄕, 상담湘潭, 상음湘陰 지역. 또는 소상강과 동정호 부근을 말하기
　　도 한다.

고 평안도로 올라오니 강산도 절묘하고 경개도 으뜸이라. 연광정練光亭과 부벽루浮碧樓는 대동강이 둘러 있고 영명사永明寺가 더욱 좋다. 관봉官封이 표표表表하고 모란봉牡丹峰이 둘렸으니 그 아니 거룩한가. 송도를 지나 한양을 바라보니 도봉산道峰山 일지맥一支脈[39]이 삼각산三角山이 되어 있고 인왕산仁王山이 주봉主峰 되고 종남산終南山이 안산案山[40]이라. 한강수漢江水 둘러 있고 관악산冠岳山이 막혔으니 산도 아름답고 지세도 웅장하다. 의관문물과 예악 법도 으뜸이니 진실로 소중화小中華가 여기로다. 동으로 금강산과 서으로 구월산九月山과 남으로 지리산과 북으로 향산香山과 백두산을 역력히 다 본 후에 동해를 건너뛰어 일본을 바라보고 대마도를 지나 강호江戶[41]를 들어가니 인물도 절묘하고 산천도 아름답다.

역력히 다 본 후에 도로 조선으로 건너와 관동팔경關東八景[42] 구경하고 압록강을 건너오니 이만하면 사해팔방을 다 구경하였으매 내 구경은 이러하거니와 존장은 얼마나 구경하시나이까?"

섬 동지蟾同知[43] 눈을 꿈쩍이며 가만히 대답하되,

"네 구경인즉 무던히 하였다마는 풍경만 구경하고 왔도다. 대저 천하 별건곤天下別乾坤[44]과 산천 풍속이 다 근본 출처가 있느니라. 근본을 다 안 후에야 구경이 무식지 아니하니라. 어른이 이르거든 젊은 소년들은 근본 출처를 들어 보라.

내 구경한 바는 사해四海 안으로 이르지 말고 사해 밖으로 방장方丈, 봉래蓬萊며 영주瀛洲 삼천三天[45]과 일월日月 돋는 부상扶桑과 일월 지는 함지咸池를 보았으며 팔방을 다 방방곡곡이 아니 본 데 없거니와 예로 이른바 구주 구악九州九嶽[46]은 하우씨夏禹氏가 아홉 못을 얻어 황하수를 인도하고 십이 제국十二諸國[47]은 주 문왕周文王이 조공朝貢받던 나라요, 오악五岳은 동은 태산이요, 서는 화산이요, 남은 형산이요, 북은 항산이요, 중앙은 숭산이니 천지 오행五行을 응하여 지방을 정한 바요, 고소성과 한산사와 악

---

39) 원 산줄기에서 갈라져 나온 한 줄기.

40) 맞은편에 있는 산. 앞산.

41) 에도. 도쿄의 옛 이름.

42) 대관령 동쪽의 가장 아름다운 여덟 곳의 경치.

43) '섬蟾'은 두꺼비, '동지'는 '동지중추부사'라는 벼슬 이름의 준말이나 여기서는 남을 대접해서 이르는 말.

44) 천하의 별세상.

45) 신선이 산다고 하는 청미천淸微天, 우여천禹餘天, 대적천大赤天.《십주기十洲記》에 의하면 방장산은 동해 가운데 있는데 삼천을 다스리는 곳이라고 했다.

46) 하우씨夏禹氏가 홍수를 다스려 제 곳을 찾게 했다는 데서 온 천하를 가리킨다.

47) 춘추 시대에 주周나라를 섬기던 열두 나라.

양루는 강남[48]에 유명한 곳이라. 만고 문장 사마천司馬遷과 소동파蘇東坡와 이적선李謫仙과 두목지杜牧之는[49] 일대一代 시주객詩酒客이라. 삼춘화류만발시三春花柳滿發時와 추월단풍화국시秋月丹楓華菊時에[50] 음풍영월吟風咏月하던 곳이요, 채석강은 당나라 한림학사 이태백이 천자께 표表[51]를 받아 주유천하周遊天下[52]하여 산천 명승지지名勝之地를 두루 구경할새 채석강에 이르러 기러기 소리 나니, 밤은 소슬蕭瑟하고 달빛은 명랑한데 소년들과 일엽소선一葉小船을 타고 야심토록 흘리저어 노닐다가 술이 대취하여 물속에 비친 달을 잡으려고 물속에 빠지니 혼이 비상천飛上天[53]할 즈음에 큰 고래를 잡아 타고 우화등선羽化登仙[54]하였으며, 적벽강은 만고 문장 소자첨蘇子瞻이 임술지추칠월망간壬戌之秋七月望間[55]에 배를 타고 놀 적에 술 부어 권하여 왈, '이렇듯 좋은 강산이 삼국 시절 전장戰場 되어[56] 조맹덕曹孟德의 백만 대군이 화염 중에 다 죽었으니[57] 주유周瑜의 연환계連環計[58]와 공명孔明의 동남풍[59]에 저렇듯이 패敗를 보니, 다박나룻[60] 거사리고 화용도華容道[61] 좁은 길로 달아나니 천수天數[62]를 어찌하리오.' 술 먹고 흥 내어 가로되, '달은 밝고 별은 드물고 까막까치 남으로 난다.' 하였으니 슬프다, 조맹덕은 주유에 속은 바라.

---

48) 중국 양자강 남쪽 지방.

49) 사마천은 《사기史記》를 쓴 한漢나라 때 역사가. 소동파는 '적벽부赤壁賦'로 유명한 송나라 때 문장가 소식蘇軾. 이적선은 당나라 때 시인 이백李白. 두목지는 당나라 때 풍채 좋기로 이름난 시인 두목杜牧.

50) 춘삼월 꽃과 버들이 활짝 필 때와 가을밤 달빛에 단풍 들고 국화꽃 필 때.

51) 황제나 임금에게 올리는 문체의 하나.

52) 온 천하를 두루 돌아다님.

53) 하늘로 날아오름.

54) 사람이 하늘로 올라가서 신선이 되는 일.

55) 임술년 가을 칠월 보름께. 소식의 '적벽부赤壁賦'에 있는 구절.

56) 초나라 유비劉備와 오나라 손권孫權이 위나라 조조와 적벽강에서 싸운 것을 이르는 말.

57) 유비의 장수 제갈량諸葛亮이 손권과 함께 적벽강에서 화공 전술로 조조의 군사를 물리친 사실을 이른다. 조맹덕은 조조曹操.

58) 손권의 장수 주유가 조조의 군사를 불로 공격할 때 조조를 속여서 조조의 싸움배들을 쇠고리로 연결시켜 놓게 만든 계책을 말한다.

59) 제갈량이 화공 전술을 쓰려고 동남풍이 불도록 하늘에 빌었다는 이야기가 있다.

60) 다보록하게 난 짧은 구레나룻.

61) 적벽강에서 패한 조조가 달아난 곳.

62) 하늘이 정한 타고난 운수나 운명.

좌편은 동정洞庭이요 우편은 팽려彭蠡로되 삼묘씨三苗氏 없는지라[63] 덕을 닦지 아니하매 하우씨夏禹氏 멸하시고, 진秦나라 시황제始皇帝는 기세가 웅장하고 위엄도 맹렬한지라 육국六國을 소멸하고 통일천하하여 아방궁阿房宮을 높이 지어 옥야천리 너른 들과 만리장성 긴 담 안에 함곡관函谷關[64] 문을 열어 놓고 천하를 호령할 제 천년이나 누리랴 더니 이세二世에 망하였으니 자식 잘못 둔 탓이로다.[65]

동작대는 한 승상 조조曹操의 지은 바라. 협천자挾天子하고 호령제후號令諸侯하니[66] 그 심사를 생각하면 일대 영걸이나 역적의 이름을 면치 못하리로다.

탁록의 너른 들은 황제黃帝 헌원씨軒轅氏가 치우蚩尤의 난을 만나 싸우던 땅이라. 치우가 요술을 부려 입으로 안개를 피워 천지 아득하여 동서남북을 분변치 못하게 하니 헌원씨가 남녘 가리키는 수레를 만들어 선봉을 삼고 오방 기치五方旗幟[67]를 제 방위에 세우고 치우를 쳐서 잡아 죽이시니 이러함으로 약간 요술이 정도正道를 당치 못하는 것이요, 형양衡陽은 초패왕楚霸王 항우項羽가 장량張良과 싸우던 땅이라.

항우는 초나라 대장이라 힘은 뫼를 빼고 기운은 세상을 뒤덮는지라, 강동 제자江東弟子 팔천 인을 거느리고 오강烏江을 건너와서 진나라를 쳐 멸하고[68] 한 패공漢沛公[69]은 서촉西蜀을 주고, 함곡관을 나누어 삼진왕三秦王[70]을 봉하고 자칭 초패왕이라 하니, 그 아니 영웅인가. 표모漂母[71]에게 밥 빌어먹던 한신韓信은 한나라의 대장이 되어 한왕漢王[72]을 지성으로 도와 계명산鷄鳴山 추야월秋夜月에 장자방張子房의 옥퉁소 한 곡조에 강동 제자 팔천 명을 다 헤쳤으니[73] 초패왕이 독부獨夫[74] 되어 장막 가운데 들어가 술 마

---

63) 삼묘의 나라는 왼쪽에 동정호가 있고 오른쪽에 팽려가 있다고 하였다.

64) 진나라의 동쪽 관문으로, 양쪽 벼랑이 깊게 깎은 듯하여 대낮에도 어두우며, 모양이 함처럼 생겼다고 하는 중요한 요새지다.

65) 진시황이 중국을 통일하여 그 영화를 오래도록 누리는가 했더니, 진시황이 죽자 사방에서 반란이 일어나 진시황의 아들 대에 망했다.

66) 조조가 승상으로 있을 때 임금을 끼고 제후를 호령하였다.

67) 다섯 방위를 각각 상징하는 깃발.

68) 강동은 장강 동쪽 지역. 항우가 진나라가 혼란해진 틈을 타서 강동의 장정들을 데리고 오강을 건너와 진나라를 멸망시켰다.

69) 한나라 고조 유방劉邦. 진秦나라 말년에 패沛라는 땅에서 군사를 일으켜 패공이 되었으며 나중에 한나라를 세웠다.

70) 항우가 관중關中을 셋으로 나누어 진나라에서 항복한 장수 장한章邯, 사마흔司馬欣, 동예董翳를 봉해 준 옹국雍國, 새국塞國, 적국翟國을 이른다. 유방이 뒤에 다시 평정하였다.

71) 빨래하는 여인.

72) 유방.

시고 그 처 우미인虞美人의 손을 잡고 슬피 노래하였으되, '역발산혜기개세력拔山兮氣
蓋世로다.[75] 오추마烏騅馬가 아니 가니 너를 어찌하잔 말가.' 우미인이 대對 왈曰, '소
첩이 대왕을 뫼시고 팔 년을 만군萬軍 중에 다니더니 하늘이 망케 하고 시절이 변하와
오늘 밤에 패군敗軍이 되었으니, 원컨대 대왕은 소첩을 생각지 마시고 급히 강동으로 돌
아가사이다.' 술 한 잔 다시 부어 왕께 권할 적에 옥 같은 얼굴에 구슬 같은 눈물을 흘리
고 여쭈되, '염려치 마시고 차신 칼을 빼어 손에 쥐고 살기를 도모하소서.' 항우가 찼던
칼을 빼어 손에 쥐고 오추마 칩떠 타고 호령하고 우미인을 돌아볼 제 살기殺氣 충천衝天
하고 검광劍光이 번듯하며 옥 같은 가슴에 연지 같은 피가 솟아 흐르니 그 아니 불쌍한
가. 겹겹이 쌓인 백만 군중에 무인지경無人之境같이 헤치고 뛰어 나아가 오강을 향하더
니 강가에 다다르매, 사공이 여쭈되, '강동이 비록 적사오나 지방이 천 리요, 군사가 십
만이라 족히 왕 하실 만하오니 급히 건너오소서.' 항우 대로하여 자문이사自刎而死[76]하
며, 무릉도원이라 하는 곳은 옛적 진나라 시황 시절에 피란하는 사람이 그곳에 들어가
살아 신선이 되어 백발이 다시 검어지고 얼굴빛이 도로 아이 같으니 인간 흥망을 꿈 밖
에 부쳐 두고 세월을 보내매 꽃 피면 봄인 줄 알고 잎이 지면 추절秋節인 줄 알매 참 신선
의 동부洞府[77]러라. 이때에 진나라는 망하고 한나라 중간 시절이라. 연조年條를 말한진
대 이백여 년이 되었으되 완연히 청춘소년 같더라. 그때에 한 어옹漁翁이 고기를 잡으러
다니다가 물 위에 도화가 떠 무수히 내려오는 것을 보고 도화 물을 따라 멀리 들어가니
만학萬壑은 깊고 천봉千峰은 높았는데 한 곳에 여염閭閻이 즐비하여 참 별유천지비인간
別有天地非人間이라. 어부가 심신이 쾌활하여 처자를 데리고 들어와 살리라 하고 나올
적에 댓가지 꺾어 열 걸음에 한 개씩 꽂아 길에 표하고 와서 명년 춘삼월에 처자를 거느
리고 다시 들어가니 곳곳마다 도화가 물에 뜬지라 아지 못게라, 어느 곳이 무릉도원인고
하였으며, 조선국은 상고 적에 경상도 태백산 향나무 아래 신인神人이 내려와 인군人君
이 되었으니 그 후에 주 문왕周文王이 기자箕子를 조선에 봉하여 주시니 평안도에 도읍
하사 예악 법도와 의관문물이 빈빈彬彬 찬연燦然[78]하고, 그 후에 경상도 경주 땅에 신인
이 나서 박, 석, 김 삼성三姓이 경주에 도읍하여 왕이 되었으니, 요순 성인이라 지금까지
칭송하고, 강원도 금강산은 천하에 유명한 명산이라 제일 기묘한 곳이오. 대저 세상 만

---

73) 장자방은 장량張良. 유방의 모사謀士 장량이 계명산에서 옥퉁소를 슬피 불어 항우의 팔
    천 군사를 해산시켰다고 한다.

74) 인심을 잃고 도움을 받을 데 없는 외로운 사나이.

75) 힘이 산이라도 뽑을 만하며 기세는 온 누리를 뒤덮을 만하다.

76) 스스로 제 목을 찔러 죽음.

77) 신선이 사는 곳.

78) 문물이 갖추어져 찬란히 빛남.

물들이 다 근본 출처가 있거늘, 우습도다, 네 구경을 많이 한 체하니 진소위眞所謂[79] 두더지 수박 겉을 핥음 같고 하룻망아지 서울 다녀온 격이라."

한대, 여우 어이없어 물리쳐 앉으며 가로되,

"그러하면 존장尊長은 하늘도 구경하여 계시니이까?"

두꺼비 답 왈,

"너는 하늘을 구경하였다?"

여우 대 왈,

"내 하늘을 구경한 지 오래지 아니하니 상년上年 삼월 일일에 보았노라."

두꺼비 답 왈,

"그러하면 구경한 말을 낱낱이 아뢰라."

여우란 놈이 참 구경한 체하고 콧살을 쫑그리며 공손히 대 왈,

"내 하늘에 올라가 묘연渺然히 삼십삼천三十三天[80]을 두루 구경할새 은하수 다리 한 곳에 있으되 이름은 오작교烏鵲橋라. 한낱 초목금수草木禽獸들이 세상에 보지 못하던 바며 기화요초琪花瑤草는 향기롭고 계수나무와 죽백竹栢[81]이 얼크러지고 뒤틀어진 곳에 청학 백학이며 기린 공작이며 봉황鳳凰 비취翡翠[82]들이 이리 펄쩍 저리 펄쩍 노닐며 각색 화초는 인간에 보지 못하던 바라. 그중에 여러 선관仙官이 우립羽笠[83]을 쓰고 황룡黃龍에 멍에 매어 구름 속에 밭을 갈고 불로초 심으니 그 거동을 바라보매 세상 생각이 없어지고 심중에 한가한 마음이 절로 나는지라.

삼십삼천을 차차 보라 하고 셋째 하늘에 올라가 깁 짜는 집을 찾아가니 황파荒波 물이 가득하고 그 물 가운데 큰 뮈이 있으되 태극太極[84]으로 지었으며 그 문 위에 헌판을 달았으되 직녀대織女臺라 하였거늘, 점점 들어간즉 사면이 적적하고 다만 베 짜는 소리 들리거늘 가만가만 나아가 보니 수정궁水晶宮을 칠보대七寶臺에 높이 짓고 수호문창繡戶紋窓에 금사金絲 주렴珠簾을 드리우고[85] 은하수 한 굽이 솟아 채벽彩壁을 둘렀는데, 용

---

79) 정말 그야말로.

80) 온 하늘 세상. 불교에서 하늘세계가 욕계欲界, 색계色界, 무색계無色界를 합쳐 서른세 겹이라 한 데서 나온 말.

81) 대나무와 잣나무.

82) 봉황은 상서로움을 상징하는 새로, 닭의 머리, 뱀의 목, 제비의 턱, 거북의 등, 물고기의 꼬리에 오색 무늬의 깃을 가졌다고 하며 수컷을 봉, 암컷을 황이라고 한다. 비취는 물총새라고도 하는데, 몸은 참새만 하고 주둥이가 좀 크며 머리와 등은 어두운 녹색 또는 청색, 배는 선홍색. 쇠새라고도 한다.

83) 새의 고운 깃으로 만든 삿갓.

84) 《주역》에서 천지만물이 생기기 전의 시원始原을 의미한다.

이며 금붕어가 사면으로 노닐며 그 가운데 당상堂上에 백옥白玉 병풍을 둘러치고 용장龍帳[86]을 드리웠거늘 양수거지[87] 하고 우러러 보니 한 여자가 비단을 짜거늘, 배례拜禮[88]를 공손히 하고 묻자오되 '어떠한 여선女仙이오니까?' 그 선녀 북을 멈추고 왈 '나를 모르느냐? 인간에서 이르되 직녀성織女星이라 하나니 내 이름은 천손天孫[89]이라. 옥황상제 극히 총애하시오매 슬하를 잠시도 떠날 줄을 몰랐더니 금분金糞[90] 치던 견우성牽牛星도 상제께서 사랑하시는 고로 응석하여 엄숙한 줄 모르고, 일일一日은 상제께서 광한전廣寒殿에 전좌殿座[91]하실새 견우로 더불어 희롱하고 몸에 찼던 옥패玉佩를 끌러 주었더니 상제 크게 죄를 주사, 나는 동으로 귀양 보내고 견우는 서으로 귀양 보내어 천만 리 길을 은하수로 막으시니, 항상 연분이 만 리 밖에 있는지라 삼월 사월 긴긴해와 동지선달 긴긴밤에 눈물 혼적뿐이로다. 무정한 세월은 어이 그리 더디 가나. 일 년에 한 번씩 칠월 칠석날이면 은하수 깊은 물을 오작烏鵲[92]으로 다리 놓고 하룻밤 만나 보니 그리던 회포를 어찌 다 풀리오. 속절없이 눈물 뿌려 인간에 비가 되니 만나 보기는 잠깐이요 이별은 오랜지라. 이곳 하늘에서 의복인들 없을쏘냐. 부질없이 노는 것이 여자의 도리가 아니라. 봄이면 광주리 옆에 끼고 부상扶桑의 뽕을 따 누에를 쳐서 고운 비단 필필이 짜내어 침선으로 수를 놓고, 그 외에 맡은 일은 세상 사람의 부부 인연을 맡아 오색실로 발목을 매어 주니 인간에 혼인하는 일이 막비연분莫非緣分[93]이요 인력이 아니며, 계집이 청춘과부 되는 것도 막비천수莫非天數라 슬퍼하여도 부질없느니라.' 하거늘, 내가 다시 여쭙되, '진세塵世 간 미천한 몸이 외람히 선경을 구경하오니 영화 무쌍하오나 인간에 돌아가 천상 선경天上仙境을 구경하고 직녀성 뵈온 자랑할 표가 없노라.' 하니, 선녀 일어나 걸어서 베틀 괴었던 돌을 집어 주거늘 두 손으로 받아 가지고 차차 구경하여, 아홉째 하늘에 올라가니 완연히 구름 속이 밝은 빛이 나고 찬 기운이 영롱하거늘 나아가 보니 큰 집이 있으되 이름은 광한전이라.

　그 앞에 큰 계수나무 한 주 있으되 가지는 수천 가지요 잎은 만 잎새라. 남편南便 가지에 그넷줄 매었으니 비단 줄이 무지개같이 드리워 있고, 그 북편에는 옥토끼가 절구질하

---

85) 수놓은 비단으로 가린 창문에 금실을 섞어 만든 구슬발을 드리우고.

86) 용무늬를 수놓은 휘장.

87) 두 손을 마주 잡고 조심스레 서 있는 것.

88) 절하는 예.

89) 《사기史記》에 "직녀는 하늘의 손녀이다." 하였다.

90) 금처럼 누런 똥.

91) 임금이 조회를 받는 정전正殿에 나와 앉음.

92) 까막까치.

93) 하늘이 맺어 준 인연 아닌 것이 없음.

여 불사약을 빻는지라. 사창紗窓을 반개半開하고[94] 구슬발을 가리웠는데 한 선녀가 옥
두꺼비를 안고 한가히 졸거늘 살빛도 달빛 같고 옥빛도 달빛 같으니 눈이 부시어 감히
우러러보기 어려운지라. 잠깐 기상을 보니 미간에 수심이 있고 귀밑에 눈물 흔적이 있으
니 이는 월궁항아月宮姮娥[95]라. 근본 유궁 후예有窮后羿[96]의 안해라 약을 도적하여 먹
고 월궁으로 도망하여 청년 과부 되었으되 벽해청천碧海青天에 밤새도록 독수공방獨守
空房뿐이로다.

월궁을 지나가 차차 구경하고 열셋째 하늘에 올라가니 그 서편에 구슬로 못을 파고 백
옥으로 집을 짓고 운무雲霧 병풍 가렸으니 이는 요지연瑤池宴 서왕모西王母[97] 있는 곳
이라. 그 아래 벽도碧桃[98]나무 한 주가 있으니 청조青鳥[99]가 쌍쌍이 날아 춘광春光을 희
롱하매 소옥小玉과 쌍성雙成은 서왕모의 시비侍婢라. 주렴을 의지하여 졸거늘 벽도나무
를 우러러보매 열매 맺었으니 이 복사 이름은 신선이 먹는 반도蟠桃라. 삼천 년에 꽃이
피고 삼천 년에 열매 맺으니 참신선이나 먹을 것이라. 마음에 하나를 따 먹으려 하다가
다시 생각하니, '전에 삼천갑자三千甲子 동방삭東方朔[100]이 천상 신선으로 한낱 반도 하
나 도적하여 먹은 죄로 인간에 귀양 왔으니 내 도적하였다가 들키면 죽기 쉬울 것이니
삼천 년을 어찌 바라리오.' 하고 백옥 섬돌로 올라가서 가만히 문틈으로 열어 보니 서왕
모가 백룡관白龍冠을 쓰고 깁나삼을 입고 서안書案에 의지하여 옥 같은 얼굴에 수색愁
色이 만면滿面한데 오래 침음沈吟[101]하다가 학선鶴扇[102]을 들고 한 곡조 노래를 부르니
'백운이 하늘에 있으니 인간이 아득하도다. 인생 세상이 약수弱水[103]에 막혔으니 가련
타, 우리 낭군 주 목왕周穆王은 한 번 가고 올 줄 모르는구나.' 하거늘 그 노래를 들으니
슬픈 생각 처량한지라.

또 한 곳을 찾아가니 '예상우의곡조霓裳羽衣曲調'[104] 소리 나고 녹의홍상綠衣紅裳에

---

94) 비단으로 바른 창을 반쯤 열고.

95) 달 속에 있는 선녀. 전설에 항아는 서왕모의 불사약을 훔쳐 먹고 달나라로 갔다고 한다.

96) 전설에 요임금 때 활을 잘 쏘았다는 사람으로, 하늘에 해가 열 개 뜨자 해 아홉 개를 쏘아
떨어뜨렸다고 한다.

97) 전설에 서왕모라는 선녀가 요지라는 못가에서 잔치를 차렸다고 한다.

98) 전설에 신선이 먹는 복숭아로, 삼천 년에 한 번씩 반도蟠桃 복숭아가 열린다고 한다.

99) 전설에 서왕모의 요지연에 파랑새가 편지를 전하였다고 한다.

100) 서왕모의 복숭아를 훔쳐 먹고 장수하여 삼천갑자, 곧 십팔만 년을 살았다는 신선.

101) 깊이 생각에 잠김.

102) 학의 깃으로 만든 부채.

103) 전설에 나오는 강. 물의 부력이 약해 새털조차 가라앉기 때문에 사람이 거의 건널 수 없
다고 한다.

화관花冠을 쓴 여인이 쌍쌍이 짝을 지어 홍을 겨워 춤을 추고, 대상대上을 우러러보니 천상 선녀들이 모도였는데 양대陽臺 선녀며 낙포洛浦 선녀[105]와 최열崔烈 장군이며 백낙천白樂天[106]이 그 좌석에 앉았으며 여러 선녀들이 연화관蓮花冠 쓰고 금차金釵[107]를 뒤에 꽂고 옥 같은 얼굴에 진주 같은 눈물을 머금은 듯하더라.

또 스물다섯 째 하늘에 올라가니 오오는 이십오라. 중앙을 의지하고 고루高樓를 옥섬玉蟾 위에 지었으니[108] 이는 자미궁紫微宮[109]이라. 오방신장五方神將[110]과 사해용왕이 사면으로 옹위하여 동방에 청제장군青帝將軍은 청룡青龍이 옹위하고 남방에 적제장군赤帝將軍은 주작朱雀이 호위하고 서에 백제장군白帝將軍은 백호白虎가 호위하고 북방에 흑제장군黑帝將軍은 현무玄武가 호위하고 중앙에 황제장군黃帝將軍은 구진句陳이 호위하고 있으니, 위엄이 엄숙하고 살기등등한지라. 감히 들어가지 못하고 문밖에 앉아 보니 여러 선관 선녀가 학창의鶴氅衣[111]를 입고 옥패玉佩를 차고 금홀金笏을 들고 상제께 조회朝會[112]하려고 들어가니, 태상노군太上老君 일광로日光老와 안기생安期生[113], 이태백과 두목지, 소동파가 다 모였으며, 그리로 남천문 밖으로 나오다가 화덕진군火德眞君, 마고麻姑할미[114]에게 술 한 잔 사 먹고 그대로 내달아 남극노인성南極老人星[115]을 보라 하고 차차 들어가니, 보탑상寶榻上[116]에 홍나삼 입고 뚜렷이 앉았으니 연연娟娟[117]

---

104) 달나라 궁전의 음악을 듣고 본떠서 지었다고 하는 악곡 이름.

105) 양대 선녀는 무산선녀武山仙女라고도 하는데, 옛글에 초 양왕楚襄王의 꿈에 나타나서 즐기고 돌아가면서 자기는 무산에 있는데 아침에는 구름이 되고 저녁에는 비가 된다고 하였다 한다. 낙포 선녀는 옛글에 복비宓妃라는 여인이 낙수洛水라는 물에 빠져 죽어 그 물의 신이 되었다고 한다.

106) 최열은 중국 후한 때 사람. 백낙천은 당나라 때 시인 백거이白居易.

107) 금비녀.

108) 높다란 누각을 옥두꺼비 위에 지었으니. 옥두꺼비는 보통 달을 상징하는 말로 쓴다.

109) 전설에 하늘의 청구산青丘山 위에 있다는 궁으로, 선녀들이 노니는 곳이라 한다.

110) 다섯 방위를 지키는 다섯 신으로, 동쪽은 청제青帝, 서쪽은 백제白帝, 남쪽은 적제赤帝, 북쪽은 흑제黑帝, 가운데는 황제黃帝라 한다.

111) 양옆에 무가 없는 흰빛의 옷옷.

112) 조정 벼슬아치들이 아침에 임금을 뵙기 위하여 모이는 의식.

113) 태상노군은 신선이 된 노자老子를 높여 부르는 말이고, 일광로도 노자를 일컫는 말인 듯하다. 안기생은 진秦나라 사람으로 호는 포박자抱朴子인데 신선이 되었다고 한다.

114) 화덕진군은 불을 맡아본다는 신선. 마고할미는 전설에 나오는 선녀로 술을 팔았다는 이야기가 있다.

115) 이월쯤에 남쪽 지평선 가까이에 잠깐 보이는 별. 수명을 맡아본다고 한다.

한 백발노인이라.

서안書案에 책을 놓고 붓을 잡고 기록하니 이는 세상 사람의 수요장단壽夭長短과 부귀빈천을 마련하는 곳이라. 각각 생년 생월 생일 생시 사주四柱를 보고 길흉을 의론議論하며 화복을 의론하니, 다름 아니라 생시에 제왕성帝王星이 있으면 부자 되고 식살食煞[118]이 있으면 가난하고 장성將星이 있으면 장수將帥 되고 겁살劫煞[119]이 있으면 단수短壽하고 역마 귀인驛馬貴人[120]이 있으면 벼슬하고 육해살六害煞[121]이 있으면 매사 불성不成이요 상살喪煞[122]이 있으면 옥에 갇히고 마갈살磨蝎煞[123]이 있으면 귀양 간다 하니 이로 보면 어찌 팔자를 속이리오마는, 그중에 심덕이 착한 사람은 무자無子하고 심덕이 그른 사람은 자식을 많이 두고, 주색酒色을 멀리하면 요사夭死할 사람도 오래 산다 하였더라.

남천南天을 다 본 후에 제불제천諸佛諸天을 보랴 하고 삼십삼천三十三天에 올라가 서천西天[124]으로 찾아가니 이는 극락세계라. 대웅전 높은 집에 나무아미타불, 나무지장보살, 나무관세음보살 삼불三佛이 차례로 앉아 계시고 그 아래 제불 제천이 있으니 물 이름은 황하수黃河水라. 물 가운데 흰 연꽃이 피어 있고 물 밖에 황금 앵류화黃金鶯柳花[125] 덮었으니 물빛이 명랑하고 각색 새 짐승이 날아들어 염불하니 이는 진실로 극락세계라. 세상 사람이 머리를 깎고 중 되지 않아도 심중에 그른 뜻을 먹지 말고 어버이께 효도하고 형제간에 우애하며 주린 사람 밥 먹이며 벗은 사람 옷을 입히고 짐승을 살해 말고 남을 속이지 말고 내 마음을 욕심내지 말고 부처 되어 극락세계로 가려니와, 그렇지 아니하면 백번 공부하고 천 번 염불하여도 어찌 부처 되어 극락을 가리오.

극락을 다 보고 북편을 찾아가니 시왕전十王殿[126]이 웅장하거늘 고개를 들어보니 야차왕夜叉王[127] 날랜 귀졸鬼卒이 창검을 들고 좌우에 벌여 섰고 대문에 황건역사黃巾力

---

116) 임금이 앉는 자리. 옥좌.

117) 가냘프고 고움.

118) 먹고사는 데 불길한 살.

119) 불길한 살로, 이를 범하면 살해의 변이 있다고 한다.

120) 역마는 높은 벼슬아치가 타는 것이므로 이 상이 있으면 벼슬한다는 말이 있다.

121) 여섯 가지 해독을 주는 살.

122) 사람을 죽을 고비에 몰아넣는 살.

123) 마갈은 별 이름으로, 마갈살이 있으면 평생 사는 데 우여곡절이 많고 남에게 험담을 듣는다고 한다.

124) 불교에서 흔히 말하는 서천서역국, 곧 인도를 말한다.

125) 황금빛 꾀꼬리 우는 버들가지.

126) 불교에서 지옥의 한 곳씩 맡아서 다스린다는 열 명의 왕들이 있는 궁전.

士 늘어서서 분부를 듣거늘, 황겁하여 나오다가 본즉 철성鐵城[128]을 쌓고 쇠문을 닫았으니 이는 지옥이라. 낮이 밤 같고 얼음 같아 음랭陰冷한 기운이 골수에 사무치는지라. 문 위에 썼으되 한편은 용마舂磨 지옥[129]이요 또 한편은 빙산氷山 지옥이요 또 한편은 철요鐵繞 지옥이라. 문틈으로 여어보니(엿보니) 어떤 죄인은 철사로 동여매고 야차라 하는 것이 좌우로 서서 마른 살을 버혀 내거늘 귀졸더러 물은대 귀졸이 대답하되, '저놈은 벼슬할 때에 임금께 불충하고 백성 재물을 노략한 놈이라.' 또 한 곳을 바라보니 한 놈을 목매었으니 주린 매가 사면으로 날아와서 다 뜯어 먹으니 뼈만 남아 무너지니 이놈은 도적질한 죄라. 그 외의 죄인은 칼을 쓰고 철사로 사지를 채우고 무수히 가두었으니 우는 소리 슬프더라. 세상 사람이 그 거동을 보고 그른 마음을 먹고 죄지을 자 어디 있으리오.

구경을 다한 후에 회정回程[130]하여 한 곳에 다다르니 만첩 산곡에 초목이 무성한 곳에 초당 삼간이 반공半空에 걸렸거늘 바라보니 거문고 소리 들리는지라. 다리도 아프고 담배도 한 대 먹고자 하여 들어가니, 한 노인이 동자를 명하여 차 한 그릇과 실과 한 그릇과 술 삼 배杯를 주거늘 먹은즉 족히 요기 되는지라. 노인 왈, '노처老妻는 병으로 괴로이 지내거니와 그 병 근본은 베 짜다가 얻은 병이 십여 년이 넘었으되 종시 감세減勢[131] 없고 점점 극중極重하여 백약이 무효하고 곡기穀氣 끊은 지 오랜지라, 의원에게 물은즉 베틀을 살라 술에 타 먹으라 하기로 그리하여도 조금도 효험이 없으니 지금은 죽기만 바라노라.' 하거늘, 가만히 생각하니 직녀성의 베틀 괴던 돌이 응당 약이 될 듯하여 노인께 고 왈, '내게 좋은 약이 있으니 아무리 병세 극중하와도 이 약을 써 보소서.' 하고, 그 돌을 갈아 술에 타서 공복에 한 보시기씩 먹으니 즉시 쾌차한지라. 이 노인이 기쁨을 이기지 못하여 무수히 칭찬하여 왈, '천만뜻밖에 그대를 만나 죽을 사람을 살려 내니 은혜 각골난망刻骨難忘[132]이라.' 하고 품속으로서 붉은 구슬을 주어 왈, '구슬 한 개를 삼키면 산수에 다닐 때에 몸이 변화하느니라.' 하거늘, 받아 삼키고 그길로 인간에 내려오니 정신이 쇄락灑落[133]하고 변화하였노라."

하니, 두꺼비 답 왈,

"그러하면 그때 나도 보탑寶榻 상에 올라가 남극노인성으로 더불어 바둑 두다가 술이 대취하여 난간에 의지하였더니 문밖에서 들리는 소리에 잠을 깨어 동자더러 물은대, 동자

---

127) 염라대왕의 영을 받아 죄인을 꾸짖고 때리는 지옥의 귀신.
128) 철로 만든 견고한 성.
129) 사람이 죄를 지으면 죽어서 방아에 찧고 망에 간다는 지옥.
130) 돌아가는 길에 오름. 또는 그 길.
131) 병세가 떨어짐.
132) 고마운 마음이 뼈에 새겨져 잊히지 아니함.
133) 몸이나 기운이 깨끗하고 개운함.

대 왈, '밖에 어떠한 짐승이 빛은 누르고 입은 뾰족하고 도적개 모양 같은 것이 똥밭에 왔다.' 하거늘, 동자를 명하여 긴 장대로 쫓으라 하였더니, 그때 네가 왔던가 싶다. 네가 온 줄 알았더면 천일주千日酒[134] 먹은 똥덩이나 먹여 보냈더면 좋을 뻔하였도다."

하니, 좌중座中이 박장대소拍掌大笑하더라.

우습다, 여우 간사한 말로 천만 가지로 꾸미어 두꺼비를 기롱하다가 도리어 욕을 보고 분기憤氣 앙앙怏怏하여 어찌할 줄 모르고 참으며 앉았다가 좋은 말로 두꺼비를 희롱하여 왈,

"내 소년 시절에 일행천리日行千里하고 주유사방周遊四方할새 우스운 것 보았노라."

두꺼비 대 왈,

"무슨 것을 보았는다?"

여우 왈,

"마침 청루靑樓에 갔다가 술이 대취大醉하여 오는 길에 한 못가에 지나더니 큰 배암이 개구리를 물고 길을 당하였거늘 내 놀라 물러서니 그 개구리가 크게 소리하여 왈, '여우 할아버님, 불쌍한 손주를 살려 주소서. 우리 얼삼촌[135] 이름은 두꺼비라, 그놈을 불러 주소서. 그놈은 본디 음흉도 하고 간능幹能[136]하여 묘한 꾀도 있거니와 배암을 본디 잘 제어하는 방법이 있으니 나를 능히 살릴 것이매 부디 불러 주소서.' 하거늘, 칼을 빼어 그 배암을 치려 하던 차에 마침 사냥하던 사람들이 수풀 속으로 지저귀며 오거늘 그 배암을 치지 못하고 왔거니와 그때 두껍 존장이 개구리와 척분戚分[137]이 있는 줄 알았나이다."

두꺼비 소笑 왈,

"네 말이 빙충맞은 소리로다. 나는 들으니 옛날 유계劉季[138]라 하는 사람이 술이 대취하여 못가로 가다가 큰 배암이 길을 당하였거늘 칼을 빼어 그 배암을 버히고 갔더니 늙은 할미 와서 울며 가로되, '내 아들은 백제자白帝子러니 적제자赤帝子게 죽은 바 되었도다.'[139] 하더니, 유계, 진국秦國을 멸하고 한 태조 고 황제 되었으니, 그 말은 옳거니와 네 말은 보리밥 먹은 헛방귀 소리로다. 나는 근본 고종孤蹤[140]으로 내려오는 두 돈 오 푼 여섯 뭉퉁이라. 내외종 간에 지친至親 없고 동생 사촌이 월궁月宮[141]에 있으니 개구리는

---

134) 빚어 놓은 지 천 날 만에 먹도록 담근 좋은 술.
135) 할아버지의 첩에게서 난 삼촌
136) 말재간 있고 수단이 좋음.
137) 성이 다르면서 일가가 되는 관계.
138) 한나라 고조 유방劉邦
139) 뱀의 신을 '백제白帝'라고 하는데, 《사기》에 한고조가 칼로 벤 뱀을 말한다. 한나라는 붉은색을 숭상해 한고조를 적제자라 하였다.
140) 고독한 처지로 자손이 번성하지 못함.

피육불관皮肉不關[142]하다. 네 아무리 간사한 말로 어른을 침범코자 한들 되지 않은 말은 쓸데없느니라.

네 분명 사냥하는 사람을 보고 쫓겨 왔는가 싶다. 그 사냥하는 사람은 옛날 맹상군孟嘗君[143]이 손을 좋아하기로 밥 먹는 손이 삼천 인이라. 여우의 가죽으로 갖옷을 만들었으니 이름은 호백구狐白裘[144]라. 여우 삼천을 잡아 갖옷 한 벌을 꾸미었으니 그때에 네 증조할아비가 다 멸족하였으니, 이번 사냥도 맹상군의 사냥으로서 너의 족속을 마저 잡으러 왔던가 싶다. 만일 잡혔던들 맹상군의 갖옷이 될 뻔하였다."

하니, 여우 이 말 듣고 분함을 이기지 못하여 아무 말도 못 하고 입맛만 쯧쯧 다시다가 다시 가로되,

"존장 소견이 능통能通하시니 천문지리와 육도삼략六韜三略[145]과 의약 법도를 아시나이까?"

두꺼비 눈을 꿈적이며 가로되,

"천지 부판剖判[146]한 후 음양이 삼겼으니(생겼으니) 하늘은 양이 되고 땅이 음이 되었으니 음양 삼긴 후로 오행이 되었거니와 오행으로 만물이 삼기고 만물지중에 사람이 가장 귀한지라. 이런고로 음양오행지기陰陽五行之氣로 나서 길흉화복이 오행으로 응하여 변화무궁한지라. 이런고로 태극太極이 양의兩儀를 생생生生하고 양의가 사상四象을 생생하고 사상이 변하여 팔괘八卦를 합하니[147] 팔팔 육십사괘 되었으니, 오행은 금목수화토라 상생지법相生之法[148]은 금생수金生水, 수생목水生木, 목생화木生火, 화생토火生土, 토생금土生金이요, 상극법相剋法[149]은 금극목金克木, 목극토木克土, 토극수土克水, 수극화水

---

141) 달 속의 검은 그림자를 두꺼비와 토끼라고 표현한 것을 결부시켜 두꺼비가 제 사촌 동생이 월궁에 있다고 한 것.

142) 가죽과 살이 아무 상관도 없음.

143) 전국 시대 때 제齊나라 재상으로 이름은 전문田文. 지략 있고 재간 있는 사람들을 잘 대우하였으므로 문객이 삼천 명이나 되었다고 한다.

144) 여우 겨드랑이에 있는 흰 털로 만든 가죽옷.

145) 옛날부터 병법의 고전이라 일컫는 책.《육도》는 태공망太公望이 지은 것이라 하며《삼략》은 황석공黃石公이 지은 것이라 한다.

146) 하늘과 땅이 갈라져서 생김.

147) 양의는 태극이 갈라져서 생긴 양陽과 음陰이고, 사상은 음양에서 또다시 갈라진 네 가지 형상으로 태양, 태음, 소양, 소음이며, 팔괘는 사상에서 또다시 갈라진 건乾, 태兌, 리離, 진震, 손巽, 감坎, 간艮, 곤坤이다.

148) 오행설에서 쇠는 물, 물은 나무, 나무는 불, 불은 흙, 흙은 다시 쇠를 낳는다는 것을 가리키는 말.

克火, 화극금火克金이니, 길흉화복이 상생상극으로 응하여 오방을 마련하니 동, 남, 서, 북, 중앙이라. 오색은 청, 황, 적, 백, 흑이니 동방은 목木이라 푸른빛이 되고, 남방은 화火라 붉은빛이 되고, 서방은 금金이라 흰빛이 되고, 북방은 수水라 검은빛이 되고, 중앙은 토土라 누른빛이 되었으니, 봄은 목이라 동을 응하여 목이 왕성하고, 여름은 화라 남을 응하여 불이 왕성하고, 가을은 금이라 서를 응하여 금이 왕성하고, 겨울은 수라 북을 응하여 물이 왕성하고, 중앙 토는 사계삭四季朔[150)에 십팔 일씩 왕성하니, 책력冊曆에 토왕土旺이라 하였으매 사계삭 십팔 일은 인간에 흙을 못 다루느니라.

　　갑을병정무기경신임계甲乙丙丁戊己庚辛壬癸는 십간十干이요 자축인묘진사오미신유술해子丑寅卯辰巳午未申酉戌亥는 십이지十二支라. 묘卯는 정동正東이요, 진사辰巳는 동남간이요, 오午는 정남正南이요, 미신未申은 서남간이요, 유酉는 정서正西요, 술해戌亥는 서북간이요, 자子는 정북正北이요, 축인丑寅은 동북간을 응하였으니, 천지 귀신과 음양 변하는 법이 다 이 밖에 나지 아니하여 십간과 십이지 합하면 육갑六甲[151)이 되고 초목 뿌리 봄에 생하여 여름에 왕성하고 가을에 단풍 드니 이는 다 오행들이라. 너 같은 무식한 놈들이 변화무궁한 법을 이른들 어찌 알아들으리오.

　　대체 내 이를 것이니 들으라. 천문법天文法은 옛날 태호 복희씨太昊伏羲氏 하도낙서河圖洛書[152)를 보시고 팔괘를 만드시고, 제요 도당씨帝堯陶唐氏[153) 회화義和[154) 두 신하를 명하여 일 년 열두 달을 정하시고, 제순 유우씨帝舜有虞氏[155)는 선기옥형璿璣玉衡[156)을 만들어 이에 제차第次[157)를 정하였으니, 대체 하늘은 둥글어 알형 같고 땅은 모저 누른 재 같고, 하늘은 왼편으로 돌고 땅은 안정하니 하늘과 땅 사이에 만물이 있으며, 성신星辰은 하늘에 붙어 있고 일월과 금목수화토 오행은 공중에 달렸으니, 도수度數는 삼백

---

149) 오행설에서 나무는 흙, 흙은 물, 물은 불, 불은 쇠, 쇠는 나무를 이긴다는 것을 가리키는 말.

150) 봄, 여름, 가을, 겨울 네 계절의 마지막 달들. 곧 음력으로 삼월, 유월, 구월, 섣달을 통틀어 이르는 말.

151) 육십갑자. 십간과 십이지를 순차로 배치하여 십간이 여섯 번 들어갔으므로 육갑이라 한다.

152) 하도河圖와 낙서洛書. '하도'는 복희씨가 황하에서 나온 용마龍馬의 등에 새겨진 금에 근거하여 팔괘를 그려 만들었고, '낙서'는 하우씨가 낙수洛水라는 물에서 나온 거북의 잔등이 갈라진 모양을 보고 만든 것인데, 주나라 문왕 때에 와서 복희씨의 팔괘는 선천팔괘, 하우씨의 팔괘는 후천팔괘라 했다.

153) 요임금.

154) 희씨와 화씨. 요임금 때 천지天地 사시四時를 맡아보던 벼슬아치들.

155) 요임금의 대를 이은 순임금.

156) 옥으로 꾸민 천문 관측기.

157) 차례, 순차.

육십오도 사분도지일四分度之一이라. 해는 하루 한 도씩 더 가고 달은 하루 한 도씩 덜 가니, 이런고로 해와 달이 만나는 때 있어 일식과 월식을 하느니라.

오성五星 중에 금성 수성은 해와 한가지로 행하고, 목성은 십이시에 일차를 행하고, 토성 화성은 도수 없이 행하고, 이십팔수二十八宿[158] 중 각항저방심미기角亢氐房心尾箕는 동방 청룡이요, 두우여허위실벽斗牛女虛危室壁은 북방 현무요, 규루위묘필자삼奎婁胃昴畢觜參은 서방 백호요, 정귀유성장익진井鬼柳星張翼軫은 남방 주작이요, 자미성紫微星[159]은 하늘 가운데 있어 하늘에 기둥이 되어 구구鉤矩[160]를 응하여 음양이 합하면 풍우風雨와 상설霜雪이 때를 잃지 아니하느니라.

양기가 과하면 가물고, 음기가 과하면 장마가 지고, 음양이 서로 부딪치면 우레 되고, 금기金氣가 서로 합하면 번개가 되고, 햇빛이 희면 무지개 되고, 음기가 합하면 우박 되고, 하늘 기운이 구름 되고, 땅 기운이 안개 되고, 밤기운은 이슬 되고, 찬 기운이 많으면 이슬이 얼어 서리 되고, 비는 눈이 되고, 눈은 얼음이 되느니라.

가을에 비가 오면 내년에 가물지 않는 법이요, 동짓날 아침에 사면으로 누른 기운이 일어나고, 정월 보름에 달이 도두 뜨고 누른빛이 있으면 풍년 되고, 춘상갑春上甲에 비 오면 적지赤地 천 리요[161], 하상갑에 비 오면 배 타고 집에 들고, 추상갑에 비 오면 곡두생각穀頭生角[162]하고, 동상갑에 비 오면 우양동사牛羊凍死[163]하느니.

천문이 있으니 지리도 있느니라. 땅이 생긴 후 높은 것이 뫼 되고 깊은 것은 물이 되어, 물은 움직이는 고로 양이 되고 산은 안정한 고로 음이 되어, 산지조종山之祖宗은 곤륜산崑崙山이니 곤륜산 내린 맥이 큰 산 되고 작은 산 되어 천하에 흩어져 오악五嶽이 되어 있고, 오악에 내린 물이 흘러 한수漢水 되고, 산곡山谷에 나는 물이 모여 내가 되고 내가 모여 강수江水 되고 강수 모여 해수海水 되니, 산수는 산수 기운이요 음양 기운이라.

국가 도읍과 집터와 산지山地[164] 되는 법이 있느니라. 사람의 집터를 의논하면 수기水

---

158) 황도를 중심으로 둘러 있는 스물여덟 개의 별자리.

159) 북두칠성의 동북쪽에 벌여 있는 열다섯 개 별의 하나. 옛날엔 이 별을 황제의 운명과 관련되어 있는 별로 보았다.

160) 구鉤는 둥근 모양을 재는 걸음쇠, 곧 컴퍼스이고, 구矩는 네모난 모양을 재는 곱자로, 둘 다 사물의 표준이 되는 것을 말한다.

161) 춘상갑에 비가 내리면 흉년이 들어서 거둘 것이 없는 땅이 천 리나 되고. 춘상갑은 입춘이 지난 뒤 처음으로 돌아오는 갑자일. 하상갑, 추상갑, 동상갑도 남은 세 계절의 첫 갑자일을 말한다.

162) 가을걷이할 무렵에 비가 자주 와서 거두기도 전에 곡식에 싹이 남을 이르는 말.

163) 소와 양이 얼어 죽음.

164) 묏자리로 될 만한 곳.

氣 막히고, 사면이 함포含抱하고 물은 횡대수橫帶水 되고 뫼는 유정幽靜하고[165], 생명방
生命方[166] 트였으면 부귀하며 자손 창성하며, 산지는 청룡靑龍과 수구水口와 백호를 분
명히 생긴 후에 혈처穴處를 정하되[167] 산진수회山盡水回하고 기운 모인 것이 정혈正穴
이니[168] 정혈이 되며, 수기를 거두면 명장함포命長含飽[169]하나니, 주산主山이 수려하고
안산案山이 유명幽明하고[170] 청룡백호는 두 팔로 안은 듯하고 병풍 친 듯하고 나서면 읍
하는 듯하면 대대 명혈明穴[171]이라 백대천손하고 부귀공명하고, 좌향座向 정하는 법은
선후천先後天과 삼길육수三吉六秀[172]와 이기오행二氣五行과 육십갑자칠요六十甲子七
曜[173]로 분금分金[174]하나니라. 오관풍五關風이 들어오면 번관복시翻棺覆屍[175]하고, 염
정수廉貞水[176] 비치면 지중화패地中禍敗[177]이 있고, 계축癸丑을 범하면 자손이 없고 수
기水氣를 거두지 못하면 자손이 가난하고 청룡이 사각斜角[178]이면 후세에 양자養子하
고, 뫼 아래 가는 길이 있으면 자손이 범에게 물리고, 물이 사방으로 헤어지면 자손이 개
걸丐乞[179]하고, 삼재살三災煞과 도화살桃花煞이 있으면 딸이 외입하고, 묘방卯方이 이

---

165) 사방이 둘러싸여 물은 띠처럼 가로질러 흐르고, 산은 아늑하고.

166) 사람의 생명에 복을 주는 방위.

167) 청룡은 풍수설에서 주산에서 왼쪽으로 뻗어 나간 산줄기이고, 수구水口는 묏자리 앞으
로 들어오는 물, 백호는 주산에서 오른쪽으로 뻗어 나간 산줄기를 이르는 말이다. 혈처
穴處는 묏자리가 될 만한 중요한 곳.

168) 산이 끝나고 물이 감돌아 나가고 기운이 모인 곳이 정혈이니. 정혈은 묏자리의 바른 위치.

169) 명이 길고 배부르다는 뜻.

170) 주산主山은 무덤 자리나 집터, 도읍터에서 주로 뻗어 내려온 산. 안산案山은 집터나 묏
자리의 맞은편에 있는 산.

171) 자손이 대대로 번창할 좋은 터.

172) 삼길육수는 모두 후손에게 복을 준다는 곳이다. 삼길三吉은 묘방(卯方, 동쪽), 경방(庚
方, 서쪽), 해방(亥方, 북쪽)에 풍만하고 수려한 산이 있으면 부귀하고 장수한다는 것이
며, 육수六秀는 간방艮方, 병방丙方, 손방巽方, 신방辛方, 유방酉方, 정방丁方에 산이 수
려한 것을 말한다.

173) 육십갑자와 수화금목토일월.

174) 좌향을 잡을 때에 위치를 정확히 정하기 위하여 패철에 실로 금을 긋는 것.

175) 무덤을 중심으로 사방에서 바람이 불어오면 관이 뒤집히고 주검이 엎어지고.

176) 나쁜 방위에서 흘러드는 물.

177) 땅속의 재앙.

178) 옆으로 비뚤어짐.

179) 떠돌아다니며 빌어먹음.

압이壓[180]하면 자손이 벼락 맞고 역수逆水[181] 급하면 자손이 도적질하고, 면전面前 팔자수八字水[182] 있으면 자손이 역질疫疾 하고, 안산에 부시살浮屍煞 있으면 자손이 객사客死하고, 경태풍兌風이 들어오면 자손이 거짓말하고 혼군사에 장대를 놓았으면 자손이 초라니 되고, 청룡에 간부살間夫煞 있으면 자손이 중아비 되고, 지리는 그러하거니와 인도人道 있으니 사람이 생긴 법은 만물지중 사람이 가장 귀하니라.

각색 짐승이 기어 다니되 사람은 홀로 서서 다니니 머리는 하늘을 떠이고 발은 땅을 디디니 천지간 만물지중에 으뜸이라. 머리는 둥글어 하늘을 응하고 발은 모져 땅을 응하여 밟으니 음양지리陰陽之理와 오행지정五行之精으로 되었느니라.

오륜五倫을 모르면 금수禽獸와 다를쏘냐. 오륜은 부자유친父子有親 군신유의君臣有義 부부유별夫婦有別 장유유서長幼有序 붕우유신朋友有信이니, 임금 섬기는 법은 백가서百家書를 다 보아 단계수丹桂樹 나무 높은 가지 소년에 꺾어 꽂고 사해四海에 이름 떨치고 충성을 다하다가 난을 당하거든 천하 병마대원수天下兵馬大元帥 되어 말만 한 대장인大將印을 허리 아래 비껴 차고 적장賊將을 대하거든 금고 일성金鼓一聲[183]에 난을 평정하고 이름을 죽백竹帛[184]에 드리움이 장부의 사업이라.

부모 섬기는 법은 백행지원百行之源[185]이니 부모의 은혜를 생각하면 호천망극昊天罔極[186]이라. 순임금은 역산歷山에 밭을 갈아 부모를 즐겁게 하시고, 맹호孟浩浩然[187]은 설중雪中에 죽순을 구하여 모친을 회생回生케 하고, 왕상王祥은 얼음 속에 이어(鯉魚, 잉어)를 잡아 부친을 회생케 하고, 자로子路[188]는 백 리 밖에 쌀을 져다가 부모를 봉양하였으며, 새벽에 문안하여 평안히 주무심을 알고 방이 차면 더운 것을 살펴보고 조석에 공양할새 식량을 짐작하여 맞갖도록 정성으로 받들고 어두우면 들어가 동정을 살피며 어버이 생전에 죽기로써 봉양할 것이요, 어버이 없어지면 효성 있은들 어찌하리오."
여우 놈이 토끼 선생을 돌아보며 눈물을 흘리며 가로되,
"슬프다, 나는 부모 계실 때 집이 가난하여 조석이 난계難繼[189]하기로 봉양을 초식草食

---

180) 동쪽 방위가 눌린다는 말인 듯.
181) 물이 방향을 거슬러 흐름.
182) 물이 혈穴 앞에서 팔자 모양으로 벌어져 앞으로 흘러가는 것을 말한다.
183) 군대에서 지휘하는 공격 신호인 징과 퇴각 신호인 북이 한 번 울리는 소리.
184) 역사를 기록한 책.
185) 온갖 행실의 근원.
186) 하늘이 다하도록 끝이 없음.
187) 맹종孟宗을 잘못 쓴 것. 맹종이 눈 속에서 죽순을 구해다가 어머니를 기쁘게 했다고 한다.
188) 춘추시대 때 사람. 공자의 제자.
189) 끼니를 잇기 어려움.

으로 하고 육찬肉饌을 못 하여 드리다가 양친을 그 몹쓸 병술년 괴질怪疾 통에 다 여의고 영감하永感下[190]가 되었으니 아무리 봉양하고자 한들 어디 가 다시 볼쏘냐. 호천망극昊天罔極하다 오늘 경연慶宴을 당하여 만반진수滿盤珍羞[191]를 먹으니 연전年前에 초식으로 봉양하던 일을 생각하면 밑구녁이 메어 먹지 못하고 주인 장 선생을 극히 부러하노라."

"부부지의夫婦之義는 백복지원百福之源[192]이니 이성二姓[193]이 한데 만나 삼생연분三生緣分[194]을 맺었으니, 지아비는 화和하고 지어미는 순順하여 집이 화목하며 복록을 누려 가문이 번창하는지라. 장유유서는 어른을 공경하는 것이니 너희 여우 등물等物이 무식하여 어른을 모르고 존장을 공경치 아니하니 도시 후레아들 증손자 놈이라. 붕우유신은 하루 두 번씩 조석신朝夕信을 잃지 아니하고 기러기는 춘추신春秋信을 잃지 아니하느니라.

육도삼략은 장부의 활법活法[195]이라. 황제 헌원씨 때에 구천현녀九天玄女[196] 하늘로 내려와 병법을 가르치니 팔진도법八陣圖法[197]이라. 이때에 헌원씨 신하 그 법을 배워 장수 되고, 그 후 강태공姜太公이 그 법을 배워 위수에 낚시질하다가 문왕을 만나 장수 되어 은국殷國을 멸하고 주왕紂王의 첩 달기妲己를 잡아 죽였으니, 달기 근본은 우禹나라 임금의 딸이라. 천하일색이니 은국으로 시집올새 중로에 숙소하더니 밤이 깊은 후 한 여우가 꼬리 아홉이라. 문을 열고 달기 자는 방으로 들어가더니 경각에 달기 기색氣塞[198]하여 죽거늘 즉시 약을 먹여 깨어나니 구미호 변하여 천연한 달기 되었는지라, 얼굴은 달기나 속은 여우라. 은왕의 안해 되어 마음을 고혹케 하여 사람을 무수히 죽이고 밤이면 사람의 두골을 갈아 먹으니 뉘 알리오. 얼굴에 화색이 나는지라 만일 강태공이 아니면 구미호를 뉘 능히 잡을 자 있으리오. 달기를 죽이려 할 제 얼굴을 보면 차마 죽일 이 없어 수건으로 낯을 싸고 목을 버히니 마침내 구미호라."

두꺼비 웃고 가로되,

---

190) 부모가 다 돌아감.
191) 상에 가득한 진수성찬.
192) 온갖 복의 근원.
193) 서로 다른 두 성. 여기서는 부부가 될 두 남녀.
194) 삼생을 두고 이어지는 인연으로 부부간의 인연을 말한다.
195) 활용하는 방법.
196) 전설에 나오는 여신. 황제 헌원씨가 치우와 싸울 때 현녀가 황제에게 병법을 주었다는 이야기가 있다.
197) 옛날 진 치는 법의 하나. 가운데에 중군을 두고 전후좌우 네 모퉁이에 여덟 진을 배치하는 것이다.
198) 숨이 막힘.

"너희 씨가 전부터 간악하고 요괴로운 꾀로 사람을 무수히 죽이고 국가를 망케 하니 네 아느냐, 모르느냐?"

여우 아무 말도 못 하고 낯빛이 불빛 같더라.

두꺼비 왈,

"팔진도법은 천지 풍우와 문호門戶의 변화와 귀신의 조화를 응하여 팔문八門¹⁹⁹⁾을 내었으니 생문生門으로 나서 사문死門을 치면 천지 어둡고 대풍大風이 일어 어지럽고, 요호妖狐는 배암의 꼬리를 응하여 오방 기치를 각방各方에 꽂았으니, 동방의 푸른 기는 청룡을 그리고, 남방의 붉은 기는 주작을 그리고, 서방의 흰 기는 백호를 그리고, 북방의 검은 기는 현무를 그리고, 중앙의 누른 기는 황신黃神²⁰⁰⁾을 그리었으니, 오방신장이 방위를 지키며 깃발을 붙였는지라. 이 법은 강태공이 죽은 후에 황석공黃石公²⁰¹⁾이 장자방에게 전하고 그 후에 제갈량이 또 그 법을 배웠으니 지금까지 유명한지라. 그 후 사람은 육도삼략을 아는 이 없더라.

감로甘露 의약은 염제 신농씨炎帝神農氏 백초百草를 맛보아 약을 내었으니 그 법은 평생을 무병장수라. 화타華陀에게 전하니, 이는 청낭青囊²⁰²⁾의 비계秘計라. 편작扁鵲²⁰³⁾이 장상군長桑君에게 배워, 사람 소리를 들으면 아무 병인 줄 알고 사람의 그림자를 보아 오장에 병든 줄 아니 의술이 신통한지라. 그때 제왕이 죽을새 죽은 후 며칠이 되도록 명치에 기운이 있는지라 염습殮襲²⁰⁴⁾지 아니하였더니, 편작이 그 말을 듣고 가 본즉 그 병 이름은 식갈영[食渴病]이라. 침 한 대 곧 주고 탕약 한 첩을 쓰니 즉시 쾌차하여 일어 앉으며 가로되, '그사이에 하늘에 올라가 옥황상제께 뵈오니 상제께옵서 큰 잔으로 술을 주시며 가라사대 네 자손이 누대 패왕覇王이 되리라 하니 그 소리 귀에 쟁쟁 들리는 듯하다.' 하니, 어찌 신통치 않으리오. 화타는 청낭의 비계를 가지고 병을 고칠새 한 사람이 속병이 있으니 본즉 창자가 썩거늘, 마첨탕 한 첩을 먹여 죽이고 배를 갈라 창자를 내어 물에 씻고 썩은 굽이를 버히고 짐승의 창자를 이어 배에 넣고 뱃가죽을 꿰어 매고 회생산回生散 한 첩을 먹이니 쾌차한지라.

---

199) 팔괘와 그 중앙의 방위인 구궁九宮에 배합된 여덟 개의 문. 개문開門, 휴문休門, 생문生門은 길한 문이고, 상문傷門, 두문杜門, 사문死門, 경문景門, 경문驚門은 흉문이라고 하였다.

200) 오방신장의 하나인 황제皇帝.

201) 옛이야기에 나오는 신선의 이름. 장량張良에게 병서를 주었다고 한다.

202) 화타가 옥졸에게 의술의 비방을 적어 넘겨주었다는 푸른 주머니.

203) 전국시대 때 명의. 성은 진秦, 이름은 월인越人. 장상군長桑君이라는 의술에 능한 사람에게 비방을 물려받아서 명의가 되었다는 이야기가 있다.

204) 죽은 사람의 옷을 갈아입히고 홑이불로 싸는 일.

한 승상 조조가 머리를 앓거늘 화타가 맥을 짚어 보고 가로되, '이 병은 도끼로 머리를 쪼개고 골을 내어 물에 씻어 담고 맞추면 병이 즉시 쾌차하리라.' 한대, 조조 대 왈 '골을 깨치면 어찌 도로 살리오. 네 분명 나를 죽이리로다.' 하고 화타를 죽일새, 화타 옥 맡은 군사를 불러 청낭 비계를 주어 왈 '이는 천하에 기이한 보배니 잘 전하라.' 한대, 군사의 처가 그 말을 듣고 이 비계로 제 몸을 죽게 함이라 하고 불에 넣으니, 그 후로 비계를 세상에 전치 못하고 신통한 법이 없느니라.

대저 사람이 병이 안으로 음식과 주색에 상하고 밖으로 풍한風寒과 서습暑濕에 상하여 백 가지 병이 되나니, 기운이 부족한 사람은 신병身病이 무수하고 몸을 조심치 아니하면 자연 병이 되느니라. 병 고치는 법은 사람의 기운과 허실虛實을 먼저 알고 전후 표본을 짐작하여 약을 쓰면 효험을 보고, 뱃병은 촌관척寸關尺205)에 육부맥六腑脈206)이 좌우에 있으니 합하여 오장 육부 십이경위맥十二經緯脈207)이 응하였으니 좌우의 맥이 불화하면 필경 병들고, 운기 상한運氣傷寒208)으로 의론하면 맥이 거칠고 펄펄 놀거든 땀나는 약을 쓰느니라. 맥이 침침하거든 내침內侵209)할 약을 쓰려니와 스스로 발닥발닥하여 숨 한 번 쉴 사이에 너덧 번만 놀면 고치기 어려운 증세요, 맥이 공연히 끊어졌다가 도로 놀면 고치기 어려운 증세요, 사람의 대종맥210)이 끊어지면 고치기 어려운지라. 감기 홍역은 승마갈근탕升麻葛根湯이 길하고 토사곽란吐瀉癨亂에는 곽향정기산藿香正氣散과 당귀산當歸散을 쓰고, 해산하다가 손목이 먼저 나오거든 침으로 손을 주면 도로 들어가 순히 나오느니라. 해산 후 혈을 먹으면 복통이 없느니라. 해산 후에 훗배 앓거든 가물치를 고아먹으면 좋으니라. 치통에는 말발에 차인 돌을 불에 달여 물에 넣어 그 물을 먹으면 쾌한지라. 안질에는 뽕나무버러지를 대꼬치로 침을 주어 그 물을 눈에 넣으면 좋으며, 유종乳腫에는 궁굴래(둥글레)를 많이 캐어 술에 타 먹고 또 방망이로 두드려서 술에 개어 젖에 붙이면 낫고, 독종毒腫에는 개죽말혈을 열 장씩 뜨면 독기가 없느니라. 더위에 막히거든 똥물을 먹이고 그리하여도 낫지 않거든 동변童便을 먹이면 좋으니라. 부부 금슬이 부족하거든 중꿩이 고기를 먹으면 화합하느니라. 청상과부는 시집살이탕 열 첩만 먹으면 마음이 안정하느니라.

의약은 그러하거니와 복술卜術은 태호 복희씨太昊伏羲氏 시획팔괘始劃八卦211)하시니

---

205) 맥을 짚어보는 세 자리로, 아래 팔의 경상 돌기 부근을 관關, 손목 쪽을 촌寸, 팔꿈치 쪽을 척尺이라 한다.
206) 뱃속의 여섯 가지 기관의 맥.
207) 오장 육부에 심포락心包絡, 곧 중추를 합쳐 십이경을 이름.
208) 계절의 기후에 감염되어 생긴 전염병.
209) 먹어서 병을 치료하는 약.
210) 대총맥. 두 손과 두 발 끝의 맥.

이는 선천이요, 문왕은 육십사괘를 내시니 이는 후천이라. 길흉을 정하시니 점하는 법이 그 훗사람 엄군평嚴君平[212]이 점을 신통히 하여 날마다 점할새 복채卜債 돈 한 냥만 되면 잘 아니하는지라. 그때에 장건張騫이라 하는 사람이 한 무제 사신으로 서역西域에 가다가 배를 타고 황하수로 올라가 은하수를 건너 천상天上 직녀대織女臺로 들어가서 직녀께 뵈온대, 직녀 '베를 괴었던 돌을 가지고 인간에 내려가 엄군평에게 물으면 알리라.' 하거늘, 내려와 물은즉 엄군평이 놀라 왈, '이 돌은 곧 직녀의 베틀 괴었던 돌이라. 그대 어디 가 얻었는가?' 하더라. 그 후에 점을 하는 곽박郭璞[213]이와 이순풍李淳風[214]이 점하는 법은 육효통점六爻桶占[215]하고, 후에 육정육갑六丁六甲[216]과 비신, 복신, 원신, 쾌신, 수신을 붙여 상생상극으로 일신을 포태胞胎[217]로 붙여 화복길흉을 정단定斷하느니라. 상 보는 법은 오악五嶽[218]을 보고 기상其相을 살펴 금목수화토 형국形局을 안 후에 유년을 의논하나니, 천정天庭[219]이 수려하고 일월각日月角[220]이 좋으면 벼슬을 높이 하고, 귀밑이 희면 소년 급제하고, 눈에 영채映彩 있으면 벼슬하고, 인중人中이 길면 수壽하고, 명치와 법령法令[221]이 두터우면 부자 되고, 하관下觀[222]이 너르면 후분後分[223]이 길하고, 와잠臥蠶과 눈당〔印堂〕[224]이 두터우면 자식을 많이 두고, 눈썹이 길면 형제 궁이 길고, 눈썹 속에 사마귀 있으면 귀양 가고, 눈썹 사이에 털 나면 욕심 많고, 코끝에

---

211) 처음으로 팔괘를 그음.
212) 한漢나라 때 사람 엄준嚴遵.
213) 동진東晉 때 점 잘 치기로 유명한 사람.
214) 당나라 때 천문학자이면서 음양, 천문, 복술에 밝았다 한다.
215) 팔괘를 여덟 곱하여 육효가 되는데, 이것을 통에 넣고 흔들어 대효를 뽑아 점치는 것.
216) 도교 신의 이름으로, 간지 가운데 정丁으로 시작하는 여섯 신과 갑甲으로 시작하는 여섯 신인데 육정은 음의 신이고 육갑은 양의 신이라 한다. 도사들이 부적을 써서 이 열두 신을 부르면 귀신을 쫓아낼 수 있다고 한다.
217) 포태법. 풍수지리에서, 생명체의 열두 가지 순환 과정을 써서 길흉을 보는 법. 그 과정은 포胞, 태胎, 양養, 생生, 욕浴, 대帶, 관冠, 왕旺, 쇠衰, 병病, 사死, 장葬이다.
218) 관상법에서 얼굴을 동서남북중앙으로 나눈 것.
219) 이마.
220) 이마의 도드라진 두 뼈.
221) 양쪽 광대뼈와 코 사이에서 입가를 지나 내려오는 굽은 선.
222) 위, 아래 턱을 중심으로 하는 얼굴의 아랫부분.
223) 늘그막의 운수나 처지.
224) 와잠臥蠶은 누운 누에처럼 길고 굽은 눈썹. 눈당은 '인당印堂' 을 잘못 쓴 듯한데 인당은 코허리 위에 있는 양쪽 눈썹 사이.

살이 있으면 천궁이 불길하고, 코끝이 구부러지면 심사가 곱지 못하고, 눈웃음하면 남자는 간사하고 여자는 난잡하고, 귓부리에 살이 없으면 가난하고, 코중방이 높으면 사귀지 못하고, 눈 껍질이 깊은 자는 심술 많으니라. 대저 남녀 물론하고 얼굴이 독하면 자식을 많이 두느니라.

내 지금 네 상을 보니 인중이 길고 옥루상玉樓相[225]이 있으니 가히 장수할 것이요, 법령이 분명하니 심의心意도 무던하려니, 조금 흠이 있으니 한편 귀가 엷고 성곽城郭[226]이 없으니 상처喪妻는 할 것이요, 또 양관兩顴[227]이 붉으니 필연 복중腹中에 병이 있도다."

여우 웃어 왈,

"내 과연 어려서부터 흉복통胸腹痛으로 대단히 신고하여 지금껏 고치지 못하였으니 원컨대 존장은 약을 가르쳐 주소서."

두꺼비 왈,

"파두巴豆[228] 세 개를 먹으면 설사날 것이니 흰죽을 달이다가 한 그릇 먹으면 다시 복발復發[229] 아니 하느니라."

여우 사례 왈,

"존장이 가르치는 대로 하리다"

또 여쭙되,

"존장이 천지만물을 무불통지無不通知하오니 글도 아니이까?"

두꺼비 왈,

"미련한 짐승아, 글을 못하면 어찌 천지 만고 역대를 이르며 음양지술陰陽之術을 어찌 알리오."

하거늘, 여우 가로되,

"존장은 문학도 거룩하니 풍월風月[230]을 들어지이다."

두꺼비 부채로 서안을 치며 크게 읊어 왈,

"대월강두립對月江頭立하니 고루석연부高樓夕烟浮라. 금회일군중今會一群中에 유오대장부唯吾大丈夫라."[231]

읽기를 그치니 여우 왈,

---

225) 옥루는 관상법에서 양쪽 귀 위에 있는 뼈로, 이 상이 있으면 부귀하고 장수한다고 한다.

226) 귓바퀴.

227) 양쪽 광대뼈.

228) 배가 더부룩하거나 변기가 있을 때 쓰는 약재.

229) 병세가 재발함.

230) 주로 자연 경치를 읊은 시. 또는 그런 시를 읊음.

"존장이 문학이 심상치 아니하거니와 실없이 묻잡나니 존장의 껍질이 어찌 두툴두툴하시니이까?"

두꺼비 답 왈,

"소년에 외입하여 장안 팔십 명 나나위를 밤낮으로 데리고 지내다가 남의 몸에서 옴이 올라 그리하도다."

또 문 왈,

"눈은 왜 노라나이까?"

"눈은 보은 현감 갔을 때에 대추찰떡과 고욤을 많이 먹었더니 열이 성하여 눈이 노르도다."

또 물어 왈,

"그러하면 등이 굽고 목정이 움츠러졌으니 그는 어찌한 연고니이까?"

두꺼비 답 왈,

"평양 감사로 갔을 때에 마침 중추中秋 팔월이라. 연광정에 놀음을 배설排設하고 여러 기생들을 녹의홍상에 초립草笠[232]을 씌워 좌우에 앉히고 육방六房 하인을 대하臺下에 세우고 풍악을 갖추고 술이 대취하여 노닐다가 술김에 정하亭下에 떨어지며 곱사등이 되고 길던 목이 움츠러졌으매 지금까지 한탄하되 후회막급이라. 술을 먹다가 종신終身을 잘 못할 듯하기로 지금은 밀밭 가에도 가지 않노라. 이른바 소 잃고 외양간 고치는 격이라."

또 문 왈,

"존장의 턱 밑이 왜 벌떡벌떡하시나이까?"

두꺼비 답 왈,

"너희 놈들이 어른을 몰라보고 말을 함부로 하기로 분을 참노라고 자연 그러하도다."

인하여 가로되,

"말씀이 무궁하고 즐김이 부족하니 좌객이 다 술이 취하고 날이 장차 함지咸池에 들려 하오니 고만저만 파연곡罷宴曲[233]을 하사이다."

주인 장 선생이 악공을 명하여 파연곡을 하고 주찬酒饌을 내어 한 순배 먹은 후 섬 동지 좌중을 보고 왈,

"이번 장 선생 수연 잔치에 너의 각색 짐승이 참례하여 본바 뉘 능히 이렇듯 알리오."

하고 먼저 좌석을 뛰어나서니, 모든 짐승이 일시에 주인께 치하하고 각기 뛰어가니, 장 선

---

231) 솟는 달을 맞아 강변에 그린 듯 섰으니 높은 다락집은 안개 속에 잠겼도다. 여럿이 모인 이 자리에 대장부라 나밖에 또 있으랴.

232) 누런 빛깔 나는 풀이나 말총으로 결어 만든 갓.

233) 잔치를 끝마칠 때 부르는 노래.

생 부자 동구 밖에 나와 전송하며 왈,

"주인이 넉넉지 못하기로 손님을 잘 대접지 못하였으니 허물치 마옵고 평안히 가소서."

하니, 여러 손님이 취흥을 못 이기어 헤어지니라.

세 소설에 관하여

권택무

우리 인민은 반만년의 기나긴 역사를 통해 민족 문화를 발전시켜 오는 과정에서 뛰어난 민족 문학 유산들을 남겼다.

〈토끼전〉과 〈장끼전〉과 〈두껍전〉은 우리 나라의 풍부한 의인체 형식 문학 가운데서도 제법 많이 알려진 작품들이다. 이 세 작품은 우리 나라에서 고전 소설이 한창 성하던 17세기 이후에 창작된 것으로, 국문으로 쓰인 의인체 소설 문학의 대표작으로 꼽혀 왔다.

창작된 시기가 같고 의인체 형식으로 쓰인 점에서는 같으나 세 작품은 저마끔 특색들이 있다.

〈토끼전〉과 〈장끼전〉은, 처음에 중세기 예술인들인 광대들이, 전해 오는 설화에 기초하여 서사적 방식의 무대 상연 작품을 만들어 소리로 불렀고, 그다음에 이 무대 상연 대본을 소설 문학으로 다듬은 작품들이다. 〈두껍전〉은 광대들이 소리로 불렀다는 자료가 없고 다만 소설책으로만 전해 온다.

세 작품은 17세기 이후에 창작된 작품들이지만 우리 나라의 소설과 의인체 문학의 기나긴 발전 역사와 관련지어 보면 문학적 특징과 문학사적 의의를 더 잘 알 수 있다.

우리 나라 중세기에 줄거리 있는 예술 산문은 고구려 때부터 시작되었으며, 의인체 문학도 그 한 부분으로 일찍부터 발전해 왔다. 기록된 자료만 가지고 보아도 고구려 때 설화인 〈토끼와 거북〉부터 시작하여 꽃에 관한 이야기를 문자로 옮

긴 신라 설총의 〈화왕계花王戒〉를 거쳐, 고려에 오면 술을 의인화한 〈국순전麴醇傳〉, 대나무를 의인화한 〈죽부인전竹夫人傳〉, 종이를 의인화한 〈저생전楮生傳〉, 돈을 의인화한 〈공방전孔方傳〉 들을 비롯하여 여러 편의 의인 전기체 형식의 단편 문학 작품들이 나왔다.

소설과 예술 산문이 한층 더 높이 발전하던 15~16세기에 의인체 문학 작품도 한 걸음 더 발전하였다.

그전까지는 주로 동식물과 인간의 생활 용품이 의인화 대상이었다면, 15~16세기에는 그와 함께 사람의 심리와 정신, 사상 감정 같은 것까지 의인화 수법으로 묘사되었고, 그렇게 쓰인 소설 작품이 용적상으로도 그중 큰 것이었다. 그리하여 15~16세기에는 의인화 수법으로 창작된 소설 작품의 용적이 그전 시기의 단편 범위를 벗어나 중장편 형식을 포괄하게 되었다. 그 대표적 보기의 하나가 〈천군연의天君衍義〉이다.

15~16세기 의인체 소설 문학 부문에서는 또한 지난 시기에 이미 다루어진 내용이 더욱더 다듬어지고 새로운 형상으로 확대되면서 주제 사상적 내용이 특색 있게 깊어지는 현상이 나타났다.

이 시기에 창작된 의인체 소설 문학 작품들에는 이 밖에도 또 의의 있는 사실이 나타났는데, 그것은 작품의 내용이 심화되고 용적이 확대되면서 우화의 한계를 벗어나는 경향이 뚜렷해진 것이다.

14세기까지는 의인체 소설 작품들이 제가끔 특징들을 가지고 있었으나 통틀어 우화 작품이라고 할 수 있는 것들이다. 보통 우화 작품이라고 할 때, 짧은 형식의 줄거리 있는 예술 산문도 포함되고, 우화 소설들도 포함되는 개념으로 통용되어 왔다. 우화 소설은 우화 형식이기는 하지만 이야기체 예술 산문의 한도를 벗어나서 소설 형식으로 된 작품이라는 데 형태상 특징이 있다.

이러한 우화 문학 작품으로 고려 때까지 내려오던 의인체 문학이 15~16세기에 이르렀을 때는, 소설은 소설인데 우화로 쓰였다고 하기가 어려운 의인체 작품이 나왔다. 실례로 〈천군연의〉는 사람의 심리와 정신, 사상 감정 세계를 의인화하였는데, 사람 자체가 아니라 특수한 묘사 대상의 움직임에 뜻을 담아서 작

266

품을 쓴 것이라고 하기보다, 사람의 심리 정신세계와 사상 감정을 의인화하여 인간 생활을 반영한 작품이다.

이와 같이 발전하여 오던 줄거리 있는 의인체 문학은 17세기 이후에 고전 소설이 왕성하게 창작됨에 따라 새로운 특징을 띠었다.

무엇보다도 그전에는 한자로 쓰인 작품뿐이었고, 작가들도 거의 다 양반 출신 문인들이었으며, 독자들도 한문 지식이 있는 사람들이었던 것이, 이때부터는 국문으로 쓰인 작품이 나왔고, 작가들 중에도 양반 신분이 아닌 하층 인사들이 나왔으며, 작품 감상자들도 평민들이 많아졌다. 그리고 이렇게 국문으로 쓰인 작품이 의인체 문학 전반에서 중심을 차지하고 주요한 구실을 하였다.

양으로 보아도 여기서 다루는 세 작품 말고도 〈쥐전〉, 〈까치전〉 들과 〈여용국평란기女容國平亂記〉, 〈규중칠우쟁공론閨中七友爭功論〉 같은 작품들이 오래 전부터 많이 읽혔고, 한자로 쓰인 책으로는 최근에 발굴된 〈옥포동기완록玉浦洞奇玩錄〉*이 대표적인데 이 소설은 국문 소설 〈두껍전〉과 같은 무리의 작품이다.

17세기 이후의 의인체 소설 문학 발전에서 또 하나 새로운 특징은 기본 내용이 공통적이면서 서로 다른 작품들로 이루어진 의인체 문학의 작품 무리가 형성되었다는 사실이다. 보통 이런 작품 무리가 이루어진 원인은 서너 가지 측면에서 찾아볼 수 있다. 하나는 같은 묘사 대상을 다루면서 서로 다른 시기에 다른 작가가 창작한 경우이다. 보기를 들어 보면, 〈화왕계〉와 〈화사花史〉 들이 꽃의 왕에 대한 이야기를 다룬 의인체 문학 작품 무리를 이룬다.

다른 하나는, 이본이 생기면서 그것이 차츰 하나의 작품 무리를 이루는 현상이다. 〈두껍전〉, 〈섬노장전蟾老丈傳〉, 〈섬동지전蟾同知傳〉, 〈섬로전蟾老傳〉 들이 두꺼비 이야기를 담은 작품 무리를 이루는 것을 볼 수 있다.

그런데 17세기 이후에 오면 이런 현상들과 긴밀한 연관이 있으면서도 또 다른 특징적인 현상이 작품 무리 속에 새로 나타났다. 그것은 하나의 작품 무리에서

---

* 〈옥포동기완록〉은 북의 학자들이 발굴한 것으로, '겨레고전문학선집' 28번째 《옥포동 명관관 두꺼비》에 실려 있다.

이러저러한 특징적인 내용들을 종합하고 거기에 우화 작품들의 장점을 살려서 작품을 새로 만드는 경향이다. 〈두껍전〉 같은 작품 무리 가운데서 이 작품 저 작품의 특징적인 이야기를 집대성하면서 독특한 새 작품으로 창작된 〈옥포동기완록〉이 그 증거이다.

17세기 이후에 의인체 문학 작품들이 이렇게 발전하는 가운데서 〈토끼전〉, 〈장끼전〉, 〈두껍전〉이 인민들 속에 가장 널리 감상되었다.

〈두껍전〉은 작가와 창작 경위를 알 수 없는 소설 작품이다. 일찍부터 제법 많이 알려진 작품으로 여러 필사본과 금속 활자 인쇄본이 있다. 이 책에 실린 〈두껍전〉은 금속 활자 인쇄본에 기초하였다.

〈두껍전〉은 동물들이 '나이 자랑' 하는 우화가 소설로 만들어진 것이다. 이 소설의 한 이본 첫머리에 16세기 중엽쯤의 이야기라는 대목이 있다. 또 작품 속 여우가 병술년 괴질에 부모를 잃었다고 말하는데, 전염병이 많이 돌아서 사람들이 숱하게 잘못된 병술년이 언제인가 역사 기록을 살펴보면 1526년이다. 〈두껍전〉이 16세기 후반 이후에 창작되었다는 사실을 말해 준다.

다른 한편, 18세기 작가 연암 박지원의 소설 〈민옹전閔翁傳〉에는 두꺼비와 토끼가 나이 자랑을 할 때 두꺼비가 제 나이 많은 이야기를 하기에 앞서 눈물을 흘리는 대목이 있는데, 내용이 〈두껍전〉과 공통되는 점이 있다. 아마도 18세기에 이르러 〈두껍전〉이 이미 널리 보급되어 박지원이 그 소설의 한 대목을 따내어 인용하였던가, 아니면 박지원이 살던 때에 〈두껍전〉의 기본 이야기와 공통점이 많은 설화가 널리 퍼져 있어서, 그 이야기가 박지원이나 〈두껍전〉 창작자의 관심을 끈 것임을 짐작할 수 있다.

이러한 사실들에 근거하여 〈두껍전〉이 17~18세기에 우화에 바탕을 두고 소설로 만들어졌다고 볼 수 있다.

〈두껍전〉은 노루의 잔치에 모인 여러 짐승들이 서로 웃어른 자리를 차지하려고 나이 자랑을 하는 내용을 기본으로 하고 있다. 짐승들은 나이 많은 짐승을 윗자리에 앉히고 그의 지휘 아래 잔치 자리의 질서를 유지하기로 하는 것이다. 나이 자랑에서는 두꺼비와 여우의 대결이 기본을 이루고 있다. 이 소설에서 짐승들의 나이 자랑이 그저 윗자리를 차지하기 위한 것만이 아니라 일정한 뜻을 담고 있다는 데 의의가 있다. 그것은 무슨 일에서나 질서와 예의 도덕이 있어야 하며, 아무리 소박하고 보잘것없어 보이는 존재라도 나이가 많으면 존중해야 한다는 것을 강조하면서, 그것을 통해 봉건 시기 평민들의 인격과 존엄과 지혜를 의인화 수법으로 강조한 것이다.

두꺼비의 성격을 살펴보면 봉건 사회에서 홀시당하는 평민 신분 늙은이를 연상하게 된다. 두꺼비는 생김새도 보잘 나위 없고 행동거지도 아주 소박하다. 위세를 부리고 제힘을 뽐내는 범이나 범을 믿고 교활하게 구는 여우와는 전혀 다른 성격이다.

두꺼비는 범이 초청받지 못한 노루네 잔치 마당에서 여우와 겨루어 이긴다. 범은 노루의 아들을 잡아먹은 놈으로, 그놈이 잔치에 오면 다른 짐승들이 기를 펴지 못한다. 그래서 잔치에 청하지 않은 것이다. 범을 산중의 왕으로 묘사하였는데 이 말은 봉건 시기에 인민을 억압 착취하는 지방 벼슬아치를 의인화한 것이다. 따라서 범을 빼놓고 잔치를 한다는 것은 평범한 신분만 모인 자리라는 것을 뜻한다.

이러한 모임에 참석한 여우의 성격을 어떻게 해석할 것인가 하는 문제가 제기된다. 〈두껍전〉의 이본들 가운데는, 여우가 우둔한 범을 뒤에 달고 다님으로써 짐승들이 범의 위세에 눌려 달아나는 이야기를 끼워 넣은 것이 있다. 범은 여우가 무서워서 다른 짐승들이 달아나는 줄로 착각하며, 여우는 범의 위세를 등에 지고 제가 강한 것처럼 행세하는 것이다. 여우는 봉건 관료를 등에 업고 인민들을 못살게 구는 교활한 자를 의인화한 형상이다.

이로 보아 〈두껍전〉에서 짐승들이 나이 자랑하는 이야기의 밑바닥에는 반봉건적인 사상적 지향이 깔려 있다고 할 수 있고, 〈두껍전〉을 긍정적으로 평가할 수 있다.

두꺼비의 성격을 범과 여우에 견주어 살펴보면, 작고 소박한 두꺼비가 제노라고 교만을 부리는 여우를 여유 있는 궁량과 능란한 말재간, 슬기로운 수단으로 내리누르고 잔치 마당의 질서를 세우는 것을 정당하다고 볼 수 있다.

두꺼비의 성격 평가에서, 그가 자기 몸이 투둘투둘한 것은 방탕하게 살다가 옴이 오른 탓이고, 눈이 노랗고 등이 굽고 목이 움츠러든 것은 현감과 감사를 지낼 때 고욤을 많이 먹고 술에 취하여 다락에서 떨어진 탓이라고 하는 말을 정확히 평가하는 문제가 중요하다. 이 말을 곧이곧대로 해석하면 두꺼비는 현감, 감사를 지낸 자이고 행실이 못된 부정적 성격이다. 그렇게 되면 작품의 사상적 지향과도 맞지 않고 두꺼비가 여우와 대결하는 내용과도 맞지 않게 된다.

두꺼비가 하는 이 말은 곧이곧대로 풀 것이 아니라 역설적인 강조로 보아야 할 것이다. 곧 두꺼비는 제 몸의 불균형을 걸고 드는 여우에게 봉건 통치배들의 비행을 폭로하는 역설적인 수법으로 대응한 것이다. 생활에서는 이런 역설적인 수법으로 상대방을 비꼬고 폭로하는 경우가 많으며, 또 의인체 문학에서는 그런 수법이 효과적이다. 이렇게 해석하여야만 작품의 사상적 지향과 두꺼비의 성격적 특징을 긍정적으로 평가하는 데 들어맞는다.

〈토끼전〉과 〈장끼전〉은 창작 보급된 경위가 〈두껍전〉과 다르다.

이 두 작품은 설화에 기초하여 광대들의 상연 대본으로 만들어졌고, 그 뒤 소설 문학으로 되었으므로, 17～18세기에는 창작되었다고 볼 수 있다.

광대들의 공연 대본 가운데서 중요하다고 본 것 다섯 작품을 꼽을 때는 〈춘향전〉, 〈심청전〉, 〈흥부전〉과 다른 또 한 작품과 함께 〈토끼전〉을 들지만 〈장끼전〉은 빼놓았다. 상연 작품 가운데 중요한 것 여섯 작품을 들 때라야 〈장끼전〉까지 든다. 〈장끼전〉은 사상 예술적 측면에서나 창작 시기 면에서나 다른 상연 작품들과 짝질 것이 크게 없는데 왜 이런 차이가 생겼는가는 아직 더 연구해야 할 문제지만, 이 여섯 작품들은 대체로 다 같은 시기인 17～18세기에 창작되었다.

다른 한편 〈토끼전〉은 18세기 초 광대인 신만엽申萬葉이 가장 잘 불렀다고 소문이 났으며, 19세기 문인 이유원李裕元도 《임하필기林下筆記》에 광대들이 〈토끼전〉과 〈장끼전〉을 상연하는 것을 보고 시를 읊은 것이 있는 만큼 이 두 작품은 17～18세기에 창작되었다는 것이 더 명백해진다.

〈토끼전〉의 이본으로는 전라도 전주에서 찍어 낸 목판본과 19세기 사람 신재 효申在孝가 다듬은 〈토별가〉를 비롯한 사본이 여럿 전하고 있다. 그리고 근세 이후에 〈토생원전〉, 〈별주부전〉, 〈토의 간〉, 〈토별산수록兔鼈山水錄〉, 〈토별전兔鼈 傳〉 들이 나왔다.

이 책에서는 1955년 국립출판사에서 〈장끼전〉과 합본하여 발행한 것을 참고하여 원문 정리와 주석을 하였다.

〈토끼전〉의 이해에서 중요한 문제는 이 작품이 고구려 설화에 기초하여 만들어졌다는 사실이다. 〈삼국사기〉에는 신라의 김춘추가 고구려에 왔을 때 선도해先道解라는 사람에게서 토끼와 거북이 설화를 들었다는 기록이 있다.

옛날에 동해 용왕의 딸이 병들었는데, 의원이 진찰을 하더니 토끼 간으로 약을 만들어 먹어야 병이 나을 것이라고 하였다. 바다에는 토끼가 없기에 거북이 토끼를 구해 오겠다고 나서서 뭍에 나왔다. 거북은 토끼를 만나서,

"바다 가운데 한 섬이 있는데 맑은 시냇가에 바위들이 솟아 있고 숲이 우거져 맛 좋은 열매가 많으며 춥지도 덥지도 않고 독수리도 보라매도 감히 날아들지 못하는 곳이니 거기에 가기만 하면 아무 걱정 없이 편안히 살 수 있소."

하고 꾀었다. 토끼가 거북의 등에 업혀 용궁으로 가던 도중 용왕의 딸이 병들어서 토끼의 간이 필요하여 자기를 데리고 간다는 것을 알게 된다. 토끼는 속으로 놀랐으나 꾀를 내어,

"나는 내장을 꺼내서 씻은 다음 도로 배 안에 넣는데 일전에 몸이 괴로워서 간과 염통을 꺼내어 바위 밑에 감추어 둔 채 따라왔으니 도로 가서 간을 가져옵시다. 그대는 간이 필요하고 나는 간이 없어도 살 수 있으니 도로 가서 간을 가져가는 것이 좋지 않겠소?"

하였다. 이번에는 거북이 속아서 뭍으로 돌아갔다. 토끼는 뭍에 오르자 수풀 속으로 뛰어 들어가면서 "이 바보야, 간이 없이 어찌 살 수 있겠느냐?" 말하고 깔깔 웃었다. 거북은 아무 말도 못 하고 용궁으로 그냥 돌아갔다.

이 고구려 설화가 먼 뒷날에 전라도 일대에서 〈토끼전〉으로 만들어진 것이다. 이것은 고구려 문학이 우리 나라 중세 문학 발전에서 커다란 구실을 하였고 생명력이 대단히 강했다는 것을 보여 주는 예다.

〈토끼전〉의 이해에서 또 중요한 문제는 이 작품의 주인공이 누구이고, 말하려는 기본 사상이 무엇인가에 관하여 어떤 견해들이 있고, 어떻게 보는 것이 정당한가 하는 문제이다.

이 작품의 주인공을 토끼로 보는 견해도 있고 자라로 보는 견해도 있으며 둘 다라고 보는 견해도 있다. 그래서 이본들의 제목도 〈토끼전〉, 〈별주부전〉, 〈토별가〉 등 여러 개가 생긴 것이다.

이 작품의 기본 내용에 대해서도 《교방지보》라는 옛 책에는 "토별가는 징우장아懲愚將也라 징간장아懲奸將也라."고 하였다. 다시 말해서 〈토끼전〉은 우둔한 장수와 간사한 장수를 경계한 작품이라는 것이다. 여기서 어리석은 장수는 용왕이나 거북이고 간사한 장수는 토끼를 말한다.

주인공을 자라로 보는 〈별주부전〉에서는 자라를 충직한 신하로 보았다. 이런 경우, 토끼는 간사하고 용왕은 우둔한 성격으로 그렸다. 그러면 토끼를 주인공으로 보는 경우에도 토끼를 간사한 성격으로 보았겠는가 하는 의문이 생기는데, 그 경우도 마찬가지다. 봉건 시기 사람들은 그렇게 보는 경향이 짙었다.

그러나 이러한 견해들은 옳지 못한 것이다.

토끼의 성격을 간사하다고 보는 견해는 외국 작품의 인물 평가와 곧바로 연결 짓는 그릇된 관점이 적지 않게 작용한 것이다. 중국 소설 〈삼국지〉에는 조조가 화용도華容道에서 관운장을 구슬려서 죽음을 면하는 장면이 있는데, 이것을 토끼의 형상에 직결시켜 토끼를 조조 같은 간사한 성격으로 생각한 것이다. 그들 사이에는 아무 공통점도 없다.

토끼에게는 경솔한 면이 없지 않다. 그래서 자라에게 속아 넘어간 것이다. 마땅히 이 측면은 비판적으로 평가해야 하고 실제로 작품에서도 토끼가 육지를 떠나려고 할 때 너구리의 입을 통하여 비판한다.

그러나 토끼는 간사하지 않으며 오히려 지혜롭다. 토끼가 살고 있는 산속은 용왕이 있는 용궁과 대치하고 있다. 이것은 토끼가 봉건 통치배들이 있는 궁전과 맞서 있는 산속 짐승이라는 것을 뜻한다. 또한 자라는 토끼가 산속에서 겪어야 하는 여덟 가지 어려움에 대하여 말한다. 이와 같이 토끼는, 봉건 통치배들에게 억압받고 착취당하는 가난하고 권리 없는 사람의 처지를 의인화 수법으로 보여 준 것이다. 토끼는 남을 해치려고 간사한 술책을 꾸미지도 않았고, 조조처럼 남에게 싸움을 걸거나 임금이 되려는 야욕을 품고 설치지도 않는다. 오로지 자기 간을 빼 먹으려는 용왕과 그 신하들의 흉계를 기지와 말재간으로 물리치고 살아 돌아오는 인물이다. 토끼를 간사하다고 한 지난 시기 사람들의 견해는 봉건적 사고방식과 사대적 관념에서 생긴 옳지 못한 것이다.

토끼의 기지와 말재간은 봉건 통치배들보다 시골에 묻혀 사는 피착취 피압박 대중이 더 슬기롭고 정의로우며 어떤 어려움도 다 헤치고 살아 나간다는 것을 생동하게 보여 준다는 데 의의가 있다.

토끼는 경솔함 때문에 너구리의 충고도 듣지 않고 자라에게 속아서 죽을 고비에 들어서서야 제 잘못을 뉘우치고 묘한 꾀를 써서 살아 제고장으로 돌아오는데, 여기에는 제 고향을 떠나려는 토끼에 대한 비판도 있으나, 더 본질적인 것은 따로 있다. 산중 생활의 여덟 가지 어려움을 토끼에게 강요하여 토끼가 제고장을 뜰 생각까지 하게 만든 자들에 대한 비판 정신과 제 고향을 사랑하라는 창작자의 애국적 사상 감정이 깔려 있는 것이다.

자라를 충신으로 평가한 것도 봉건 충의 사상의 표현이고 옳지 못한 견해이다. 자라는 인간 살육의 어리석은 심부름꾼이다. 뭍에 돌아온 토끼는 자라에게 미련한 자, 공을 탐내는 자, 무고한 저를 죽이려고 꾄 죄 많은 자로 규탄한다.

〈토끼전〉을 제대로 이해하려면 갈등 묘사에 대한 평가가 중요하다. 이 작품의 갈등은 토끼와 용왕, 그 신하들의 대립으로 이루어진다. 그 대결은 간을 빼앗아 먹는가 빼앗기지 않는가 하는 목숨을 건 투쟁이다. 이것은 봉건 지배 계급과 인민들 사이에 생사 운명을 건 심각한 갈등을 반영하고 있는 것이라고 할 수 있다.

용왕은 방탕한 생활과 술에 녹아서 병이 났다. 그러나 그 병을 고치려고 죄 없는 토끼의 간을 빼앗아 먹겠다는 것이다. 여기에서 인민들의 피땀을 짜내는 것으로도 모자라서 간까지 뽑아 먹겠다는 봉건 통치배들을 규탄하고 있다.

그러므로 〈토끼전〉의 심각한 갈등은 중세 소설 중에서도, 붕괴를 눈앞에 둔 봉건 사회의 계급적 모순을 제법 날카롭게 반영하고 있으며, 봉건 통치배들의 반동성과 그 멸망을 앞둔 운명을 신랄히 폭로한 것이다.

〈장끼전〉은 한문 말투로 '화충가華蟲歌'라고도 하였는데, 봉건적 가부장제도의 부당함을 폭로 비판하고 가정생활의 봉건적인 윤리 도덕을 반대하면서 여성의 인격을 옹호하는 내용을 의인화 수법으로 반영한 특색 있는 작품이다.

이 작품의 앞부분은 고집불통인 장끼가 까투리를 암컷이라고 얕보고 간절히 말려도 듣지 않고 콩 한 알을 주워 먹다가 차위에 치여 죽는 이야기로, 남존여비와 봉건적 가부장제도의 부당함을 비판한다. 뒷부분은 과부가 된 까투리가 온갖 새들의 청혼을 물리치고 홀아비 장끼와 재혼하는 이야기인데, 여필종부라는 봉건적 가정 윤리와 홀아비는 마음대로 재혼할 수 있어도 홀어미는 다시 시집갈 수 없다는 봉건 결혼법의 비인도적인 본질을 반대하고 있다.

〈장끼전〉은 이러한 긍정적인 내용과 함께 까투리와 그 자식들이 겪는 생활고를 묘사하여 봉건 말기에 고생스럽게 살아가는 생활들을 알 수 있게 한다.

〈장끼전〉은 〈토끼전〉과 함께 언어 구사에서 고유한 조선말을 재치 있게 쓰면서 내용을 생동하게 표현하며 문장에도 운율성이 있는 좋은 점이 있다. 이렇게 될 수 있은 주요한 원인은 이 작품들이 광대들에 의하여 공연도 되고 전기수傳記叟라는 이야기꾼들이 밥벌이를 하려고 거리에서 사람들을 모아 놓고 소설책을 읽어 주기도 하는 과정에 언어 문장이 다듬어지고 세련된 데 있다. 그리하여 〈장끼전〉, 〈토끼전〉은 중세 소설의 언어 발전에서 언문일치 경향을 강화하고 문학어를 세련시키는 데 이바지하였다.

〈토끼전〉과 〈장끼전〉, 〈두껍전〉은 저마끔 뛰어난 점과 특색이 있지만 중세 문학으로서 제한성도 가지고 있다.

그 가운데서도 〈두껍전〉에서 두꺼비와 여우가 앉은 자리에서 행동이 별로 없이 말싸움을 하는 것으로, 구성이 단조롭고, 사건 전개가 박력 있지 못하며, 이야기가 재미있게 펼쳐지는 맛이 적은 것, 그리고 〈토끼전〉에서 토끼를 놓치고 혼자 돌아서는 자라에게 옛 명의가 신선의 약을 주어 용왕의 병을 고치라고 하는 불필요한 이야기를 붙이고, 거기에 대한 똑바른 평가도 주지 않아 용왕은 병을 고치고 자라는 충신으로 평가하는 것과 같은 인상을 준 것, 〈장끼전〉을 비롯한 모든 작품이 다 남의 나라 고사를 쓸데없이 많이 쓰고 어려운 한자 말투가 많은 것 들이 두드러진 흠이다.

이러한 흠들을 비판적으로 평가하면서 이 세 작품의 뛰어난 점들을 정확히 인식하는 것은 우리 나라 고전 문학 유산의 풍부함을 이해하는 데 중요한 의의를 가진다.

글쓴이 옛사람

고쳐 쓴 이 권택무, 최옥희

권택무는 북의 국문학자로 민간극, 설화, 고전 소설을 연구하였다. 고전 소설 〈토끼전〉 〈황백호전〉 들을 고쳐
썼으며, 〈조선중세민간극문학〉을 비롯 여러 책을 펴냈다.
최옥희는 권택무와 함께 이 책에 실련 고전 소설들을 고쳐 썼으며, 〈어룡전〉도 고쳐 썼다.

겨레고전문학선집 27

토끼전, 장끼전, 두껍전

2007년 9월 20일 1판 1쇄 펴냄 | 2015년 4월 13일 1판 1쇄 펴냄 | **글쓴이** 옛사람 | **고쳐 쓴 이** 권택무,
최옥희 | **편집** 김성재, 남우희, 전미경, 하선영 | **디자인** 비마인bemine | **영업 홍보** 백봉현, 안명선,
양병희, 이옥한, 정영지, 조병범, 최민용 | **경영지원** 임혜정, 전범준, 한선희 | **제작** 심준엽 | **인
쇄** 미르인쇄 | **제본** (주)상지사 | **펴낸이** 윤구병 | **펴낸곳** (주)도서출판 보리 | **출판 등록** 1991년 8월
6일 제 9-279호 | **주소** 경기도 파주시 직지길 492 우편 번호 413-120 | **전화** (031) 955-3535 | **전송**
(031) 955-3533 | **홈페이지** www.boribook.com | **전자 우편** bori@boribook.com

ISBN 978-89-8428-452-4 04810
      978-89-8428-185-1 04810(세트)

이 책의 국립중앙도서관 출판시도서목록(CIP)은 e-CIP 홈페이지(http://www.nl.go.kr/cip.php)에서 볼 수 있습니
다. (CIP 제어 번호: CIP2007002768)